A CONTINUAÇÃO DE
O EXORCISTA
WILLIAM PETER BLATTY
LEGIÃO

TRADUÇÃO
EDUARDO ALVES

DARKSIDE

Para Billy e Jennifer

PRIMEIRA PARTE

"Então Jesus lhe perguntou: 'Qual é o seu nome?'.
'Meu nome é Legião', respondeu ele, 'porque somos muitos.'"

MARCOS 5,9

DOMINGO
13 DE MARÇO

1

Ele pensou na morte em seus lamentos infinitos, nos astecas arrancando corações que ainda batiam, no câncer e nas crianças de três anos enterradas vivas, e se perguntou se Deus era indiferente e cruel, mas então lembrou-se de Beethoven, de coisas salpicadas pelos raios de sol, de "Viva, Karamázov" e da bondade. Olhou para o sol que se erguia por trás do Capitólio, riscando o Potomac com luz alaranjada, e depois abaixou o olhar para o ultraje, para o horror a seus pés. Algo dera errado entre o homem e seu criador, e a prova estava ali, naquele ancoradouro.

"Acho que eles o encontraram, tenente."

"Como disse?"

"O martelo. Eles o encontraram."

"O martelo. Ah, sim."

Os pensamentos de Kinderman buscaram apoio no presente. Ele levantou o olhar e viu a equipe de investigação forense no ancoradouro. Estavam fazendo coletas com conta-gotas, tubos de ensaio e pinças; criando lembranças com câmeras, blocos de desenho e giz. Suas vozes eram murmúrios, meros fragmentos sussurrados, e eles se moviam sem fazer barulho, figuras cinzentas em um sonho. Ali perto, os motores da draga azul da polícia se agitavam com a conclusão do horror matinal.

"Bom, parece que estamos quase acabando por aqui, tenente."

"Estamos mesmo? Será?"

Kinderman semicerrou os olhos por conta do frio. O helicóptero de buscas ia se afastando, vibrando baixo acima da escuridão das águas lamacentas com suas luzes vermelhas e verdes pulsando suavemente. O detetive o observou ficar cada vez menor. A aeronave encolheu aurora adentro como uma esperança evanescente. Ouviu com atenção, inclinando um pouco a cabeça; então estremeceu e suas mãos afundaram ainda mais nos bolsos do casaco. Os gritos da mulher tinham se tornado mais estridentes. Eles arranhavam seu coração e a silenciosa floresta retorcida às margens do rio gélido.

"Jesus!", alguém murmurou com a voz rouca.

Kinderman olhou para Stedman. O patologista forense estava apoiado sobre um joelho ao lado de uma lona manchada. Havia alguma coisa protuberante embaixo dela. Stedman a fitava, franzindo o rosto em concentração. Seu corpo estava imóvel. Apenas sua respiração tinha vida; ela saía em nuvens e depois desaparecia no ar faminto. Ele se levantou de repente e lançou um olhar estranho para Kinderman.

"Sabe aqueles cortes na mão esquerda da vítima?"

"O quem tem eles?"

"Bem, acho que seguem um padrão."

"É mesmo?"

"Sim, acho que sim. Um signo do zodíaco. Acredito que seja Gêmeos."

O coração de Kinderman deu um pulo. Ele respirou fundo. Depois olhou para o rio. Uma equipe de remo da Universidade de Georgetown deslizou esguia e silenciosamente por trás da popa volumosa da draga. Ela reapareceu e depois desapareceu sob a

Key Bridge. Uma luz estroboscópica piscou. Kinderman olhou para a cobertura de lona. *Não. Não pode ser*, pensou. *Não pode ser.*

O patologista seguiu o olhar de Kinderman, e sua mão, avermelhada por causa do ar frio, juntou mais as pontas da gola do casaco. Ele se arrependeu de não ter colocado o cachecol. Tinha esquecido. Vestira-se com muita pressa.

"Que maneira esquisita de morrer", disse ele em voz baixa. "Tão anormal."

A respiração de Kinderman estava enfisematosa; vapor branco se desenrolava de seus lábios. "Nenhuma morte é normal", murmurou ele.

Alguém criara o mundo. *Isso fazia sentido.* Afinal, por que um olho iria querer tomar forma? Ver? E por que ele deveria ver? Para poder sobreviver? E por que ele deveria sobreviver? E por quê? E por quê? A pergunta infantil assombrava as nebulosas, um pensamento à procura de seu criador que encurralara a razão em um labirinto sem saída e que fazia Kinderman ter certeza de que o universo material era a maior superstição de sua época. Ele acreditava em maravilhas, mas não no impossível: não em uma infinita regressão de contingências, nem que o amor e o livre-arbítrio eram reduzíveis a neurônios sendo disparados no cérebro.

"Quanto tempo faz que o Geminiano está morto?", perguntou Stedman.

"Dez, doze anos", respondeu Kinderman. "Doze."

"Temos *certeza* de que ele está morto?"

"Ele está morto."

De certa maneira, pensou Kinderman. *Em parte.* O homem não era um sistema nervoso. O homem tinha uma alma. Pois como a matéria poderia refletir a si mesma? E como Carl Jung tinha visto um fantasma em sua cama, e como a confissão de um pecado poderia curar uma doença, e como os átomos de seu corpo mudavam sem parar, e mesmo assim, a cada manhã, ele acordava e continuava sendo ele mesmo?

Sem uma vida após a morte, qual era o valor do trabalho? Qual era o objetivo da evolução?

"Ele está parcialmente morto", murmurou Kinderman.

"Como disse, tenente?"

"Nada."

Os elétrons viajavam de um ponto a outro sem sequer atravessar o espaço entre eles. Deus tinha Seus mistérios. Javé: "Eu sou quem eu sou". *Ok. Amém.* Mas era tudo tão confuso, uma bagunça e tanto. O criador fez o homem capaz de distinguir o certo do errado, para se sentir ultrajado diante de tudo que fosse monstruoso e maligno; ainda assim, o esquema da criação em si era um ultraje, pois a lei da vida era a lei da cadeia alimentar em um universo abarrotado, de ponta a ponta, com estrelas explodindo e mandíbulas ensanguentadas. Você evitava se tornar comida, mas sempre havia a chance de morrer em um deslizamento de terra, ou em um terremoto, ou no berço, ou sua mãe poderia dar veneno de rato para você, ou você poderia ser queimado em óleo por Genghis Khan, ou ser esfolado vivo, ou decapitado, ou sufocado apenas pela emoção, pela diversão. Quarenta e três anos na força policial e ele já tinha visto de tudo. Não tinha visto de tudo? *E agora isso.* Por um instante, experimentou mecanismos de fuga conhecidos: imaginar que o universo e tudo nele eram apenas pensamentos na mente do criador; ou que o mundo da realidade externa não existia em nenhum outro lugar a não ser em sua própria cabeça, de modo que nada fora dele sofria de verdade. Às vezes, isso funcionava.

Não dessa vez.

Kinderman estudou a protuberância sob a lona. Não, não era isso, pensou: não o mal que nós escolhemos ou infligimos. O horror era o mal no tecido da criação. As canções das baleias eram melancólicas e adoráveis, mas o leão dilacerava a barriga dos gnus e os insetos himenópteros se alimentavam dos corpos vivos das lagartas embaixo de lindos lilases e em gramados; o indicador-de-papo-preto cantava alegremente, mas botava seus ovos em ninhos de outros pássaros, e, quando o filhote do indicador saía do ovo, ele matava seus irmãos adotivos de imediato com um gancho forte e certeiro perto da ponta do bico, o qual ele de pronto perdia assim que o massacre estava concluído. *Qual mão ou olho imortal?* Kinderman fez uma careta diante de uma lembrança terrível de uma unidade de psiquiatria infantil. Em um quarto, havia cinquenta camas com jaulas, cada uma contendo uma criança que gritava. Entre elas, havia uma criança de oito anos cujos ossos não tinham se desenvolvido desde a primeira infância. Será que a glória e a beleza da criação poderiam justificar a dor de tal criança? Ivan Karamázov merecia uma resposta.

"Os elefantes estão morrendo de doenças cardíacas, Stedman."

"Como assim?"

"Na selva. Eles estão morrendo de estresse por causa dos suprimentos de comida e água. Eles tentam ajudar uns aos outros. Se um deles morre longe demais, então os outros levam seus ossos para o cemitério."

O patologista piscou e apertou com mais força as dobras do casaco. Ele ouvira falar sobre esses surtos, esses comentários irrelevantes, e que estavam ocorrendo com mais frequência nos últimos tempos; mas aquela era a primeira vez que testemunhava um desses surtos pessoalmente. Os boatos que estiveram se espalhando e circulando pela delegacia diziam que Kinderman, pitoresco ou não, estava ficando senil, e Stedman o examinava agora com um ar de interesse profissional, vendo que não havia nada incomum na maneira de se vestir do detetive: o esfarrapado casaco de tweed cinza grande demais; as calças amarrotadas, largas e com as barras dobradas; o chapéu de feltro flácido, uma pena arrancada de algum infame pássaro pintalgado enfiada na fita. *O homem é um brechó ambulante*, pensou, e seu olhar captou uma mancha de ovo aqui e ali. Mas esse sempre fora o estilo de Kinderman, ele sabia. Nada incomum ali. Nem em seu porte físico: as unhas dos dedos curtos e grossos estavam bem cuidadas, as bochechas flácidas brilhavam com resíduos de sabonete e os olhos castanhos úmidos que caíam nos cantos ainda pareciam fitar tempos idos. Como sempre, seus modos e movimentos delicados lembravam um antiquado pai vienense ocupado perpetuamente em arrumar as flores.

"E na Universidade Princeton", continuou Kinderman, "estão fazendo experiências com chimpanzés. O chimpanzé puxa uma alavanca e de uma máquina sai uma linda banana. Até agora, tudo maravilhoso, certo? Mas então os bons doutores constroem uma pequena jaula e colocam outro chimpanzé dentro dela. Aí chega o primeiro chimpanzé procurando seu costumeiro bagel com esturjão, só que dessa vez, quando a alavanca é puxada, a banana sai, com toda certeza, mas o chimpanzé vê que seu camarada na jaula está gritando por causa de um choque elétrico. Depois disso, independentemente de quão faminto ou esfomeado estiver, o primeiro chimpanzé não vai puxar a alavanca quando vir o outro chimpanzé na jaula. Eles experimentaram isso com cinquenta, cem chimpanzés, e toda vez o resultado foi o mesmo. Tudo bem, talvez algum *goniff*,[1] algum espertinho estilo Dillinger, algum sádico tenha puxado a alavanca; mas em noventa por cento das vezes, eles não o fizeram."

"Eu não sabia disso."

Kinderman continuou a fitar a lona. Dois esqueletos de neandertais encontrados na França foram examinados e descobriu-se que tinham sobrevivido por dois anos apesar de graves ferimentos incapacitantes. Era óbvio, pensou ele, que a tribo os mantivera vivos. *E olhe só as crianças*, ponderou. Não havia nada mais aguçado, o detetive sabia, do que o senso de justiça de uma criança, do que era justo, de como as coisas deveriam ser. De onde veio isso? *E quando Julie tinha três anos, você não podia dar a ela um biscoito ou um brinquedo que ela logo o dava para outra criança.* Mais tarde, ela

---

1   lídiche. Pessoa desonesta, um ladrão ou patife. [NT]

havia *aprendido* a guardar tudo para si mesma. Não era o poder que corrompia, pensou; eram os empurrões e as injustiças do mundo da experiência e um pacote de M&M's de baixa caloria. As crianças vinham a este mundo sem nenhuma bagagem, exceto a inocência. A bondade delas era inata. Não era aprendida e não era um autointeresse culto. *Que chimpanzé já chegou a bajular uma compradora para que ela adquirisse toda a coleção de primavera de camisolas? Isso é ridículo. Mesmo. Quem é que já ouviu falar de um caso assim?* E era ali que estava o paradoxo. A maldade física e a bondade moral se entrelaçavam como fitas de uma hélice dupla incorporada ao código de DNA do cosmos. *Mas como isso era possível?*, perguntou-se o detetive. Será que havia algum sabotador à solta no universo? Um Satã? *Não. Isso é besteira. Deus teria lhe dado um tabefe tão atordoante na cabeça que ele estaria passando a eternidade explicando ao sol como certa vez conhecera Arnold Schwarzenegger e apertara sua mão.* Satã deixava o paradoxo intacto, um ferimento sangrento na mente que nunca sarava.

Kinderman mudou um pouco de posição. O amor de Deus queimava com um calor ardente e sombrio, mas não emitia nenhuma luz. Será que havia sombras em Sua natureza? Será que Ele era brilhante e sensível, mas desonesto? Depois de tudo ter sido dito e feito, será que a resposta para o mistério não seria que, na verdade, Deus era nada mais nada menos que Leopold e Loeb, os infames assassinos condenados à prisão perpétua porque queriam cometer o crime perfeito? Ou será que Ele estava mais perto de ser um *putz*[2] do que qualquer um até agora tinha imaginado, um ser de poder estupendo mas limitado? O detetive imaginou um Deus assim no tribunal alegando "Culpado com uma explicação, Vossa Excelência". A teoria tinha apelo. Era racional e óbvia, e com certeza era a mais simples e a que se adequava a todos os fatos. Kinderman, contudo, a rejeitou sem pensar duas vezes e submeteu a lógica a sua

---

2   Insulto iídiche. Significa tolo, idiota. [NT]

intuição, como fizera em tantos casos de homicídio. "Não vim a este mundo para vender liberdade de porta em porta", ouviram-no dizer com frequência a companheiros desconcertados ou até mesmo, em certa ocasião, a um computador. "Meu palpite, minha opinião", sempre dizia. E ele se sentia assim a respeito do problema da maldade agora. Alguma coisa sussurrou para sua alma que a verdade era surpreendente e de alguma maneira ligada ao Pecado Original; mas apenas vagamente e por analogia.

Algo estava diferente. O detetive ergueu o olhar. Os motores da draga tinham parado. Assim como os gritos da mulher. No silêncio, ele podia ouvir o rio batendo contra o ancoradouro. Ele se virou e encontrou o olhar paciente de Stedman.

"Número um, não podemos continuar nos encontrando desse jeito. Número dois, você já tentou colocar o dedo em uma frigideira quente e o manter ali?"

"Não, nunca", respondeu Stedman.

"Eu já. Não dá para fazer isso. Dói demais. Você lê no jornal que alguém morreu em um incêndio em um hotel. 'Trinta e dois morrem em incêndio no Mayflower', diz a manchete. Mas você nunca sabe de verdade o que isso quer dizer. Não consegue avaliar, não consegue imaginar. Coloque o dedo em uma frigideira que você vai saber."

Stedman assentiu sem dizer nada. Kinderman semicerrou as pálpebras e fitou o patologista com um olhar taciturno. *Olhe só para ele*, pensou; *ele acha que estou louco. É impossível conversar sobre assuntos como este.*

"Mais alguma coisa, tenente?"

Sim. Hananias, Misael e Azarias. "*O rei, fora de si, ordenou que aquecessem até a brasa sertãs e caldeirões; logo que ficaram em brasa ordenou que cortassem a língua do que falara primeiro e, depois que lhe arrancassem a pele da cabeça, que lhe cortassem também as extremidades. Em seguida, mandou conduzi-lo ao fogo inerte e mal respirando, para fritá-lo na sertã.*"

"Não, mais nada."

"Podemos recolher o corpo agora?"

"Ainda não."

A dor tinha suas utilidades, ruminou Kinderman, e o cérebro podia afastá-la a qualquer momento. Mas como? *O Grande Fantasma no Céu não nos contou.* O decodificador de dor de *Aninha, a Pequena Órfã*, ressoa através de algum erro eclesiástico que não fora emitido. *Cabeças vão rolar*, pensou Kinderman de maneira fria.

"Stedman, vá embora. Dê o fora. Vá beber um café."

Kinderman o observou caminhar até o abrigo para barcos onde se reuniu com a equipe forense, com o Desenhista e com o Homem das Provas, com o Medidor e com o Mestre Tomador de Notas. Seus modos eram casuais. Um deles deu uma risadinha. Kinderman se perguntou o que tinha sido dito, e pensou em Macbeth e no entorpecimento gradual do senso moral.

O Tomador de Notas entregou um livro de registros ao patologista. Ele assentiu e a equipe se afastou. Seus passos esmagavam o cascalho ao longo do caminho que os levava depressa por uma ambulância e por paramédicos à espera, e logo eles estariam fazendo piadas e reclamando das esposas pelas ruas de paralelepípedos vazias de Georgetown. Estavam com pressa, provavelmente correndo para tomar o café da manhã, talvez no aconchegante White Tower, na rua M. Kinderman olhou para o relógio e então assentiu. Sim. O White Tower. Ficava aberto a noite toda. *Três ovos fritos com gema mole, por favor, Louis. Bastante bacon, ok? E coloque o pãozinho na chapa.* O calor tinha suas utilidades. Eles dobraram uma esquina e sumiram de vista. Uma risada ressoou.

Kinderman voltou a fixar o olhar no patologista. Outra pessoa estava conversando com ele agora, o sargento Atkins, assistente de Kinderman. Jovem e delicado, ele usava um gabão por cima do paletó do terno marrom de flanela, e um gorro de marinheiro de lã preto estava puxado até suas orelhas, escondendo um corte à escovinha esmerado e espetado. Stedman lhe entregou o livro de registros. Atkins assentiu, se afastou alguns passos e se sentou no banco diante do abrigo para barcos. Abriu o livro e estudou o conteúdo. Sentadas não muito longe dele estavam uma mulher e uma enfermeira. A enfermeira tinha os braços em volta da mulher, consolando-a.

Stedman, agora sozinho, fitava a mulher, imóvel. Kinderman observou a expressão dele com interesse. *Então você sente alguma coisa, Alan,* pensou; *todos os anos de mutilações e finais violentos, e ainda existe alguma coisa dentro de você que tem sentimentos. Muito bom. Em mim também. Nós fazemos parte do mistério. Se a morte fosse como a chuva, apenas uma coisa natural, por que iríamos nos sentir assim, Alan? Eu e você, em particular. Por quê?* Kinderman ansiava por estar em casa, na cama. O cansaço penetrou os ossos de suas pernas, em seguida desceu para a terra sob seus pés, pesado.

"Tenente?"

Kinderman se virou e disse: "Sim?".

Era Atkins.

"Sou eu, senhor", disse ele.

"Sim, vejo que é você. Consigo ver isso."

Kinderman fingiu encará-lo com aversão, lançando olhares carrancudos para o casaco e para o gorro antes de encontrar seu olhar. Seus olhos eram pequenos e da cor de jade. Eles se voltavam um pouco para dentro e davam a Atkins uma aparência permanente de meditação. Ele fazia Kinderman se lembrar de um monge, do tipo medieval, do tipo que se via nos filmes, a expressão sisuda, séria e estúpida. Estúpido Atkins não era, disso o tenente sabia. Veterano da Marinha, de 32 anos, que servira no Vietnã, saído da Universidade Católica, Atkins possuía algo inteligente e forte que vibrava por trás daquela máscara inexpressiva, algo maravilhoso e estranho que ele escondia não por desonestidade, na opinião de Kinderman, mas por causa de certa nobreza de caráter. Embora fosse franzino, ele certa vez afastara um gigante drogado que brandia uma faca para longe da garganta de Kinderman; e, quando a filha de Kinderman se envolvera em um acidente automobilístico quase fatal, Atkins passara doze dias e doze noites na sala de visitas da ala hospitalar onde ela estava internada. Ele usara suas férias para fazer isso. Kinderman o amava. Ele era leal como um cachorro.

"Também estou aqui, Martinho Lutero, e estou ouvindo. Kinderman, o sábio judeu, é todo ouvidos." O que mais havia a ser feito, a não ser isso? Chorar? "Estou ouvindo, Atkins, seu anacronismo ambulante. Diga. Relate as boas notícias de Gante. Encontramos algumas digitais?"

"Muitas. Em todas as superfícies dos remos. Mas estão muito borradas, tenente."

"Uma pena."

"Algumas bitucas de cigarro", ofereceu Atkins, esperançoso. Isso era útil. Eles poderiam examiná-las para descobrir o tipo sanguíneo. "Alguns fios de cabelo no corpo."

"Isso é bom. Muito bom."

Poderia ajudar a identificar o assassino.

"E temos isto", disse Atkins.

Ele estendeu um saco de celofane. Kinderman o pegou com delicadeza pela parte de cima e franziu o rosto enquanto o segurava perto dos olhos. Dentro dele havia algo feito de plástico rosa.

"O que é isso?"

"Uma presilha. Para cabelo de mulher."

Kinderman forçou a vista, segurando o objeto mais perto.

"Tem uma inscrição nela."

"Sim. Diz 'Great Falls, Virginia'."

Kinderman abaixou o pacote e olhou para Atkins.

"Elas são vendidas na barraca de suvenires em Great Falls", disse ele. "Minha filha Julie tinha uma. Isso foi há alguns anos, Atkins. Eu comprei para ela. Duas, eu comprei. Julie tinha duas." Ele entregou o saco para Atkins e sussurrou: "É de uma criança".

Atkins deu de ombros. Ele olhou na direção do abrigo para barcos, colocando o saco no bolso do casaco. "Temos aquela mulher ali, tenente."

"Será que você poderia fazer o favor de tirar esse gorro ridículo? Não estamos imitando Dick Powell em *Aí vem a Marinha!*, Atkins. Pare de bombardear Haiphong; já acabou."

Obediente, Atkins retirou o gorro e o enfiou no outro bolso de seu gabão. Ele estremeceu.

"Coloque-o de volta", disse Kinderman baixinho.

"Estou bem."

"Eu não. O corte à escovinha é pior. Coloque-o de volta."

Atkins hesitou, então Kinderman acrescentou: "Vamos lá, coloque-o de volta. Está frio".

Atkins voltou a enfiar o gorro na cabeça. "Temos aquela mulher ali", repetiu ele.

"Quem?"

"A idosa."

O corpo foi encontrado no ancoradouro, naquela manhã de domingo, 13 de março, por Joseph Mannix, o administrador do abrigo para barcos, assim que chegou para abrir a loja: iscas e apetrechos, e aluguel de caiaques, canoas e barcos a remo. O depoimento de Mannix foi breve:

DEPOIMENTO DE JOSEPH MANNIX

Meu nome é Joe Mannix e — o quê? (Interrupção feita pelo investigador.) Sim. Sim, saquei, entendi. Meu nome é Joseph Francis Mannix e moro no número 3.618 da rua Prospect em Georgetown, Washington, D.C. Sou dono e administrador do Abrigo para Barcos Potomac. Cheguei aqui às 5h30, mais ou menos. Essa é a hora que costumo abrir, arrumar as iscas e começar a fazer o café. Os clientes começam a aparecer às 6h; às vezes, já estão esperando por mim quando chego. Hoje não havia ninguém. Peguei o jornal na frente da porta e eu — oh! Oh, Jesus! Jesus!

(Interrupção; testemunha se recompõe.) Cheguei aqui, abri a porta, entrei, comecei a fazer o café. Depois, saí para contar os barcos. Às vezes, eles são roubados. A corrente é cortada com um alicate. Então eu os conto. Hoje estavam todos lá. Depois eu me virei para voltar para dentro e vi o carrinho da criança e essa pilha de jornais e vi — vi...

(A testemunha gesticula na direção do corpo da vítima; não consegue continuar; o investigador adia quaisquer outros questionamentos.)

A vítima era Thomas Joshua Kintry, um negro de doze anos, filho de Lois Annabel Kintry, viúva, 38 anos, professora de idiomas na Universidade de Georgetown. Thomas Kintry entregava jornais, o *Washington Post*. Em sua rota, ele teria feito a entrega daquela manhã no abrigo para barcos por volta das cinco. A ligação que Mannix fez para a delegacia foi registrada às 5h38. A identificação da vítima foi imediata graças à etiqueta — com endereço e número de telefone — costurada na jaqueta xadrez de cor verde: Thomas Kintry era mudo. Ele estivera trabalhando naquela rota de entregas de jornais havia apenas treze dias; caso contrário, Mannix o teria reconhecido. Ele não o reconheceu. Mas Kinderman, sim; ele conhecia o garoto por seus serviços para o clube da polícia.

"A idosa", ecoou Kinderman com um murmúrio. Então suas sobrancelhas se juntaram em uma expressão de perplexidade e ele desviou o olhar para fitar o rio.

"Estamos com ela no abrigo para barcos, tenente."

Kinderman virou a cabeça e fixou Atkins com um olhar penetrante.

"Ela está aquecida?", perguntou ele. "Certifique-se de que ela esteja aquecida."

"Nós a cobrimos com um cobertor e acendemos a lareira."

"Ela devia comer. Dê uma sopa para ela, uma sopa quente."

"Ela tomou um caldo."

"Caldo é bom, apenas se certifique de que esteja quente."

A equipe de busca a encontrara a cerca de 45 metros além do abrigo para barcos, onde ela estava em pé no gramado da margem sul do agora seco canal Chesapeake & Ohio, um córrego em desuso onde outrora barcaças de madeira puxadas por cavalos levavam passageiros para cima e para baixo ao longo de sua extensão de pouco mais de oitenta metros; agora, ele fora cedido para uso principalmente dos corredores. Quando a equipe de busca a encontrou, a mulher, na casa dos setenta anos, estivera tremendo, parada com as mãos plantadas na cintura e fitando tudo ao redor com lágrimas nos olhos, como se estivesse perdida, desorientada e amedrontada. Porém, ela não conseguia, ou não queria, responder às perguntas e deu a impressão de estar senil, atordoada ou catatônica. Ninguém sabia o que ela estivera fazendo ali. Não havia residências na vizinhança. Ela usava um pijama de algodão com estampas de pequenas flores sob um roupão azul de lã fechado com um cordão e pantufas de um rosa-claro com costuras de lã. A temperatura estava glacial ao ar livre.

Stedman reapareceu. "Já acabou com o corpo, tenente?"

Kinderman baixou o olhar para a lona manchada de sangue. "Será que Thomas Kintry já acabou com ele?"

O choro chegou até Kinderman outra vez. Balançou a cabeça. "Atkins, leve a sra. Kintry para casa", sussurrou. "E a enfermeira, leve a enfermeira com você também. Faça com que ela fique com a sra. Kintry hoje, o dia inteiro. Eu mesmo pago pelas horas extras, não se preocupe com isso. Leve-a para casa."

Atkins começou a falar e foi interrompido.

"Sim, sim, sim, a idosa. Eu lembro. Vou vê-la."

Atkins se afastou para fazer o que Kinderman mandara. E agora o tenente se apoiou sobre um joelho, meio arquejando, meio gemendo com o esforço de se agachar. "Thomas Kintry, me perdoe", murmurou baixinho e então levantou a lona e deixou o olhar vagar pelos braços, pelo peito e pelas pernas.

Elas são tão finas, como as de um pardal, pensou. O garoto fora um órfão e chegara a sofrer de pelagra. Lois Kintry o adotara quando ele tinha três anos. Uma vida nova. E agora chegara ao fim. O menino tinha sido crucificado, pregado pelos punhos e pés às partes planas de remos para caiaques arrumados para formar uma cruz; e os mesmos grossos pregos de carpinteiro de menos de oito centímetros foram martelados ao redor do topo do crânio em um círculo, penetrando a dura-máter e finalmente o cérebro. O sangue escorrera em linhas tortuosas sobre os olhos ainda arregalados de medo e para dentro da boca ainda escancarada no que devem ter sido os gritos silenciosos de dor e terror insuportáveis do garoto mudo.

Kinderman examinou os cortes na palma da mão esquerda de Kintry. Era verdade: eles tinham um padrão — o signo de Gêmeos. Em seguida, olhou para a outra mão e viu que o dedo indicador estava faltando. Fora decepado. O detetive sentiu um calafrio.

Ele recolocou a lona sobre o corpo e se levantou, devagar e com esforço. Então ficou olhando para baixo com uma determinação melancólica. *Vou encontrar seu assassino, Thomas Kintry*, pensou.

Mesmo se fosse Deus.

"Tudo bem, Stedman, dê no pé", disse ele. "Pegue o corpo e suma da minha frente. Você fede a formol e morte."

Stedman se afastou para buscar a equipe da ambulância.

"Não, não, espere um minuto", chamou Kinderman.

Stedman se virou. O detetive andou em sua direção e falou com ele em voz baixa.

"Espere até a mãe ir embora."

Stedman assentiu.

A draga tinha ancorado. Um sargento da polícia vestindo uma jaqueta preta de couro com forro de lã pulou no ancoradouro com destreza e se aproximou. Ele carregava algo embrulhado em um pano e estava prestes a falar quando Kinderman o impediu.

"Espere um minuto, aguenta aí; agora não; só um minuto."

O sargento seguiu o olhar de Kinderman. Atkins estava conversando com a enfermeira e com a sra. Kintry. A sra. Kintry assentiu e as mulheres se levantaram. Kinderman teve que desviar o olhar no momento em que a mãe olhou na direção da lona. Para seu menino. Ele esperou um pouco e então perguntou: "Elas já foram?".

"Sim, estão entrando no carro", respondeu Stedman.

"Ok, sargento", disse Kinderman, "vamos dar uma olhada."

O sargento abriu o embrulho de pano marrom em silêncio e revelou o que parecia ser um martelo para amaciar carne; ele tomou cuidado para não tocá-lo.

Kinderman o encarou e então disse: "Minha esposa tem uma coisa assim. Para fazer *schnitzel*. Só que menor".

"É do tipo usado em restaurantes", comentou Stedman. "Ou em grandes cozinhas institucionais. Eu os vi no Exército."

Kinderman olhou para ele. "Isto pode ter sido usado?", perguntou.

Stedman assentiu.

"Entregue-o para Delyra", Kinderman instruiu o sargento. "Vou lá dentro ver a idosa."

O interior do abrigo para barcos estava quente. Lenha queimava e estalava na enorme lareira revestida com grandes pedras cinzentas e arredondadas, e havia barcos a remo para competição pendurados na parede.

"Poderia nos dar seu nome, por favor, senhora?"

Ela estava sentada em um sofá roto de couro sintético amarelo diante da lareira, uma policial ao seu lado. Kinderman estava na frente delas, respirando com dificuldade, o chapéu seguro com firmeza pela aba diante do corpo. A idosa não parecia vê-lo nem ouvi-lo, e seu olhar vazio parecia fixo em alguma coisa interior. Os olhos do detetive se estreitaram em confusão. Ele se sentou em uma cadeira de frente para ela e com cuidado colocou o chapéu em cima de algumas velhas revistas rasgadas e sem capa espalhadas e esquecidas sobre uma mesa de madeira entre eles; o chapéu cobriu um anúncio de uísque.

"Você pode nos dizer seu nome, querida?"

Não houve resposta. Os olhos de Kinderman lançaram uma pergunta silenciosa para a policial, que de imediato aquiesceu e lhe disse em voz baixa: "Ela ficou fazendo isso sem parar, a não ser quando lhe demos um pouco de comida. E quando escovei o cabelo dela", acrescentou.

O olhar de Kinderman voltou para a mulher. Ela estava fazendo movimentos estranhos e rítmicos com as mãos e os braços. Então seu olhar repousou em algo que ele não tinha notado antes, alguma coisa pequena e rosa em cima da mesa perto de seu chapéu. Ele pegou e leu a pequena inscrição: "Great Falls, Virginia". O *n* em Virginia estava faltando.

"Não consegui encontrar a outra", disse a policial, "então a deixei de lado quando escovei o cabelo dela."

"Ela estava usando isso?"

"Sim."

O detetive sentiu um frêmito de descoberta e perplexidade. A idosa era uma possível testemunha do crime. Mas o que ela estivera fazendo no ancoradouro àquela hora? E naquele frio? O que ela estivera fazendo, a propósito, àquela altura do canal C&O onde a tinham encontrado? Ocorreu a Kinderman de imediato que aquela criatura velha e doentia era senil e talvez estivera passeando com um cachorro. *Um cachorro? Sim, talvez ele tenha fugido e ela não conseguira encontrá-lo. Isso poderia explicar o jeito como estava chorando.* Uma suspeita ainda mais terrível lhe ocorreu em seguida: a mulher pode ter testemunhado o assassinato e isso pode tê-la desequilibrado e traumatizado; temporariamente, pelo menos. Ele sentiu um misto de pena, entusiasmo e irritação. Eles precisavam fazer com que ela falasse.

"Senhora, poderia nos dizer seu nome, por favor?"

Nenhuma resposta. No silêncio, ela continuou com seus movimentos misteriosos. Do lado de fora, uma nuvem passou pelo sol e um feixe de luz solar invernal atravessou uma janela próxima como uma graça inesperada. Iluminou suavemente o rosto e os olhos da mulher idosa e lhe emprestou uma expressão de delicada devoção religiosa. Kinderman se inclinou um pouco para a frente; ele pensou ter detectado um padrão nos movimentos: com as pernas bem juntas, a idosa levava cada mão à coxa alternadamente, fazia um pequeno movimento estranho e em seguida jogava a mão para o alto acima da cabeça, onde terminava a sequência com inúmeros puxões bruscos e curtos.

Ele continuou a observar por algum tempo, então se levantou.

"Mantenha-a sob custódia, Jourdan, até descobrirmos quem ela é."

A policial assentiu.

"Você escovou o cabelo dela", disse o detetive. "Isso foi muita gentileza. Fique com ela."

"Sim."

Kinderman se virou e saiu do abrigo para barcos. Deu várias instruções, parou de pensar no assunto e depois dirigiu até sua pequena e calorosa casa estilo Tudor nas proximidades da estrada Foxhall. Fazia apenas seis anos desde que ele abrira mão de morar em apartamentos para agradar a esposa, e ainda chamava aquela área um tanto rústica de "campo".

Ele entrou na casa e chamou: "Docinho, cheguei. Sou eu, seu herói, o inspetor Clouseau". Ele pendurou o chapéu e o casaco no cabideiro no minúsculo vestíbulo, depois soltou o revólver e o coldre e os trancou na gaveta do pequeno baú escuro ao lado do cabideiro. "Mary?" Ninguém respondeu. Ele sentiu o cheiro de café fresco e se arrastou na direção da cozinha. Julie, sua filha de 22 anos, estava sem dúvida dormindo. Mas onde estava Mary? E Shirley, sua sogra?

A cozinha era colonial. Kinderman lançou um olhar carrancudo para as panelas de cobre e diversos utensílios pendurados em ganchos afixados à coifa, tentando imaginá-los pendurados na cozinha de alguém no gueto de Varsóvia; então andou com passos pesados e lentos até a mesa da cozinha. "Bordo", resmungou alto, pois quando estava sozinho costumava falar consigo mesmo. "Que judeu saberia diferenciar um bordo de um queijo? Eles não saberiam, é impossível, é estranho." Viu um bilhete em cima da mesa. Ele o pegou e leu.

Querido Billy,

Não fique irritado, mas, quando o telefone nos acordou, mamãe insistiu que fôssemos a Richmond, como punição, acho, então achei melhor partirmos bem cedo. Ela disse que os judeus do Sul devem permanecer unidos. Quem está em Richmond?

Você se divertiu no Grupo de Apoio da Polícia? Mal posso esperar para voltar para casa e ouvir tudo a respeito. Preparei para você o de sempre e deixei na geladeira. Está planejando ficar em casa hoje à noite ou como sempre vai patinar no gelo no Potomac com Omar Sharif e Catherine Deneuve?

Beijos,
Eu

Um leve sorriso afetuoso animou seus olhos. Ele devolveu o bilhete à mesa, encontrou cream cheese, tomates, salmão defumado, picles e Almond Roca em um prato dentro da geladeira. Fatiou e tostou dois bagels, serviu o café e sentou-se à mesa para comer. Então notou o *Washington Post* de domingo sobre a cadeira à esquerda. Olhou para o prato de comida à sua frente. Seu estômago estava vazio, mas ele não conseguiu comer. Tinha perdido o apetite.

Durante algum tempo, ficou sentado bebendo café. Levantou o olhar. Do lado de fora, um pássaro estava cantando. *Com esse tempo? Ele deve ser internado em um manicômio. Ele está doente, precisa de ajuda.* "Eu também", murmurou o detetive. Então o pássaro se calou e o único som era o ritmo do relógio de pêndulo na parede. Ele verificou as horas; 8h42. Os góis[3] estariam indo para a igreja. Não custa nada. *Façam uma oração por Thomas Kintry, por favor.* "E uma para William F. Kinderman", acrescentou em voz alta. *Sim. E mais uma.* Ele bebericou o café. Que coincidência doentia, pensou, que uma morte como a de Kintry acontecesse neste dia, no décimo segundo aniversário de uma morte igualmente chocante, violenta e misteriosa.

Kinderman olhou para o relógio. Será que tinha parado? Não. Estava funcionando. Ele mudou de posição na cadeira. Sentiu uma estranheza no cômodo. O que era? *Nada. Você está cansado.* Ele pegou o doce, tirou-o da embalagem e comeu. *Não é tão bom sem o gosto de picles antes,* lamentou-se.

Ele balançou a cabeça e se levantou com um suspiro. Guardou o prato de comida, lavou a xícara de café na pia e depois saiu da cozinha, subindo a escada para o andar de cima. Pensou em tirar um cochilo por algum tempo e permitir que seu inconsciente trabalhasse, identificasse as pistas que ele nem sabia que tinha visto, mas no topo da escada parou e resmungou: "O Geminiano".

O Geminiano? Impossível. Aquele monstro está morto, não pode ser. Então por que os pelos das costas de suas mãos estavam eriçados?, perguntou-se. Ele as levantou, as palmas viradas para baixo. *Sim. Estão todos eriçados. Por quê?*

Ouviu Julie acordando naquele momento e se arrastando até o banheiro, e ficou ali parado um pouco, surpreso e incerto. Ele deveria estar fazendo alguma coisa. Mas o quê? As costumeiras linhas de investigação e indução estavam obstruídas; eles estavam procurando um maníaco e o laboratório não teria nada a relatar até a noite. Mannix, ele pressentia, já tinha sido espremido do pouco que sabia e a mãe de Kintry devia com certeza ser deixada em paz por enquanto. De qualquer modo, o garoto não era de andar em companhias questionáveis e nunca tivera hábitos desagradáveis; isso o próprio

---

3   Termo usado pelos judeus ao se referirem àqueles que não são judeus. [NT]

Kinderman sabia graças ao contato regular que tinha com ele. O detetive balançou a cabeça. Precisava sair, pôr-se em movimento, perseguir. Ele ouviu o chuveiro de Julie funcionando. Virou-se e voltou a descer a escada até o vestíbulo. Pegou a arma, colocou o chapéu e o casaco, e saiu.

Do lado de fora, ficou parado com a mão na maçaneta, preocupado, pensativo e desnorteado. O vento soprou um copo de isopor pela entrada para carros e ele ficou ouvindo as batidas suaves e tristonhas; então o copo ficou imóvel. De repente, ele foi até o carro, entrou e saiu dirigindo.

Sem saber como tinha chegado ali, ele se viu estacionado em lugar proibido na rua 33, perto do rio. Ele saiu do carro. Aqui e ali viu um exemplar do *Washington Post* diante de uma porta. Achou a visão dolorosa e desviou o olhar. Trancou o veículo.

Atravessou um pequeno parque até uma ponte que cruzava o canal e tomou o caminho lateral ao córrego até o abrigo para barcos. Os curiosos já tinham se reunido e perambulavam por ali, conversando, embora ninguém parecesse saber de fato o que tinha acontecido. Kinderman foi até as portas do abrigo para barcos. Elas estavam trancadas e uma placa vermelha e branca dizia FECHADO. O detetive olhou para o banco ao lado das portas e então se sentou, a respiração saindo áspera conforme ele se inclinava contra a parede.

Ele estudou as pessoas no ancoradouro. Kinderman sabia que assassinos psicóticos costumavam saborear a atenção que seus atos violentos tinham atraído. Ele poderia estar ali naquele grupo no ancoradouro, talvez perguntando: "O que aconteceu? Você sabe? Alguém foi assassinado?". Ele procurou alguém com um sorriso um pouco fixo demais, com um tique ou a expressão de um drogado, e mais importante, alguém que tivesse ouvido o que ocorrera, mas então se demorava e fazia a mesma pergunta para algum recém-chegado. A mão de Kinderman foi até um bolso interno do casaco; sempre havia um livro ali dentro. Ele tirou *Cláudio, o Deus* e olhou para a capa com desalento. Queria fingir ser um velho que estava passando o domingo perto do rio, mas o romance de Robert Graves representava o perigo de que ele pudesse realmente lê-lo sem querer e talvez permitisse que o assassino escapasse de seu escrutínio. Ele já o tinha lido duas vezes e sabia muito bem o perigo de se perder naquelas páginas novamente. Devolveu o livro ao bolso e depressa retirou outro. Olhou o título. Era *Esperando Godot*. Suspirou aliviado e abriu o livro no Segundo Ato.

Ele ficou ali até o meio-dia, sem ver ninguém suspeito. Por volta das onze, já não havia mais ninguém no ancoradouro e o fluxo tinha parado, mas ele aguardara mais uma hora, esperançoso. Agora olhou para o relógio e depois para os barcos acorrentados ao ancoradouro. Algo o incomodava. O quê? Ele pensou por alguns instantes, mas não conseguiu identificar o que era. Guardou *Godot* e foi embora.

Encontrou uma multa de estacionamento no para-brisa do carro. Ele a tirou de sob o limpador de para-brisa e a fitou com descrença. O carro era um Chevrolet Camaro sem adornos, mas tinha placas da delegacia de polícia. Ele amassou a multa ao enfiá-la no bolso, destrancou o carro, entrou e se afastou. Não tinha uma ideia clara de aonde ir e acabou na delegacia de Georgetown. Uma vez lá dentro, se aproximou do sargento que cuidava da recepção.

"Quem estava aplicando multas na rua 33 perto do canal hoje de manhã, sargento?"

O homem olhou para ele.

"Robin Tennes."

"Fico muito feliz em estar vivo em uma época e um lugar onde até mesmo uma garota cega pode ser policial", disse-lhe Kinderman. Entregou-lhe a multa e se afastou bamboleando.

"Alguma novidade sobre o garoto, tenente?", perguntou o sargento. Ele ainda não tinha examinado a multa.

"Nenhuma novidade, nenhuma novidade", respondeu Kinderman. "Nada."

Ele subiu as escadas e passou pela sala da equipe, se esquivando das perguntas dos curiosos, até enfim entrar em seu escritório. Uma das paredes era toda tomada por um mapa bem detalhado da região noroeste da cidade, enquanto outra era coberta por um quadro-negro. Na parede atrás da mesa, entre duas janelas que proporcionavam uma vista do Capitólio, estava pendurado um pôster do Snoopy, um presente de Thomas Kintry.

Kinderman sentou-se à mesa. Ainda vestia chapéu e casaco, este último abotoado. Sobre a mesa, havia um calendário, uma cópia em brochura do Novo Testamento e uma caixa de plástico transparente com lenços Kleenex. Ele puxou um lenço e limpou o nariz, em seguida olhou para as fotos colocadas no revestimento da caixa: a esposa e a filha. Ainda assoando, ele virou um pouco a caixa, revelando uma foto de um padre de cabelo escuro; então Kinderman ficou sentado imóvel, lendo a dedicatória. "Continue fiscalizando aqueles dominicanos, tenente." A assinatura dizia "Damien". O detetive observou o sorriso no rosto anguloso, e depois a cicatriz acima do olho direito. De repente, ele amassou o lenço, jogou-o no cesto de lixo e estava esticando a mão para o telefone quando Atkins entrou. Kinderman ergueu o olhar no instante em que Atkins fechava a porta.

"Ah, é você." Ele largou o telefone e juntou as mãos à sua frente, feito um Buda do bairro de comércio de roupas. "Tão rápido?"

Atkins se aproximou devagar e sentou-se em uma cadeira diante da mesa. Ele tirou o gorro, os olhos dardejando para o chapéu de Kinderman.

"Não ligue para a insolência", disse-lhe Kinderman. "Eu mandei você ficar com a sra. Kintry."

"O irmão e a irmã dela apareceram por lá. Um pessoal da escola, da universidade. Achei que seria melhor voltar."

"E isso foi uma coisa boa, Atkins. Tenho muitas coisas para você fazer." Kinderman esperou enquanto Atkins pegava um pequeno bloco de anotações vermelho e uma caneta esferográfica. Então continuou: "Primeiro, encontre Francis Berry.

Ele era o investigador-chefe da equipe do Geminiano. Ele ainda está na divisão de homicídios, em San Francisco. Quero tudo que ele tiver sobre o assassino Geminiano. Tudo. O arquivo inteirinho".

"Mas o Geminiano está morto há doze anos."

"É mesmo? Verdade, Atkins? Eu não fazia ideia. Você quer dizer que todas as manchetes nos jornais eram verdadeiras? E no rádio e na televisão também, Atkins? Espantoso. Mesmo. Estou de queixo caído."

Atkins estava escrevendo, um sorrisinho de esguelha curvando sua boca. Uma fresta da porta foi aberta e o chefe da equipe forense olhou para dentro. "Pare de ficar enrolando na soleira, Ryan. Entre logo", disse-lhe Kinderman. Ryan entrou e fechou a porta atrás de si.

"Preste atenção em mim, Ryan", disse Kinderman. "Olhe para o jovem Atkins. Você está na presença da sublimidade, de um gigante. Não, verdade. Um homem deve receber seu reconhecimento justo. Gostaria de saber o ponto alto da carreira de Atkins conosco? Certamente. Não devemos encobrir estrelas com uma cesta de quiabos. Na semana passada, pela décima nona vez..."

"Vigésima", corrigiu-o Atkins, segurando a caneta no alto para dar ênfase.

"Pela vigésima vez, ele prendeu Mishkin, o notório malfeitor. Seu crime? Seu invariável *modus operandi*? Ele invade apartamentos e muda toda a mobília de lugar. Ele redecora." Kinderman transferiu os comentários para Atkins. "Dessa vez vamos mandá-lo para a psiquiatria, juro."

"Como a divisão de homicídios se encaixa nisso?", perguntou Ryan.

Atkins se virou para ele, inexpressivo. "Mishkin deixa mensagens com ameaças de morte caso ele volte e encontre alguma coisa fora do lugar."

Ryan piscou, surpreso.

"Trabalho heroico, Atkins. Homérico", elogiou Kinderman. "Ryan, você tem alguma coisa para me contar?"

"Ainda não."

"Então por que está desperdiçando meu tempo?"

"Só estava me perguntando se havia alguma novidade."

"Está muito frio lá fora. Além disso, o sol saiu hoje de manhã. Você tem mais alguma pergunta para o oráculo, Ryan? Muitos reis do leste estão esperando por sua vez."

Ryan pareceu aborrecido e saiu da sala. Kinderman o seguiu com o olhar e quando a porta tinha se fechado, ele olhou para Atkins. "Ele acreditou na coisa toda sobre o Mishkin."

Atkins assentiu.

O detetive balançou a cabeça. "O homem não ouve a música", disse.

"Ele tenta, senhor."

"Obrigado, Madre Teresa."

Kinderman espirrou e pegou outro Kleenex.

"Saúde."

"Obrigado, Atkins." Kinderman assoou o nariz e jogou o lenço fora. "Então você vai conseguir o arquivo do Geminiano para mim."

"Sim, senhor."

"Depois disso, descubra se alguém reivindicou a idosa."

"Ainda não, senhor. Verifiquei quando cheguei."

"Ligue para o *Washington Post*, para o departamento de distribuição; obtenha o nome do chefe da rota de Kintry e faça uma busca no computador do FBI. Veja se ele já teve problemas com a lei. Às cinco da manhã, naquele frio congelante, é muito improvável que o assassino estivesse apenas dando uma volta e tenha se deparado com Kintry por acaso. Alguém sabia que ele estaria lá."

O estardalhaço de um teletipo começou a atravessar o chão vindo de baixo. Kinderman olhou na direção do barulho. "Quem consegue pensar neste lugar?"

Atkins aquiesceu.

De repente, o teletipo parou. Kinderman suspirou e olhou para o assistente. "Existe outra possibilidade. Alguém na rota de entregas de Kintry pode tê-lo matado, alguém para quem ele já tinha entregado o jornal antes de chegar ao abrigo para barcos. Essa pessoa pode tê-lo matado e depois arrastado seu corpo até o abrigo. É possível. Então todos esses nomes devem passar pelo computador."

"Muito bem, senhor."

"Mais uma coisa. Quase metade dos jornais de Kintry ainda tinham que ser entregues. Descubra com o *Post* quem ligou reclamando que não recebeu seu jornal. Risque estes da lista; quem quer que tenha sobrado — quem quer que não tenha ligado —, faça uma busca com seus nomes no computador também."

Atkins parou de escrever no bloco de anotações. Olhou para o detetive com desconfiança.

Kinderman assentiu. "Sim. Exatamente. As pessoas sempre querem suas tirinhas aos domingos, Atkins. Então, se alguém não ligou para dizer que queria seu jornal, só pode haver duas razões — ou o assinante está morto, ou é o assassino. É um tiro no escuro. Não custa nada tentar. Você também deve incluir esses nomes nas buscas no computador do FBI. A propósito, acredita que haverá um dia em que os computadores poderão pensar?"

"Duvido."

"Eu também. Li uma vez que fizeram essa pergunta a um teólogo e ele respondeu que esse problema lhe daria insônia só quando os computadores começassem a se preocupar que talvez suas peças estivessem ficando desgastadas. Tenho a mesma opinião. Computadores, boa sorte, Deus os abençoe, estão bem. Mas uma coisa feita de coisas não pode se preocupar consigo mesma. Estou certo? É tudo uma *ka-ka*,[4] afirmar que a mente é na verdade o cérebro. Claro, minha mão está no bolso. Será que o bolso é minha mão? Qualquer bebum na rua M sabe que um pensamento é um pensamento e não um

---

4 Iídiche. Porcaria, excremento. [NT]

monte de células ou alguma *chazerei*[5] acontecendo no cérebro. Ele sabe que inveja não é um jogo para Atari. Enquanto isso, quem está enganando quem? Se todos aqueles cientistas maravilhosos no Japão pudessem construir uma célula cerebral artificial de apenas um quarto de centímetro cúbico, seria necessário guardar um cérebro artificial em um armazém de 14 mil metros cúbicos para que você pudesse escondê-lo da sua vizinha, a sra. Briskin, e assegurá-la de que não estava acontecendo nada de esquisito na casa ao lado. Além disso, eu sonho com o futuro, Atkins. Você conhece algum computador que consegue fazer isso?"

"O senhor descartou Mannix?"

"Não estou dizendo que sonho com o futuro comum e previsível. Sonho com o que é impossível adivinhar. Não apenas eu. Leia *An Experiment with Time*, de J.W. Dunne. E também Jung, o psiquiatra, e o amigo dele, Wolfgang Pauli, o figurão da física quântica que agora é chamado de pai do neutrino. Você poderia comprar um carro usado de pessoas assim, Atkins. Quanto ao Mannix, ele tem sete filhos, é um santo, e eu o conheço há dezoito anos. Esqueça. O que é estranho — na minha mente — é que Stedman não notou nenhum sinal de que talvez Kintry tenha sido atingido na cabeça primeiro. O que foi feito com ele, como isso é possível? Ele estava consciente. Meu Deus, ele estava consciente." Kinderman olhou para baixo e balançou a cabeça. "Temos que procurar mais de um monstro, Atkins. Alguém precisou segurá-lo. Com certeza foi assim."

O telefone tocou. Kinderman fitou os botões. Era a linha particular. Ele pegou o telefone e disse: "Kinderman".

"Bill?" Era sua esposa.

"Oh, é você, querida. Diga, como estão as coisas em Richmond? Você ainda está aí?"

"Sim, acabamos de ver o Capitólio Estadual. Ele é branco."

---

5   Iídiche. Lixo, porcaria, coisa sem valor. [NT]

"Que emocionante."

"Como está seu dia, querido?"

"Maravilhoso, meu bem. Três assassinatos, quatro estupros e um suicídio. Tirando isso, estou me divertindo como sempre com os rapazes aqui na sexta DP. Amor, quando a carpa vai sair da banheira?"

"Não posso falar agora."

"Ah, entendi. Então a Mãe dos Irmãos Graco está aí perto. Mãe dos Mistérios. Ela está espremida na cabine telefônica com você, não é?"

"Não posso falar. Você vai jantar em casa hoje ou não?"

"Acho que não, meu anjo precioso."

"Almoço, então? Você não come direito quando não estou aí. Podemos começar a viagem de volta agora — chegaríamos em casa por volta das duas."

"Obrigado, querida, mas hoje preciso animar o padre Dyer."

"Qual é o problema?"

"Todos os anos ele fica meio para baixo neste dia."

"Oh, é hoje."

"É hoje."

"Tinha esquecido."

Dois policiais estavam arrastando um suspeito pela sala. Ele estava resistindo com ferocidade e gritava imprecações.

"Não fui eu! Me soltem, seus putos chupadores de rola!"

"O que foi isso?", perguntou a esposa de Kinderman.

"Só um gói, meu bem. Não se preocupe." A porta de uma sala de detenção fechou com um estrondo às costas do suspeito. "Vou levar Dyer para ver um filme. Conversaremos a respeito. Ele vai gostar."

"Bom, ok. Vou preparar um prato e deixá-lo no forno, só para garantir."

"Você é um amor. Oh, a propósito, tranque as janelas esta noite."

"Por quê?"

"Faria eu me sentir melhor. Abraços e beijos, docinho."

"Para você também."

"Deixe um bilhete falando sobre a carpa, tudo bem, querida? Não quero chegar e dar de cara com ela."

"Oh, *Bill!*"

"Tchau, amor."

"Tchau."

Ele desligou o telefone e se levantou. Atkins o fitava. "A carpa não é da sua conta", disse-lhe o detetive. "Sua única preocupação deve ser o fato de que há algo de podre no reino da Dinamarca." Ele andou na direção da porta. "Você tem muitas coisas para fazer, então, por favor, faça. Quanto a mim, das 14h às 16h30 estarei no Biograph Cinema. Depois disso, estarei no Clyde's ou aqui. Avise quando chegar alguma coisa do laboratório. Qualquer coisa. Mande um bipe. Adeus, lorde Jim. Aproveite seu luxuoso cruzeiro no *Patna*. Procure vazamentos."

Ele passou pela porta e entrou no mundo dos homens que morrem. Atkins o observou enquanto ele atravessava a sala da equipe, esquivando-se de perguntas como alguém se desviando de mendigos em uma rua de Mumbai. E então desceu a escada e sumiu de vista. Atkins já sentia sua falta.

Levantou-se da cadeira e foi até a janela. Olhou para os monumentos de mármore branco da cidade, banhados pela luz do sol, quente e real. Ouviu o tráfego. Sentia-se apreensivo. Alguma escuridão que não conseguia compreender estava avançando; mesmo sem entender, podia sentir seus movimentos. O que era aquilo? Kinderman a tinha sentido. Dava para perceber.

Atkins afastou aqueles pensamentos. Acreditava no mundo e nos homens, e sentia pena de ambos. Ansiando pelo melhor, ele se virou e foi trabalhar.

2

Joseph Dyer, um padre jesuíta, irlandês, de 45 anos e professor de religião da Universidade de Georgetown, tinha iniciado o domingo com a Missa de Cristo, revigorando sua fé e renovando seu mistério, celebrando a esperança na vida por vir e rezando por misericórdia para toda a humanidade. Depois da missa, ele caminhara até o cemitério jesuíta em um pequeno vale no campus da universidade, onde colocara algumas flores diante da lápide marcada DAMIEN KARRAS, S.J.[1] Em seguida, fizera um farto desjejum no refeitório, consumindo porções gigantescas de tudo: panquecas, costelinhas de porco, broa de milho, linguiças, bacon e ovos. Estivera sentado com o reitor da universidade, o padre Riley, um amigo de muitos anos.

"Joe, onde você coloca tudo isso?", perguntou Riley, maravilhado, observando o ruivo diminuto e sardento montar um sanduíche de costelinhas de porco e panqueca.

Dyer fitou o reitor com seus olhos azuis distantes e disse de forma inexpressiva: "Uma vida pura, *mon pére*". Em seguida, esticou a mão para pegar o leite e se serviu de outro copo.

O padre Riley balançou a cabeça e bebericou o café, esquecendo-se de onde tinham parado em sua discussão sobre Donne como poeta e padre. "Algum plano para hoje, Joe? Vai ficar por aqui?"

"Quer me mostrar sua coleção de gravatas ou algo assim?"

---

[1] Indica um membro da Companhia de Jesus, Society of Jesus, em inglês, ordem religiosa jesuíta. [NT]

"Tenho um discurso na American Bar Association[2] semana que vem. Gostaria de conversar sobre ele."

Riley observou com fascínio Dyer derramar uma cachoeira de xarope de bordo no prato.

"Sim, ficarei aqui até umas 14h15 e depois vou ver um filme com um amigo. O tenente Kinderman. Você já o conheceu."

"O que tem cara de beagle? O policial?"

Dyer assentiu, enchendo a boca.

"Ele é um sujeito interessante", comentou o reitor.

"Todos os anos neste dia ele fica para baixo e deprimido, então eu tenho que animá-lo. Ele adora filmes."

"É hoje?"

Dyer aquiesceu, a boca cheia outra vez.

O reitor bebericou o café.

"Tinha esquecido."

Dyer e Kinderman se encontraram no Biograph Cinema na rua M e viram quase metade de *O Falcão Maltês*, um prazer interrompido quando um homem na plateia se sentou ao lado do detetive e fez alguns comentários perceptivos e apreciativos a respeito do filme, os quais ele ouviu com prazer. Então o desconhecido fitou a tela enquanto colocava a mão no joelho de Kinderman, e foi nesse instante que o agente da lei se virou para ele, incrédulo, sussurrando "Juro por Deus que não acredito nisso", enquanto fechava algemas no pulso do homem. Em seguida, uma pequena comoção se desenrolou quando Kinderman conduziu o homem até a entrada, chamou uma viatura e então o enfiou dentro dela.

"Só dê um susto nele e depois deixe-o ir", foram as instruções do tenente para o policial ao volante.

O homem enfiou a cabeça pela janela traseira. "Sou amigo pessoal do senador Klureman."

2   Associação de advogados e estudantes de advocacia. [NT]

"Tenho certeza de que ele vai sentir muito quando souber disso no noticiário das seis", respondeu o detetive. E depois para o guarda: "*Avanti!* Vá!".

A viatura se afastou. Uma pequena aglomeração tinha se formado. Kinderman olhou em volta à procura de Dyer e finalmente o viu imprensado contra uma porta. Ele estava olhando rua acima e sua mão prendia as lapelas do casaco junto ao pescoço para que o colarinho romano não pudesse ser visto. Kinderman se aproximou dele.

"O que está fazendo? Fundando uma ordem chamada 'Padres Furtivos'?"

"Estava tentando me tornar invisível."

"Não funcionou", retrucou o detetive, inocente. Ele estendeu a mão e tocou Dyer. "Olhe só isso. Aqui está seu braço."

"Nossa, com certeza é muito divertido sair com você, tenente."

"Você está sendo ridículo."

"Não brinca."

"Aquele *putz* patético", murmurou o detetive com pesar. "Estragou o filme para mim."

"Você já o viu dez vezes."

"E outras dez — até mesmo vinte — não me farão nenhum mal." Kinderman segurou o braço do padre e eles começaram a andar. "Vamos comer alguma coisa no The Tombs ou talvez no Clyde's ou no F. Scott's", encorajou o detetive. "Podemos pedir alguns petiscos, discutir e criticar."

"Metade de um filme?"

"Eu me lembro do resto."

Dyer os fez parar.

"Bill, você parece cansado. Caso difícil?"

"Nada de mais."

"Você parece abatido", insistiu Dyer.

"Não, estou bem. E você?"

"Estou bem."

"Você está mentindo."

"Você também", retrucou Dyer.

"Verdade."

O olhar de Dyer perscrutou o rosto do detetive com preocupação. Seu amigo parecia exausto e profundamente ansioso. Havia alguma coisa muito errada.

"Você parece mesmo terrivelmente cansado", disse ele. "Por que não vai para casa e tira um cochilo?"

Agora ele está preocupado comigo, pensou Kinderman.

"Não, não posso ir para casa", respondeu ele.

"Por que não?"

"A carpa."

"Sabe, achei que você tinha dito 'a carpa'."

"A carpa", repetiu Kinderman.

"Você disse a mesma coisa de novo."

Kinderman se aproximou de Dyer, o rosto a poucos centímetros da face do padre, fixando-o com um olhar severo e firme.

"A mãe de minha Mary está nos fazendo uma visita, *nu*?[3] Ela que reclama que eu ando em más companhias e tenho algum parentesco com Al Capone; ela que dá Chutzpah e Kibbutz Number Five como presentes de Chanucá para minha esposa, esses, claro, são perfumes feitos em Israel — os melhores. Shirley. Deu para ter uma ideia de como ela é agora? Ótimo. Em pouco tempo, ela decide cozinhar uma carpa para a gente. Um peixe saboroso. Não tenho nada contra ele. Mas, já que é supostamente cheio de impurezas, Shirley comprou esse peixe vivo e agora já faz três dias que ele está nadando na banheira. Mesmo enquanto estamos aqui *conversando*, ele está nadando na minha banheira. Para cima e para baixo. Para baixo e para cima. Para se livrar das impurezas. E eu o odeio. Só mais uma nota adicional: padre Joe, você está parado bem perto de mim, certo? Você notou? Sim. Você notou que eu não tomo banho há vários dias. Três. A carpa. Então eu nunca volto para casa

---

3 Interjeição iídiche. Pode ser interpretada como "então?", "certo?", ou em alguns casos como "quais as novidades?". [NT]

antes de a carpa estar dormindo. Tenho medo de que se a vir enquanto ela estiver nadando, eu decida matá-la."

Dyer se desvencilhou dele, rindo.

Melhor. Muito melhor, pensou Kinderman. "Vamos lá, você prefere o Clyde's, The Tombs ou F. Scott's?"

"Billy Martin's."

"Não banque o difícil. Eu já fiz uma reserva no Clyde's."

"Clyde's."

"Sabe, achei que diria isso."

"E disse."

Juntos, eles caminharam para esquecer a noite.

Atkins estava sentado atrás de sua mesa e piscou surpreso. Pensou que tinha entendido errado, ou que talvez não tivesse se explicado bem o bastante. Ele repassou tudo de novo, dessa vez segurando o telefone mais perto da boca, e outra vez ouviu as mesmas respostas que tinha ouvido antes. "Sim, entendo... Sim, obrigado. Muito obrigado." Desligou o telefone. No escritório minúsculo e sem janelas, podia ouvir a própria respiração. Ele mudou o ângulo da luminária de modo a incidir a luz sobre sua mão. As pontas dos dedos estavam exangues e pálidas sob as unhas.

Atkins estava com medo.

"Será que você poderia me trazer um pouco mais de tomate para meu hambúrguer?" Kinderman estava abrindo espaço sobre a mesa para o pedido de batatas fritas que a garçonete de cabelo escuro lhes tinha trazido.

"Oh, obrigada", disse ela e em seguida colocou o prato entre Kinderman e Dyer. "Três fatias está bom?"

"Duas bastarão."

"Mais café?"

"Não, estou bem, obrigado, senhorita." O detetive olhou para Dyer. "E para você, Bruce Dern? Uma sétima xícara?"

"Não, obrigado", respondeu Dyer, pousando o garfo ao lado de um prato no qual tinha sobrado um omelete de leite de coco e curry quase intacto. Ele estendeu a mão para pegar os cigarros em cima da toalha de mesa azul e branca.

"Volto já com o tomate", disse a garçonete. Ela sorriu e se afastou na direção da cozinha.

Kinderman fitou o prato de Dyer.

"Você não está comendo. Está doente?"

"Apimentado demais", respondeu o padre.

"Apimentado demais? Eu já vi você mergulhar um bolinho Twinkie em mostarda. Aqui, meu filho, deixe o especialista lhe dizer o que é apimentado. Chef Milani para o resgate." Kinderman pegou o garfo e cortou um pedaço do omelete de Dyer. Depois abaixou o garfo e encarou, inexpressivo, o prato de Dyer. "Você pediu uma descoberta arqueológica."

"Voltando ao filme", disse Dyer. Ele exalou a primeira tragada do cigarro.

"Está em minha lista dos dez melhores filmes já feitos", declarou Kinderman. "Quais são seus favoritos, padre? Talvez você possa citar seus cinco favoritos."

"Meus lábios estão selados."

"Não com frequência suficiente." Kinderman estava colocando sal nas batatas.

Dyer deu de ombros, tímido. "Quem consegue escolher os cinco melhores de qualquer coisa?"

"Atkins", respondeu o detetive de imediato. "Ele pode lhe dizer em um piscar de olhos os cinco melhores de qualquer categoria: filmes, fandangos — qualquer coisa. Se mencionar hereges, ele lhe dará uma lista de dez, e em ordem de preferência, sem hesitar. Atkins é um homem de decisões rápidas. Enfim, ele tem bom gosto e costuma estar certo."

"Oh, é mesmo? E quais são os filmes favoritos dele?"

"Os cinco favoritos?"

"Os cinco favoritos."

"*Casablanca*."

"E quais são os outros quatro?"

"O mesmo. Ele é absolutamente louco por esse filme."

O jesuíta assentiu.

"Ele assente", falou Kinderman sem emoção. "'Deus é um tênis', diz o herege, e Torquemada assente e responde: 'Guarda, deixe-o ir. Há muito o que ser dito de ambos os lados'. Sério, padre, essa pressa em julgar as pessoas tem que parar. É nisso que dá toda aquela cantoria e guitarras em seus ouvidos durante a missa."

"Você quer saber qual é meu filme favorito?"

"Faça o favor de contar logo." Kinderman olhou para ele com uma expressão zangada. "Rex Reed está em uma cabine telefônica esperando minha ligação."

"*A Felicidade Não Se Compra*", disse Dyer. "Satisfeito?"

"Sim, uma escolha excelente", respondeu Kinderman.

Ele se animou.

"Acho que o vi umas vinte vezes", admitiu o padre com um sorriso.

"Isso não faz nenhum mal."

"Eu o adoro, com certeza."

"Sim, é bom e inocente. Enche o coração."

"Você disse a mesma coisa sobre *Eraserhead*."

"Não mencione essa obscenidade", rosnou Kinderman. "Atkins o chama de *Longa Jornada Devassidão Adentro*."

A garçonete tinha se aproximado e colocado um prato com fatias de tomates sobre a mesa.

"Aqui está, senhor."

"Obrigado", disse-lhe o detetive.

Ela olhou para o prato diante de Dyer. "Alguma coisa errada com o omelete?"

"Não, ele só está dormindo", respondeu Dyer.

Ela riu. "Posso trazer outra coisa?"

"Não, tudo bem. Acho que não estava com tanta fome."

Ela apontou para o prato. "Posso levar?"

Ele assentiu e ela levou o prato embora.

"Coma alguma coisa, Gandhi", disse Kinderman, empurrando o prato com batatas na direção de Dyer.

O padre as ignorou e perguntou: "Como Atkins está? Não o vejo desde a Missa da Véspera de Natal".

"Ele está bem e vai se casar em junho."

Dyer ficou animado. "Oh, isso é ótimo."

"Ele vai se casar com seu amor da infância. Isso é tão bonito. Tão doce. Dois pombinhos no bosque."

"Onde vai ser o casamento?"

"Em um caminhão. Até agora eles estão economizando dinheiro para comprar os móveis. A noiva trabalha no caixa de um supermercado, Deus a abençoe, enquanto Atkins, como sempre, me ajuda durante o dia e à noite assalta lojas da 7-Eleven. A propósito, será que é ético que funcionários públicos tenham dois empregos, ou estou sendo chato com isso, padre? Eu agradeceria seu conselho espiritual."

"Não sabia que eles mantinham tanto dinheiro nessas lojas."

"Por falar nisso, como está sua mãe?"

Dyer estava apagando o cigarro. Ele parou e fitou Kinderman com um olhar estranho. "Bill, ela morreu."

O detetive pareceu horrorizado.

"Ela morreu há um ano e meio. Achei que tivesse contado."

Kinderman balançou a cabeça.

"Eu não sabia."

"Bill, eu contei para você."

"Sinto muito."

"Eu não. Ela estava com 93 anos e sofrendo muito. Foi uma benção." Dyer desviou o olhar. O jukebox tinha ganhado vida no bar e ele olhou na direção do som. Viu estudantes bebendo cerveja em grandes canecos de vidro. "Acho que tive cinco ou seis alarmes falsos", disse, voltando a olhar para Kinderman. "Um irmão ou uma irmã ligando ao longo dos anos para dizer: 'Joe, mamãe está morrendo, é melhor você vir até aqui'. Então, da última vez aconteceu."

"Sinto muito mesmo. Deve ter sido terrível."

"Não. Não foi. Quando cheguei lá me disseram que tinha morrido — meu irmão, minha irmã, o médico. Então entrei e li a extrema-unção ao lado do leito. Quando terminei, ela abriu os olhos e olhou para mim. Quase tive um infarto. Ela disse: 'Joe, isso foi adorável, uma oração linda, maravilhosa. E agora será que você poderia preparar um drinque para mim, meu filho?'. Bom, Bill, tudo o que consegui fazer foi descer correndo até a cozinha de tão animado que estava. Preparei um copo de uísque com gelo, levei para cima e ela bebeu. Depois peguei o copo vazio de suas mãos e ela me olhou nos olhos novamente, e falou: 'Joe, não creio que já tenha lhe dito isso, meu filho, mas você é um homem maravilhoso'. E então ela morreu. Mas o que me afetou mesmo..." Ele se interrompeu ao ver os olhos de Kinderman ficarem mareados. "Tsc. Se você começar a se debulhar em lágrimas, eu vou embora."

Kinderman esfregou os olhos com os nós dos dedos. "Sinto muito. Mas é triste pensar que as mães são tão falíveis", disse ele. "Continue, por favor."

Dyer inclinou a cabeça por cima da mesa. "O que eu não consigo esquecer — o que realmente me afetou mais do que qualquer outra coisa — foi que lá estava aquela senhora de 93 anos devastada, com suas células cerebrais perdidas, a visão e a audição funcionando pela metade e o corpo apenas um farrapo do que era, mas quando ela falou comigo, Bill... Quando ela falou comigo, *todo o seu ser esteve ali.*"

Kinderman assentiu, fitando as mãos entrelaçadas sobre a mesa. Negra e inesperada, uma imagem de Kintry pregado aos remos atravessou sua mente como uma bala.

Dyer colocou uma mão sobre o pulso de Kinderman.

"Ei, vamos lá. Está tudo bem", disse. "*Ela* está bem."

"É só que me parece que o mundo é uma vítima de homicídio", respondeu Kinderman, melancólico. Ele focou os olhos caídos no padre. "Será que um Deus inventaria algo como a morte? Para ser honesto, é uma péssima ideia. Não é popular, padre. Não é um sucesso. Não é um triunfo."

"Não seja ridículo. Você não gostaria de viver para sempre", disse Dyer.

"Gostaria, sim."

"Você ficaria entediado", retrucou o padre.

"Eu tenho hobbies."

O jesuíta riu.

Encorajado, o detetive se inclinou para a frente e continuou. "Eu penso no problema do mal."

"Oh. Isso."

"Preciso me lembrar disso. Uma expressão muito boa. Sim, 'Terremoto na Índia, milhares morrem', diz a manchete. 'Oh, *isso*', digo eu. O são Francisco aqui está falando para os pássaros e enquanto isso temos câncer e bebês mongoloides, sem mencionar o sistema gastrointestinal e certas estéticas relacionadas aos nossos corpos que Audrey Hepburn não iria gostar que comentássemos na frente dela. Podemos ter um bom Deus com tantos absurdos acontecendo? Um Deus que sai todo alegre pelo cosmos fazendo extravagâncias como uma Bruxa Boa do Norte onipotente enquanto crianças sofrem e nossos entes queridos jazem em seus dejetos e morrem? Nessa questão, o seu Deus sempre segue a Quinta Emenda."

"Então por que a máfia sempre se dá bem?"

"Palavras inspiradoras. Padre, quando vai pregar de novo? Eu adoraria ouvir mais de seus insights."

"Bill, o negócio é que bem no meio desse horror existe uma criatura chamada homem que pode *ver* que tudo isso é horrível. Então de onde tiramos essas noções como 'mal', 'cruel' e 'injusto'? Não é possível dizer que uma linha está um pouco torta a não ser que se tenha noção de uma linha reta."

O detetive estava tentando descartar o que ele estava dizendo com um aceno de mão, mas o padre continuou. "Nós fazemos parte do mundo. Se ele é mau, não deveríamos estar *pensando* que é mau. Estaríamos pensando que as coisas que chamamos de más são apenas naturais. Peixes não se sentem molhados na água. Esse é o lugar deles, Bill. Não o do homem.

"Sim, li isso em G.K. Chesterton, padre. Na verdade, é por isso que sei que o seu Senhor Grandioso no *velterrayn* não é nenhum tipo de Jekyll e Hyde. Mas isso só dificulta o grande mistério, padre, a grande história policial no céu que desde os salmistas até Kafka vem enlouquecendo as pessoas ao tentar compreender a coisa toda. Conhece os gnósticos?"

"Eu torço para os Bullets."

"Você é um descarado. Os gnósticos acreditam que um 'Agente' criou o mundo."

"Isso é realmente intolerável", disse Dyer.

"Só estou dizendo."

"Daqui a pouco você vai me dizer que são Pedro era católico."

"Só estou falando. Então Deus disse a esse anjo que eu mencionei, esse Agente: 'Toma aqui, rapaz, pegue esses dois dólares, vá criar o mundo para mim' — esse é meu conceito, minha ideia mais recente. E o anjo vai e o faz, só que, por não ser perfeito, nós agora temos o atual *chazerei* do qual falei."

"Essa é sua teoria?", perguntou Dyer.

"Não, isso não livraria a cara de Deus."

"Não brinca. Qual é *sua* teoria?"

Os modos de Kinderman se tornaram furtivos. "Esqueça. É algo novo. Algo surpreendente. E grande."

A garçonete tinha se aproximado e colocado a conta em cima da mesa.

"Aí está", disse Dyer, olhando para ela.

Distraído, Kinderman mexeu o café frio e dardejou o olhar pelo lugar como se estivesse procurando algum agente secreto xereta. Inclinou a cabeça para a frente em um gesto conspiratório. "Minha abordagem em relação ao mundo", disse com cautela, "é como se ele fosse uma cena de crime. Entende? Vou juntando as provas. Enquanto isso, tenho vários cartazes de 'Procurado'. Será que você poderia fazer a bondade de pendurá-los pelo campus? Eles são gratuitos. Seus votos de pobreza pesam em sua mente; sou muito compreensível quanto a isso. Não há custo nenhum."

"Você não está me contando sua teoria?"

"Vou dar uma pista", disse Kinderman. "Coagulação."

As sobrancelhas de Dyer se juntaram.

"Coagulação?"

"Quando você se corta, seu sangue não consegue coagular sem que ocorram catorze pequenas operações dentro de seu corpo e apenas em um determinada ordem; pequenas plaquetas e esses corpúsculos bonitinhos, sei lá, indo para cá, indo para lá, fazendo isso, fazendo aquilo, e nessa ordem certinha, ou você acabaria parecendo um idiota com o sangue pingando no pastrami."

"Essa é a dica?"

"Aqui vai outra: o sistema nervoso autônomo. Além disso, as videiras conseguem encontrar água a quilômetros de distância."

"Estou perdido."

"Não saia daí, nós captamos seu sinal." Kinderman aproximou o rosto ainda mais do de Dyer. "Coisas que supostamente não têm consciência estão se comportando como se tivessem."

"Obrigado, professor sabichão."

Kinderman de repente se inclinou para trás e resmungou: "Você é a prova viva da minha tese. Você viu aquele filme de terror chamado *Alien, o Oitavo Passageiro*?".

"Sim."

"A história de sua vida. Enquanto isso, deixa para lá, eu aprendi minha lição. Nunca envie budistas xerpas para conduzir uma rocha; ela vai cair na cabeça deles e lhes dar uma dor de cabeça."

"Mas isso é tudo o que você vai me dizer sobre sua teoria?", protestou Dyer. Ele apanhou sua xícara de café.

"Isso é tudo. Minhas palavras finais."

De repente, a xícara pareceu escorregar da mão de Dyer. Os olhos dele estavam desfocados. Kinderman apanhou a xícara e a endireitou; depois, pegou um guardanapo e secou o café derramado antes que escorresse para o colo de Dyer.

"Padre Joe, qual é o problema?", perguntou Kinderman, alarmado. Ele começou a se levantar, mas Dyer gesticulou para que ficasse sentado. Tinha voltado ao normal.

"Está tudo bem, está tudo bem", disse o padre.

"Você está doente? Qual é o problema?"

Dyer pegou um cigarro do maço. Balançou a cabeça.

"Não, não é nada." Ele acendeu o cigarro e então agitou o fósforo e o largou no cinzeiro. "Ando sofrendo desses pequenos ataques de tontura insignificantes ultimamente."

"Foi ver um médico?"

"Fui, mas ele não encontrou nada. Pode ser qualquer coisa. Uma alergia. Um vírus." Dyer deu de ombros. "Meu irmão Eddie teve a mesma coisa durante anos. Era emocional. De qualquer maneira, vou me internar amanhã de manhã para fazer alguns exames."

"Vai se internar?"

"No Hospital de Georgetown. O reitor insistiu. Ele está com a suspeita secreta de que eu seja alérgico ao período de provas, francamente, e quer ter alguma confirmação científica."

O alarme do relógio de pulso de Kinderman começou a tocar. Ele o desligou e verificou as horas. "Cinco e meia", murmurou. Seu olhar inexpressivo se focou em Dyer. "A carpa está dormindo", entoou Kinderman.

Dyer cobriu o rosto com as mãos e riu.

O pager de Kinderman tocou. Ele o tirou do cinto e o desligou. "Você me daria licença por um instante, padre Joe?" Começou a respirar com dificuldade enquanto se levantava da mesa.

"Não vá me deixar com a conta", disse Dyer.

O detetive não respondeu. Ele foi até um telefone, ligou para a delegacia e falou com Atkins.

"Tem alguma coisa estranha aqui, tenente."

"Oh, é mesmo?"

Atkins relatou dois desdobramentos. O primeiro era sobre os assinantes da rota de entregas de Kintry. Ninguém tinha reclamado por não ter recebido o jornal; todos receberam um exemplar, até mesmo aqueles para quem Kintry teria entregado uma cópia depois de sua parada no Abrigo para Barcos Potomac. Todos receberam seus jornais depois de ele morrer.

O segundo desdobramento dizia respeito à idosa. Kinderman tinha pedido uma comparação de rotina do cabelo dela com os outros fios de cabelo encontrados apertados com firmeza na mão de Kintry.

Eles eram compatíveis.

3

Ele estivera fora por apenas alguns minutos, mas quando ela o viu pela janela, arfou de prazer e começou a correr. Passou pela porta com os braços estendidos, seu rosto jovem e sorridente, irradiando ternura. "Amor da minha vida!", gritou ela, toda alegre. E em um momento, o sol estava nos braços dele.

"Bom dia, doutor. O de sempre?"

Amfortas não ouviu. Sua mente estava em seu coração.

"O de sempre, doutor?"

Ele voltou. Estava parado em uma mercearia e lanchonete pequena e estreita na esquina depois da Universidade de Georgetown. Olhou em volta. Os outros fregueses tinham ido embora. Charlie Price, o velho merceeiro atrás do balcão, estudava seu rosto com uma expressão gentil. "Sim, Charlie, o de sempre", disse Amfortas distraidamente. Sua voz estava triste e baixa. Ele olhou em volta e viu Lucy, a filha do merceeiro, descansando em uma cadeira ao lado da vitrine da mercearia. Ele se perguntou como sua vez chegara tão depressa.

"Um *chop suey* para o doutor", murmurou Price. O merceeiro se curvou diante dos compartimentos transparentes onde as rosquinhas e os pãezinhos doces frescos daquela manhã estavam guardados e pegou um brioche recheado com canela, passas e nozes. Ele se endireitou e passou um quadrado de papel encerado em volta do pão e em seguida o colocou em um saco, que depositou sobre o balcão. "E um café puro." Ele se arrastou até a cafeteira Silex e os copos de isopor.

Eles tinham pedalado metade da extensão de Bora Bora, e de repente ele disparou na frente e fez uma curva fechada onde sabia que ela não conseguiria vê-lo. Ele freou, pulou da bicicleta e reuniu depressa um punhado das vívidas papoulas vermelhas que cresciam em abundância ao lado da estrada em montes resplandecentes como o amor dos anjos reunidos diante de Deus; e, quando ela fez a curva, ele a estava esperando, parado no meio da estrada com as flores chamejantes estendidas à frente para que ela as visse. Ela freou surpresa e olhou para as flores, aturdida; e então lágrimas começaram a escorrer de seus olhos e pelo rosto. "Eu te amo, Vincent."

"Esteve trabalhando no laboratório a noite toda novamente, doutor?"

Um saco de papel estava sendo dobrado e fechado no topo. Amfortas ergueu o olhar. Seu pedido estava pronto e esperando em cima do balcão.

"Não a noite toda. Algumas horas."

O merceeiro examinou o rosto abatido, encontrou os olhos fuscos tão escuros quanto florestas. O que estavam lhe dizendo? Alguma coisa. Eles cintilavam com um grito silencioso e misterioso. Mais do que pesar. Alguma outra coisa.

"Não me venha com essa", disse o merceeiro. "Você parece cansado."

Amfortas assentiu. Ele estava remexendo em um dos bolsos do cardigã azul-marinho que usava por cima do uniforme branco do hospital. Pegou um dólar e o entregou ao merceeiro.

"Obrigado, Charlie."

"Apenas se lembre do que eu lhe disse."

"Vou lembrar."

Amfortas pegou o saco e poucos instantes depois o sino em cima da porta da frente tilintou suavemente e o doutor se encontrava na rua matinal. Alto e esguio, os ombros caídos, ficou parado, pensativo, diante da loja com a cabeça apontada para baixo por algum tempo. Uma mão segurava o saco de papel contra o peito. O merceeiro caminhou para o lado da filha e juntos o observaram.

"Todos esses anos e eu nunca o vi sorrir", murmurou Lucy.

O merceeiro apoiou um braço em uma prateleira. "Por que deveria?"

Ele estava sorrindo, mas disse: "Não posso me casar com você, Ann".

"Por que não? Não me ama?"

"Você só tem 22 anos."

"Isso é ruim?"

"Tenho o dobro de sua idade", disse ele. "Algum dia você estará me empurrando por aí em uma cadeira de rodas."

Ela pulou de onde estava sentada com aquela risada alegre e se sentou no colo dele e o abraçou. "Oh, Vincent, eu vou manter você jovem."

Amfortas ouviu gritos e o martelar de pés. Olhou na direção da rua Prospect, à sua direita, e para o patamar do longo e íngreme lance de escada de pedra, que mergulhava até a rua M abaixo, e, um pouco depois dela, até o rio e o abrigo para barcos; durante anos, tinha sido conhecida como "Escadaria de Hitchcock". A equipe de remo da Georgetown a subia correndo. Isso fazia parte do treinamento. Amfortas observou enquanto eles apareciam no patamar e depois seguiam correndo na direção do campus para então sumirem de vista. Ele ficou parado até os gritos empolgados diminuírem, deixando-o sozinho no corredor silencioso onde as obras dos homens eram turvas e toda a vida não tinha propósito a não ser esperar.

Ele sentiu o café quente na palma da mão através do saco de papel. Afastou-se da rua Prospect e caminhou lentamente ao longo da rua 36 até chegar ao seu apertado sobrado de madeira. Ele ficava a apenas alguns metros da mercearia, e era modesto e muito velho. Do outro lado da rua, havia um dormitório feminino e o prédio do curso de relações internacionais, e a um quarteirão à esquerda ficava a Igreja da Santíssima Trindade. Amfortas se sentou na varanda branca e limpa, e em seguida abriu o saco e pegou o brioche. Ela costumava ir buscá-lo para ele aos domingos.

"Depois da morte, nós voltamos para Deus", ele disse a ela. Ela estivera falando sobre o pai, que perdera no ano anterior, e ele quisera confortá-la. "Nós nos tornamos parte d'Ele então."

"Como nós mesmos?"

"Talvez não. Podemos perder nossa identidade."

Viu os olhos dela se encherem de lágrimas, o rostinho se contorcendo enquanto ela tentava não chorar.

"Qual é o problema?", perguntou ele.

"Perder você para sempre."

Até aquele dia ele nunca temera a morte.

Os sinos da igreja dobraram e uma linha fina de estorninhos arqueou acima da Santíssima Trindade, desviando e circulando em uma dança selvagem. As pessoas começavam a sair da igreja. Amfortas verificou o relógio. Eram 7h15. De alguma maneira, tinha perdido a missa das 6h30. Ele a vinha frequentando todos os dias pelos últimos três anos. Como pôde tê-la perdido? Fitou o brioche em sua mão por alguns instantes, então devagar o colocou de volta no saco. Levantou as mãos e colocou o polegar esquerdo no pulso direito e dois dedos da mesma mão na palma direita. Em seguida, aplicou pressão e começou a mover os dedos em movimentos giratórios na palma. A mão direita, se fechando por reflexo, tateou e seguiu o movimento dos dedos.

Amfortas interrompeu o exame. Fitou as mãos.

Quando voltou a pensar no mundo, Amfortas olhou as horas. Eram 7h25. Ele pegou o saco de papel e o exemplar do *Washington Post* de domingo que jazia volumoso e manchado de tinta perto da porta. Eles nunca o embrulhavam direito. Ele entrou na escuridão da casa vazia, pousou o saco de papel e o jornal na mesinha do vestíbulo e então voltou a sair, e trancou a porta. Virou-se no patamar e olhou para o céu. Estava ficando nublado e cinzento. Do outro lado do rio, nuvens negras moviam-se depressa para o oeste e um vento cortante surgiu, chacoalhando os galhos dos sabugueiros alinhados ao longo das ruas. Eles estavam desfolhados nessa época do ano. Amfortas abotoou a gola do suéter sem pressa e, sem mais nenhuma bagagem a não ser a dor e a solidão, começou a caminhar na direção do horizonte distante. Ele estava a mais de 149 milhões de quilômetros de distância do sol.

O Hospital Geral de Georgetown era enorme e relativamente novo. O exterior moderno se estendia entre a rua O e a estrada Reservoir, e ficava de frente para a parte ocidental da rua 37. Amfortas podia andar de sua casa até lá em dois minutos. Naquela manhã, ele chegou ao quarto andar da unidade de neurologia precisamente às 7h30. O residente estava aguardando por ele no posto de enfermagem e juntos começaram a fazer a ronda, indo de quarto em quarto para ver os pacientes, com o residente apresentando cada caso novo, enquanto Amfortas fazia perguntas aos internos. Eles discutiam os diagnósticos caminhando pelo corredor.

O paciente do 402 era um vendedor de 36 anos manifestando sintomas de lesão cerebral; especificamente, "negligência unilateral". Ele vestia com todo esmero metade do corpo, o lado ipsilateral da lesão, enquanto ignorava por completo o outro lado. Barbeava apenas um lado do rosto.

O do 407 era um economista de 44 anos. Seus problemas tinham começado seis meses antes ao passar por uma cirurgia para tratar a epilepsia. Sem outra alternativa, o cirurgião removera certas partes do lobo temporal.

Um mês antes de chegar ao Hospital de Georgetown, o paciente entrara em uma reunião do comitê do Senado e durante nove ininterruptas e fatigantes horas criou um novo plano para revisar o código fiscal com base nos problemas que o comitê lhe apresentara naquela manhã. Seu julgamento e domínio dos fatos eram surpreendentes, não menos que sua familiaridade com o código atual, e levou apenas seis horas para organizar os detalhes do plano e registrá-los de uma forma organizada. Ao final da reunião, o economista resumiu o plano em meia hora sem ao menos consultar as anotações que acabara de fazer. Mais tarde, ele foi ao escritório e sentou-se à mesa. Respondeu três cartas; então se virou para a secretária e disse: "Estou com a sensação de que deveria comparecer a uma reunião no Senado hoje". De minuto a minuto, ele não conseguia formar lembranças que fossem novas.

No 411 estava uma garota, de vinte anos, com um provável caso de meningite B. O residente era novo e não notou a careta que Amfortas fez quando ouviu o nome da doença.

O paciente do 420 era um carpinteiro de 51 anos que se queixava de um "membro fantasma". Ele perdera um braço no ano anterior e sofria continuamente de uma dor excruciante na mão que não tinha.

O distúrbio evoluíra do modo costumeiro, com o carpinteiro a princípio sentindo "formigamento" e a sensação definitiva de que a mão dele estava ali. Ela parecia se mover pelo espaço como um membro comum quando ele andava, se sentava ou se espreguiçava sobre uma cama. Chegava até mesmo a esticar a mão para pegar objetos com ela sem nem pensar. E então veio a terrível dor quando a mão se fechou em um punho e se recusou a relaxar.

Ele se submeteu a uma cirurgia de reconstrução assim como uma de remoção de pequenos neuromas, nódulos de tecido regenerado do nervo. A princípio, houve alívio. A sensação de ter a mão permaneceu, mas agora ele sentia que podia flexioná-la e mexer os dedos.

Então a dor voltou com a mão fantasma em uma postura rígida, com os dedos pressionados com força sobre o polegar e o pulso flexionado. Nenhuma força de vontade conseguia mover qualquer parte dela. Às vezes, a sensação de tensão na mão era insuportável; outras vezes, o carpinteiro explicara, parecia que um bisturi estava sendo impelido repetidas vezes no local do ferimento original. Havia reclamações de uma sensação de perfuração nos ossos do dedo indicador. A sensação parecia começar na ponta do dedo, mas depois subia até o ombro e o toco começava a ter contrações clônicas.

O carpinteiro relatou que com frequência se sentia nauseado quando a dor atingia o ápice. Conforme a dor enfim enfraquecia, a tensão na mão parecia diminuir um pouco, mas nunca o bastante para permitir que fosse mexida.

Amfortas fez uma pergunta ao carpinteiro: "Sua maior preocupação parece ser a tensão na mão. Poderia me dizer por quê?".

O carpinteiro pediu que ele apertasse os dedos sobre o polegar, flexionasse o pulso e depois levasse o braço para trás em uma chave de braço e o mantivesse lá. O neurologista obedeceu. Após alguns minutos, porém, a dor provou ser forte demais e Amfortas terminou o experimento.

O carpinteiro assentiu. Disse: "Certo. Mas você consegue abaixar a mão. Eu não".

Eles saíram do quarto em silêncio.

Andando pelo corredor, o residente deu de ombros.

"Não sei. Podemos ajudá-lo?"

Amfortas recomendou uma injeção de novocaína no gânglio simpático torácico superior. "Isso deve aliviar a dor por algum tempo. Alguns meses." Mas não muito mais que isso. Ele não conhecia uma cura para casos de membro fantasma.

Nem para coração partido.

A paciente do 424 era uma dona de casa. Desde que tinha dezesseis anos ela reclamava de dores abdominais com tanta persistência que ao longo dos anos acumulara um histórico de catorze cirurgias abdominais. Depois disso, sofreu um leve ferimento na cabeça que a fez reclamar de dores de cabeça tão fortes que uma descompressão subtemporal foi realizada. Agora reclamava de uma dor agonizante nos membros e nas costas. A princípio, ela se recusara a contar sua história. Agora ficava deitada sobre o lado esquerdo o tempo todo e gritava quando o residente fazia esforço para virá-la de costas. Quando Amfortas se debruçou sobre ela e tocou com delicadeza a região sacral, ela gritou e estremeceu violentamente.

Ao deixarem a paciente sozinha, Amfortas concordou com o residente de que ela deveria ser encaminhada à psiquiatria com o diagnóstico de um provável vício em cirurgias.

E em dor.

No 425, outra dona de casa, de trinta anos, se queixava de dores de cabeça crônicas e latejantes, acompanhadas de anorexia e vômitos. A pior possibilidade era uma lesão, mas a dor estava confinada a um lado da cabeça, assim como a teicopsia, uma cegueira temporária causada pela aparição no campo visual de uma área luminosa delimitada por linhas em zigue-zague. Normalmente, um sintoma da teicopsia era enxaqueca. Além disso, a paciente vinha de uma família que dava grande importância às realizações pessoais e tinha rígidos padrões de comportamento que negavam ou puniam quaisquer demonstrações de sentimentos de agressividade. Essa costumava ser a história de um típico paciente com enxaqueca. A hostilidade reprimida gradualmente se transformava em raiva inconsciente, e a raiva atacava o paciente na forma dessa enfermidade.

Outro encaminhamento para a psiquiatria.

O paciente do 427 era o último, um homem de 38 anos, com uma possível lesão no lobo temporal. Ele era um dos zeladores do hospital e no dia anterior tinha sido encontrado em uma sala de armazenamento no porão, onde colocara mais ou menos uma dúzia de lâmpadas em um balde com água e ficara fazendo com que subissem e descessem com movimentos rápidos. Depois disso, o homem não conseguia se lembrar do que tinha feito. Trata-se de um automatismo, a assim chamada "ação automática", característica de uma convulsão psicomotora. Tais ataques podiam ser gravemente destrutíveis, dependendo das emoções inconscientes do paciente, embora, com muita frequência, fossem inofensivos e apenas inapropriados. Sempre bizarras, tais fugas costumavam ter curta duração, apesar de que em casos raros elas tenham durado muitas horas e sido consideradas completamente inexplicáveis, como o caso desconcertante de um homem que pilotara um avião pequeno de um aeroporto em Virginia até Chicago, apesar de nunca ter aprendido a pilotar e não ter nenhuma recordação do acontecido. Às vezes, ataques violentos ocorriam. Um homem, que mais tarde descobriu-se ter uma cicatriz no lobo temporal associada a um hemangioma, matou a esposa enquanto se encontrava em um estado de agitação epiléptica.

O caso do zelador era mais comum. Seu histórico era marcado por crises uncinadas, e a percepção de gostos ou cheiros desagradáveis; ele descrevia barras de chocolate que tinham um gosto "metálico" e um cheiro de "carne podre", sem uma fonte aparente. Havia também episódios de *déjà-vu*, assim como de seu oposto, *jamais vu* — uma sensação de estranheza em ambientes conhecidos. Esses episódios costumavam ser precedidos por um peculiar estalar dos lábios. O consumo de álcool costumava desencadeá-los.

Além disso, havia alucinações visuais, entre elas a micropsia, durante as quais os objetos parecem menores do que são; e levitação, uma sensação de ser erguido no ar, sem apoio. O zelador também tivera um breve episódio de um fenômeno conhecido como "o duplo". Ele vira sua imagem tridimensional imitando tudo o que falava e fazia.

O EEG fora especialmente agourento. Tumores dessa natureza, se fosse este o caso, avançavam de maneira lenta e insidiosa durante muitos meses, pressionando o tronco encefálico para cima; mas, no fim, tomavam um ímpeto súbito e, em questão de semanas, se não fossem tratados, comprimiam e esmagavam a medula.

O resultado era a morte.

"Willie, me dê sua mão", pediu Amfortas, com gentileza.

"Qual?", perguntou o zelador.

"Qualquer uma. A esquerda."

O zelador obedeceu.

O residente olhava para Amfortas com uma expressão de leve irritação. "Eu já fiz isso", disse ele com um tom de despeito na voz.

"Quero fazer de novo", retrucou Amfortas, em voz baixa.

Ele colocou os dois primeiros dedos da mão esquerda na palma da mão do zelador e o polegar direito no punho, e então apertou e começou a mover os dedos em círculos. A mão do zelador se fechou por reflexo e começou a acompanhar o movimento dos dedos.

Amfortas parou e soltou a mão.

"Obrigado, Willie."

"Tudo bem, senhor."

"Não se preocupe."

"Não vou, senhor."

Por volta das 9h30, Amfortas e o residente estavam parados perto da máquina de café na esquina depois da entrada da psiquiatria. Discutiram os diagnósticos, concluindo os casos novos. Quando chegaram no caso do zelador, o resumo foi rápido.

"Já solicitei uma tomografia computadorizada", informou o residente.

Amfortas aquiesceu concordando. Só assim eles poderiam ter certeza de que havia uma lesão e que provavelmente estava em seus estágios finais. "Seria bom reservar uma sala de operações, só para garantir." Mesmo agora, uma cirurgia oportuna poderia salvar a vida de Willie.

Quando o residente chegou no caso da garota com suspeita de meningite, Amfortas ficou rígido e arredio, quase brusco. O residente notou a súbita mudança, mas neurologistas pesquisadores, ele sabia, tinham a famosa reputação de serem introvertidos, reservados e esquisitos. Ele atribuiu os modos peculiares a isso, ou talvez à juventude da garota e à possibilidade de que nada pudesse ser feito para salvá-la de uma deformação grave ou até mesmo de uma morte dolorosa e terrível.

"Como anda sua pesquisa, Vincent?"

O residente tinha terminado o café e estava amassando o copo antes de jogá-lo no lixo. Longe dos ouvidos dos pacientes, as formalidades eram deixadas de lado.

Amfortas deu de ombros. Uma enfermeira passou por eles empurrando um carrinho com medicamentos e ele a observou. Sua indiferença estava começando a irritar o jovem residente. "Quanto tempo faz que está trabalhando nela?", insistiu ele, obstinado, determinado agora a quebrar a estranha barreira entre os dois.

"Três anos", respondeu Amfortas.

"Alguma descoberta?"

"Não."

Amfortas pediu atualizações sobre os casos mais antigos do setor.

O residente desistiu.

Às 10h, Amfortas participou de uma reunião de equipe, uma conferência com todos os médicos agendada para terminar ao meio-dia. O chefe da neurologia fez uma palestra sobre esclerose múltipla. Assim como os estagiários e residentes espremidos no corredor, Amfortas não conseguia ouvi-lo, apesar de estar sentado à mesa de conferência. Ele simplesmente não estava prestando atenção.

Depois da palestra foi a vez de uma discussão que logo se transformou em um debate acalorado sobre política interdepartamental. Amfortas disse "Com licença" e saiu, e ninguém percebeu que ele não voltou para a sala. A reunião de equipe foi encerrada com o chefe da neurologia gritando: "E estou cansado dos malditos bêbados neste trabalho! Fiquem sóbrios ou se mantenham longe do setor, maldição!". Isso todos os estagiários e residentes ouviram.

Amfortas tinha voltado para o quarto 411. A garota com meningite estava sentada, o olhar hipnotizado grudado na televisão pendurada na parede oposta. Ela estava passando os canais. Quando o médico entrou, os olhos dela se focaram nele. Ela não mexeu a cabeça. A doença já tinha feito com que o pescoço ficasse rígido. Mexê-lo era doloroso.

"Olá, doutor."

Seu dedo apertou um botão no controle remoto. A imagem na televisão crepitou e desapareceu.

"Não, tudo bem — não desligue", disse Amfortas, depressa.

Ela estava olhando para a tela vazia.

"Não tem nada passando agora. Nenhum programa legal."

Ele parou ao pé da cama e a observou. Ela usava o cabelo preso em duas tranças ao lado da cabeça e tinha sardas.

"Está confortável?", perguntou ele.

Ela deu de ombros.

"Qual é o problema?", perguntou Amfortas.

"Tédio." Os olhos dela voltaram a focar nele. Ela sorriu. Mas ele viu olheiras escuras sob os olhos. "Não passa nada de bom na TV durante o dia."

"Está dormindo bem?", perguntou ele.

"Não."

Ele pegou o prontuário. Hidrato de cloral já fora receitado.

"Eles me dão pílulas, mas elas não funcionam", disse a garota.

Amfortas voltou a guardar o prontuário. Ao olhar para a garota de novo, ela virara o corpo na direção da janela com muita dificuldade. Estava olhando para fora.

"Posso deixar a TV ligada à noite? Sem som?"

"Posso arrumar fones de ouvidos para você", disse Amfortas. "Ninguém mais vai conseguir ouvir."

"Todos os canais saem do ar às duas", disse ela, entediada.

Ele perguntou o que ela fazia.

"Eu jogo tênis."

"Profissionalmente?"

"Sim."

"Você dá aulas?"

Não dava. Ela jogava no circuito de torneios.

"Está no ranking?"

Ela respondeu: "Sim. Na nona colocação".

"Do país?"

"Do mundo."

"Perdoe minha ignorância", desculpou-se. Ele se sentia frio. Não conseguia dizer se a paciente tinha conhecimento do que poderia lhe acontecer.

Ela continuou a olhar pela janela.

"Bem, acho que são apenas lembranças agora", disse ela baixinho.

Amfortas sentiu um aperto no estômago. Ela sabia.

Puxou uma cadeira para perto da cama e perguntou-lhe quais torneios tinha ganhado. Ela pareceu ficar animada com isso e ele se sentou.

"Ah, bem, o francês e o italiano. E o de quadra de saibro. No ano que ganhei o francês não tinha ninguém nessa quadra."

"E o italiano?", perguntou ele. "Quem você derrotou na final?"

Eles conversaram sobre o jogo por mais meia hora.

Quando Amfortas verificou as horas e se levantou para ir embora, a garota se retraiu de imediato e voltou a olhar pela janela.

"Claro, tudo bem", murmurou ela.

Ele pôde ouvir os escudos voltando aos seus lugares.

"Você tem algum parente na cidade?", perguntou.

"Não."

"Onde eles estão?"

Ela virou o corpo para longe da janela e ligou a televisão.

"Estão todos mortos", respondeu impassível. A resposta foi quase abafada pelo barulho do *game show*. Quando a deixou, os olhos dela ainda estavam fixos no aparelho.

No corredor, ele a ouviu chorar.

Amfortas pulou o almoço e trabalhou no escritório, concluindo a papelada de alguns casos. Dois deles eram de epilepsias cujas convulsões eram desencadeadas de maneiras bizarras. No primeiro caso — uma mulher de trinta e poucos anos —, o ataque era induzido pelo som de música, e a garota de onze anos do segundo caso apenas precisava olhar para a própria mão.

As outras avaliações tratavam de formas de afasia:

Uma paciente que repetia tudo que lhe era dito.

Um paciente que podia escrever, mas era completamente incapaz de ler o que tinha escrito.

Um paciente incapaz de reconhecer uma pessoa apenas através das características faciais; era preciso que ele ouvisse a voz da pessoa ou percebesse um traço característico, como uma verruga ou uma cor de cabelo chamativa.

As afasias tinham ligações com lesões no cérebro.

Amfortas bebericou o café e tentou se concentrar. Não conseguiu. Pousou a caneta e fitou uma foto sobre a mesa. Uma jovem de cabelo dourado.

A porta do escritório foi aberta de repente e Freeman Temple, o chefe da psiquiatria, entrou com passos desenvoltos e ágeis, dando pequenos saltos impulsionados pelos dedos dos pés enquanto caminhava. Andou depressa até uma cadeira perto da mesa e se deixou cair nela. "Rapaz, talvez eu tenha uma garota para você!", exclamou, alegre. Esticou as pernas e as cruzou em uma posição confortável enquanto acendia uma cigarrilha e jogava o fósforo apagado no chão. "Juro por Deus", continuou, "você vai adorá-la. Ela tem pernas que sobem até a bunda. E os peitos? Jesus, um deles é tão grande quanto uma melancia e o outro é *realmente* grande! Acontece que ela também adora Mozart. Vince, você *precisa* levá-la para sair!"

Amfortas o observou inexpressivamente. Temple era um homem baixo na casa dos cinquenta, mas seu rosto tinha uma aparência travessa e juvenil, com um ar de constante alegria. Ainda assim, seus olhos eram como campos de trigo balançando na brisa e, às vezes, tinham uma expressão mortal e calculista. Amfortas não confiava nem gostava dele. Quando Temple não estava se gabando de suas conquistas amorosas, passava para suas lutas de boxe dos tempos da faculdade e tentava fazer com que todos o chamassem de "Duque". "Era assim que me chamavam em Stanford", dizia ele. "Eles me chamavam de 'Duque'." Contava às enfermeiras mais bonitas que sempre evitava uma briga porque "de acordo com a lei, minhas mãos são consideradas máquinas mortíferas". Quando bebia, ficava insuportável, e o charme juvenil se transformava em maldade. Ele estava bêbado naquele momento, Amfortas suspeitou, ou estava chapado de anfetamina, ou os dois.

"Ando saindo com a amiga dela", disparou Temple. "Ela é casada, mas diabos, e daí? Qual é a diferença? Enfim, a sua é solteira. Quer o número dela?"

Amfortas pegou a caneta e olhou para seus documentos. Fez uma anotação em um deles. "Não, obrigado. Não tenho um encontro há anos", disse em voz baixa.

De repente, o psiquiatra pareceu ficar sóbrio e encarou Amfortas com um olhar duro e frio. "Eu sei disso", falou, impassível.

Amfortas continuou a trabalhar.

"Qual é o problema? Você é impotente?", indagou Temple. "Isso acontece muito em sua situação. Posso curá-lo com hipnose. Posso curar *qualquer coisa* com hipnose. Eu sou bom. Sou muito, muito bom. Sou o melhor."

Amfortas continuou a ignorá-lo. Ele fez uma correção em um documento.

"A porcaria do EEG está quebrado. Acredita nisso?"

Amfortas permaneceu em silêncio e continuou trabalhando.

"Ok, que diabos é isto?"

Amfortas levantou o olhar e viu Temple enfiar a mão em um bolso. Ele tirou uma folha de memorando dobrada e a jogou em cima da mesa. Amfortas a pegou e a desdobrou. Quando a leu, viu, no que parecia ser sua caligrafia, uma afirmação enigmática: "A vida é menos capaz".

"O que diabos isso quer dizer?", repetiu Temple. Seus modos ficaram abertamente hostis.

"Não sei", respondeu Amfortas.

"Você não *sabe*?"

"Não escrevi isso."

Temple se levantou em um pulo e disparou até a mesa.

"Cristo, você me deu isso ontem na frente do posto de enfermagem! Eu estava ocupado e a enfiei no bolso. O que isso quer dizer?"

Amfortas colocou o bilhete de lado e continuou a trabalhar. "Não escrevi isso", repetiu.

"Você está *louco*?" Temple arrebatou o bilhete e o segurou diante de Amfortas. "Essa é a sua caligrafia! Está vendo esses círculos em cima do *i*? A propósito, esses círculos são sinais de um distúrbio."

Amfortas apagou uma palavra e escreveu outra no lugar. O rosto do psiquiatra grisalho ficou escarlate. Ele disparou até a porta e a abriu com um movimento brusco. "É melhor você marcar uma consulta comigo", bufou. "Você é um maldito de um homem hostil e raivoso, e é mais louco do que a porra de um lunático!" Temple bateu a porta ao sair.

Durante alguns instantes, Amfortas fitou o bilhete. Depois voltou ao trabalho. Precisava terminar naquela semana.

À tarde, Amfortas deu uma palestra na Escola de Medicina da Universidade de Georgetown. Ele analisou o caso de uma mulher que desde o nascimento fora incapaz de sentir qualquer dor. Quando criança, ela mordera (e arrancara fora) a ponta da própria língua enquanto mastigava a comida e sofrera queimaduras de terceiro grau depois de ficar ajoelhada durante alguns minutos em cima de um radiador quente para olhar o pôr do sol através da janela. Quando mais tarde foi examinada por um psiquiatra, ela relatou não sentir dor quando seu corpo era submetido a fortes choques elétricos, à água quente em temperaturas extremas ou a banhos gelados muito prolongados. Igualmente anormal era o fato de que ela não demonstrava nenhuma mudança na pressão sanguínea, frequência cardíaca ou respiração quando esses estímulos eram aplicados. Ela não conseguia se lembrar de alguma vez ter espirrado ou tossido, o reflexo de engasgo podendo ser obtido apenas com grande dificuldade. Os reflexos corneanos que protegem os olhos eram totalmente inexistentes. Uma variedade de estímulos, tais como inserir um palito nas narinas, comprimir tendões ou aplicar injeções subcutâneas de histamina — em geral consideradas formas de tortura — também falhavam em causar alguma dor.

A mulher acabou desenvolvendo graves problemas médicos: mudanças patológicas nos joelhos, quadril e coluna. Ela passou por diversas cirurgias ortopédicas. O cirurgião atribuiu esses problemas à falta de proteção às juntas que costumava se manifestar na forma de dor. Ela não mudava o pé de apoio quando ficava de pé, não virava de lado quando dormia, nem evitava certas posturas que causavam inflamações nas juntas.

Ela morreu aos 29 anos em razão de inúmeras infecções que não puderam ser controladas.

Não houve perguntas.

Às 15h35, Amfortas estava de volta ao escritório. Trancou a porta, se sentou e esperou. Ele sabia que não conseguiria trabalhar naquele momento. Não naquele momento.

De vez em quando, alguém batia na porta, e ele esperava que os passos se afastassem. Uma vez houve um chacoalhar na maçaneta, depois batidas, e ele soube que era Temple mesmo antes de ouvir o rosnado baixo através da madeira da porta: "Seu desgraçado maluco, sei que está aí dentro. Me deixe entrar para que eu possa ajudar você".

Amfortas permaneceu em silêncio e não ouviu nenhum movimento do outro lado da porta por algum tempo. Então ouviu um sussurro cauteloso e suave: "Peitos grandes". E depois outro momento de silêncio. Ele imaginou que Temple estivesse com a orelha grudada na porta. Finalmente ouviu os passos saltitantes se afastarem rangendo sobre solados reforçados. Amfortas continuou a marcar o tempo.

Às 16h40, telefonou para um amigo em outro hospital, um neurologista na equipe médica. Quando conseguiu entrar em contato com ele, perguntou: "Eddie, aqui é Vincent. O resultado da minha tomografia já chegou?".

"Sim, chegou. Estava prestes a ligar para você."

Houve um momento de silêncio.

"É positivo?", perguntou Amfortas depois de algum tempo.

Outro longo silêncio. Então: "Sim".

Foi quase inaudível.

"Vou cuidar disso. Adeus, Ed."

"Vince?"

Mas Amfortas já estava desligando.

Ele pegou uma folha de papel timbrado em uma gaveta do lado direito de sua mesa e em seguida redigiu com cuidado uma carta endereçada ao chefe da neurologia.

Caro Jim,

Isto é difícil de dizer e eu sinto muito, mas preciso ser dispensado de meus deveres regulares a partir desta terça-feira, 15 de março. Preciso de todo o tempo possível para me dedicar à minha pesquisa. Tom Soames é muito competente e meus pacientes estão seguros nas mãos dele até você encontrar um substituto para mim. Até terça-feira, meus relatórios sobre pacientes antigos estarão prontos, e Tom e eu concordamos sobre os novos pacientes que vimos hoje. Depois da terça-feira, tentarei estar disponível para consultas, mas não posso prometer nada. Em todo caso, você poderá me encontrar no laboratório ou em casa.

Compreendo que isso é súbito e vai lhe causar alguns problemas. Outra vez, sinto muito. Sei que você respeitará meu desejo de não dizer mais nada sobre essa decisão. Removerei meus pertences até o fim desta semana. O setor foi excelente. Assim como você. Obrigado.

Pesarosamente,
Vincent Amfortas

Amfortas saiu do escritório, colocou a carta na caixa de correspondências do chefe da neurologia e deixou o hospital. Eram quase 17h30 e ele apertou o passo na direção da Santíssima Trindade. Ele poderia chegar a tempo da missa vespertina.

A igreja estava lotada e ele ficou em pé nos fundos. Acompanhou a missa com uma esperança agonizante. Os corpos alquebrados que ele tratara ao longo dos anos tinham incutido nele a percepção da fragilidade e solidão do homem. Os homens eram pequenas chamas de velas, à parte e à deriva, em um vácuo sem fim, aterrorizante e sombrio. Essa percepção fez com que ele abraçasse a humanidade. Ainda assim, Deus o confundia. Ele encontrara Seus vestígios secretos no cérebro, mas o Deus do cérebro apenas o chamava em Sua direção; ao se aproximar, Ele o mantinha a distância com os braços estendidos; e no fim, não havia nada a aceitar se não a fé. Ela juntava as chamas das velas em uma unidade que se elevava e iluminava a noite.

"Eu amo, Senhor, o lugar da Tua habitação..."

Tudo o que importava estava ali, pois não havia mais nada.

Amfortas olhou para as filas dos confessionários. Estavam longas. Decidiu voltar no dia seguinte. Faria com que fosse geral, pensou: uma confissão dos pecados da vida inteira. Haveria tempo na missa matinal, pensou. Era raro ter fila àquela hora.

"E que possa se tornar para nós uma cura eterna..."

"Amém", rezou Amfortas com firmeza.

Tinha tomado sua decisão.

Ele destrancou a porta da frente e entrou na casa. Pegou o saco de papel e o *Post* no vestíbulo e em seguida os levou até a pequena sala de estar, onde acendeu todos os abajures. A casa era alugada, toda mobiliada em um estilo barato, sem cor e que imitava o colonial. A sala de estar se fundia com uma cozinha e uma copa minúscula. No andar de cima havia um quarto e um escritório. Era tudo que Amfortas precisava ou queria.

Ele se sentou em uma poltrona acolchoada. Olhou ao redor. A sala estava, como sempre, bagunçada. Desordem nunca o tinha incomodado antes. Agora, no entanto, ele sentiu um estranho impulso de arrumar tudo, de organizar e limpar a casa inteira. Era algo como o sentimento antes de uma longa viagem.

Deixou isso para o dia seguinte. Estava se sentindo exausto. Fitou o gravador em uma prateleira. O aparelho estava conectado a um amplificador. Havia fones de ouvido. Estava cansado demais para isso também, decidiu. Não tinha a energia para aquilo. Ele olhou para o *Washington Post* em seu colo e em um instante a dor de cabeça estava dilacerando seu cérebro. Arquejou e as mãos voaram até as têmporas. Ele se levantou e o jornal se espalhou pelo chão.

Disparou escada acima até o quarto. Tateou à procura do abajur e o acendeu. Ele abriu uma maleta médica que mantinha ao lado da cama, retirando um pedaço de algodão, uma seringa descartável e um frasco âmbar cheio de um fluido. Sentou-se na cama, desabotoou as calças e as abaixou, expondo as coxas. Em pouco tempo ele tinha injetado seis miligramas de dexametasona, um esteroide, no músculo da perna; a hidromorfona já não bastava.

Amfortas deixou-se cair de costas na cama e esperou. O frasco âmbar apertado na mão. O coração e a cabeça pulsavam em ritmos diferentes, mas logo em seguida eles se fundiram. Ele perdeu a noção do tempo.

Quando finalmente se sentou, viu que as calças ainda estavam na altura dos joelhos. Ele as puxou para cima e, enquanto isso, seu olhar captou o objeto de cerâmica verde e branco em cima da mesa de cabeceira, um patinho em roupas de garotinha. Uma legenda dizia BUZINE SE VOCÊ ME ACHA ADORÁVEL. Por um momento, ele o fitou com tristeza. Afivelou o cinto e desceu para o primeiro andar.

Foi até a sala de estar e juntou o *Washington Post* de domingo. Pensou em lê-lo enquanto esquentava um jantar congelado. Depois de ter acendido a luz da cozinha, parou de supetão. Em cima da mesa da copa havia os restos de uma refeição matinal e uma cópia do *Post* de domingo. O jornal estava desarrumado e separado por seções.

Alguém estivera lendo-o.

4

**REPARTIÇÃO DE SERVIÇOS
LABORATORIAIS ASSOCIADOS**
Secretaria de Ciência Forense

RELATÓRIO LABORATORIAL
13 de março de 1983

PARA : Alan Stedman, M.D.	C C : dr. Francis Caponegro
Seu caso #50	L A B C F #77-N-025
VÍTIMA(S): Kintry, Thomas Joshua	LEGISTA : Samuel Hirschberg, Ph.D.
IDADE : 12	LABORATÓRIO : Bethesda
RAÇA : N	SEXO : M

SUSPEITO(S): Nenhum

EVIDÊNCIA ENVIADA POR : dr. Alan Stedman

Um tubo de sangue e um frasco de urina para dosagem de álcool e drogas.

RESULTADOS DO EXAME:

SANGUE: 0,06% etanol peso/volume
URINA: 0,08% etanol peso/volume
SANGUE E URINA: Negativo para quantidades significativas de cianeto e fluoreto; negativo para barbitúricos, carbamatos, hidantoínas, glutarimidas e outras drogas sedativo-hipnóticas. Negativo para anfetaminas, anti-histamínicos, fenilciclidina, benzodiazepinas e analgésicos. Negativo para narcóticos e analgésicos sintéticos e naturais. Negativo para antidepressivos tricíclicos e monóxido de carbono. Negativo para metais pesados. Resultado positivo: cloreto de suxametônio, 18 miligramas.

SAMUEL HIRSCHBERG, Ph.D.
Toxicólogo

5

"Existe uma doutrina escrita em segredo que diz que o homem é um prisioneiro que não tem o direito de abrir a porta e fugir; isso é um mistério que não compreendo muito bem. Mesmo assim, eu também acredito que os deuses são nossos guardiões e que nós, homens, somos suas posses."

Kinderman pensou na passagem de Platão. Como poderia evitar? Ela assombrava aquele caso. "O que isso significa?", perguntou o detetive aos outros. "Como isso é possível?"

Estavam sentados em volta de uma mesa no meio da sala da equipe, Kinderman, Atkins, Stedman e Ryan. Kinderman precisava de agitação ao seu redor, do alvoroço contínuo de um mundo onde havia ordem e o chão não iria desaparecer sob seus pés. Ele precisava da luz.

"Bom, é claro que não é uma identificação positiva", disse Ryan. Ele coçou um músculo do antebraço. Como Stedman e Atkins, ele estava trabalhando só de camisa; a sala estava superaquecida. Ryan deu de ombros. "Cabelo não pode nos dar isso, todos sabemos disso. Mesmo assim..."

"Sim, mesmo assim", ecoou Kinderman. "Mesmo assim..."

A medula dos fios de cabelo era idêntica em espessura, e o formato, o tamanho e o número por unidade de comprimento das escamas sobrepostas das cutículas eram exatamente os mesmos em ambas as amostras. Os fios de cabelo que foram tirados da mão de Kintry tinham raízes novas e arredondadas, indicando que houvera luta.

Kinderman balançou negativamente a cabeça. "Não pode ser", disse. "Isso é *farblundjet*."[1]

---

[1] Iídiche. Confusão. [NT]

Ele olhou para a foto que tinham tirado da mulher e depois para o copo de chá em sua mão. Cutucou a rodela de limão com um dedo, mergulhando-a e girando-a um pouco. Ele ainda estava vestindo o casaco. "O que o matou?", perguntou.

"Choque", respondeu Stedman. "E asfixia lenta." Todos o encaravam. "Ele recebeu uma injeção de uma droga chamada cloreto de suxametônio. Dez miligramas para cada 23 quilos de peso corporal causa paralisia instantânea", disse. "Kintry tinha quase vinte miligramas em seu sistema. Ele não teria sido capaz de se mover ou gritar, e depois de dez minutos, mais ou menos, não teria conseguido respirar. A droga ataca o sistema respiratório."

Um cone de silêncio desceu sobre eles, isolando-os do restante da sala, do burburinho agitado e ruidoso dos homens e das máquinas. Kinderman os ouvia, mas os sons estavam abafados e distantes, como orações esquecidas.

"Para o que ele é usado", perguntou Kinderman, "esse — como você o chamou?"

"Cloreto de suxametônio."

"Você adora dizer isso, não é, Stedman?"

"Ele é basicamente um relaxante muscular", disse Stedman. "É usado como anestesia. É comum ser usado em terapia com eletrochoque."

Kinderman assentiu.

"Devo assinalar", acrescentou o patologista, "que a droga não deixa quase nenhuma margem para erros. Para conseguir o efeito desejado, o assassino tinha que saber o que estava fazendo."

"Um médico, então", disse Kinderman. "Um anestesista, talvez. Quem sabe? Alguém com qualificação médica, certo? E com acesso à droga, esse sei lá o quê. A propósito, nós encontramos uma seringa hipodérmica na cena do crime ou, como sempre, apenas algumas lembrancinhas que vêm dentro dos salgadinhos que as crianças ricas estão sempre jogando fora?"

"Não encontramos nenhuma seringa", respondeu Ryan, resignado.

"Era de se imaginar", suspirou Kinderman. A busca na cena do crime tinha lhes fornecido bem pouco. Verdade, o martelo mostrava as marcas de impactos contra as cabeças dos pregos; mas apenas digitais borradas foram encontradas e o teste de tipagem sanguínea da saliva nas bitucas de cigarro revelou que o usuário tinha sangue tipo O, o mais comum dos grupos sanguíneos. Kinderman viu Stedman verificar as horas em seu relógio. "Stedman, vá para casa. Você também, Ryan. Vão embora. Andem. Vão para suas casas e para suas famílias, e conversem sobre os judeus."

Despedidas afáveis foram trocadas, e Ryan e Stedman fugiram para as ruas sem mais nada em suas mentes a não ser o jantar e o trânsito. Conforme Kinderman os observava, a sala da equipe voltou à vida outra vez, como se tivesse sido tocada pelos pensamentos comuns dos dois. Ele ouviu os telefones tocando, homens gritando; então eles passaram pela porta e os ruídos sumiram.

Atkins observou enquanto Kinderman bebericava o chá, absorto em pensamentos; ele o viu enfiar os dedos dentro do copo, retirar a rodela de limão, espremê-la e então deixá-la cair de volta no copo. "Essa coisa dos jornais, Atkins", meditou ele. Olhou para cima e encontrou o olhar firme de Atkins.

"Deve ser um erro, tenente. Tem que ser. Deve haver alguma explicação. Vou verificar com o *Post* de novo amanhã."

Kinderman olhou para o chá e meneou a cabeça. "Não adianta. Você não vai descobrir nada. Isso me deixa petrificado. Algo terrível está rindo de nós, Atkins. Você não vai encontrar nada." Ele tomou um gole de chá e então murmurou: "Cloreto de suxametônio. Apenas o suficiente".

"E a mulher idosa, tenente?"

Ninguém a tinha requerido ainda. Nenhum vestígio de sangue fora encontrado em suas roupas.

Kinderman olhou para ele, animando-se de repente. "Você conhece a vespa-caçadora, Atkins? Não, não conhece. Ela não é conhecida. Não é comum. Mas essa vespa é incrível. Um mistério. Para começo de conversa, a duração de sua vida é de apenas dois meses. Um tempo curto. Isso não é importante, todavia, contanto que ela esteja saudável. Certo, ela saiu do ovo. É um bebê, uma graça, uma vespinha. Em um mês, já cresceu e teve os próprios ovos. E agora, de repente, os ovos precisam de comida, mas de um tipo especial, e *apenas* um tipo: um inseto vivo, Atkins — digamos, uma cigarra; sim, cigarras são boas. Digamos cigarras. Agora a vespa-caçadora descobre isso. Sabe-se lá como. É um mistério. Esqueça isso. Não importa. Só que a comida deve ser viva; putrefação seria fatal para o ovo e para a larva, e um cigarra viva e *normal* iria esmagar o ovo ou até mesmo comê-lo. Então a vespa não pode lançar uma rede em cima de um bando de cigarras e depois dá-las aos ovos e dizer: 'Aqui, comam o jantar'. Você achava que a vida era fácil para as vespas-caçadoras, Atkins? Só voando e picando o dia inteiro, todas felizes e contentes? Não, não é uma vida fácil. Nem um pouco. Elas têm problemas. Mas, se a vespa pudesse simplesmente *paralisar* a cigarra, esse problema estaria resolvido e haveria jantar sobre a mesa. No entanto, para fazer isso, ela precisa descobrir exatamente *onde* picar a cigarra, o que exigiria um conhecimento total da anatomia da cigarra, Atkins — elas são todas protegidas por essa armadura, essas escamas —, e ela precisa saber exatamente quanto veneno injetar, porque nossa amiga, a cigarra, pode sair voando ou morrer. Ela precisa de todo esse conhecimento médico-cirúrgico. Não fique triste, Atkins. Não mesmo. Está tudo bem. Todas as vespas-caçadoras em todos os lugares, mesmo enquanto estamos aqui sentados, estão cantando 'Não chore por mim, Argentina' e paralisando insetos por todo o país. Não é assombroso? Como isso é possível?"

"Bom, é instinto", disse Atkins, sabendo o que Kinderman queria ouvir.

O detetive o encarou. "Atkins, nunca diga 'instinto' e eu lhe dou minha palavra de que nunca direi 'parâmetros'. Temos um acordo?"

"Que tal 'instintivo'?"

"Também está vetado. Instinto. O que é o instinto? Será que um nome consegue explicar? Alguém conta a você que o sol não nasceu em Cuba hoje e você responde 'Não se preocupe, hoje é o Dia Que o Sol Não Deve Nascer em Cuba'? Isso serve como explicação? É só dar um nome e ele servirá como cortina para milagres? Deixe-me dizer uma coisa, também não fico impressionado com palavras como 'gravidade'. Ok, esse é um *tsimmis*[2] completamente diferente. Enquanto isso, a vespa-caçadora, Atkins. É assombroso. Isso faz parte de minha teoria."

"Sua teoria sobre o caso?", perguntou Atkins.

"Não sei. Pode ser. Talvez não. Só estou falando. Não, outro caso, Atkins. Algo maior." Ele fez um gesto expansivo. "Está tudo conectado. No que diz respeito à idosa, enquanto isso..." Sua voz foi sumindo e um trovão distante ribombou baixo. Ele fitou uma janela que a chuva fraca começava a borrifar com toques hesitantes. Atkins se ajeitou na cadeira. "A idosa", sussurrou Kinderman, os olhos sonhadores. "Ela está nos guiando para dentro do mistério dela, Atkins. Eu hesito em segui-la. Hesito mesmo."

Ele permaneceu algum tempo fitando sem ver. Então, de súbito, amassou o copo vazio e o jogou fora. O copo bateu na lixeira ao lado da mesa. Ele se levantou. "Vá fazer uma visita à sua amada, Atkins. Masquem chiclete e bebam limonada. Façam *fudge*. Quanto a mim, estou indo embora. *Adieu*." Porém, por alguns instantes, ele ficou ali parado, olhando em volta à procura de alguma coisa.

"Tenente, você o está usando", disse Atkins.

Kinderman tateou a aba do chapéu. "Sim, estou. É verdade. Tem razão. Bem observado."

Kinderman continuou a meditar ao lado da mesa. "Nunca confie nos fatos", bufou. "Os fatos nos odeiam. Eles são uma droga. Odeiam os homens e odeiam a verdade." De repente, ele se virou e se afastou bamboleando.

---

2   Iídiche. Rebuliço, estardalhaço etc. [NT]

Em instantes, ele estava de volta e remexia nos bolsos do casaco à procura de livros. "Mais uma coisa", disse a Atkins. O sargento se levantou. "Só um minuto." Kinderman folheou os livros e então murmurou: "Ahá!". E das páginas de uma obra escrita por Teilhard de Chardin tirou uma embalagem de chocolate Hershey que tinha a parte interna coberta com anotações. Ele segurou o bilhete contra o peito. "Não olhe", disse com uma voz austera.

"Não estou olhando", disse Atkins.

"Bem, não olhe." Kinderman desdobrou o papel com reserva e começou a ler. "'Outra fonte de convicção na existência de Deus, ligada à razão e não aos sentimentos, é a extrema dificuldade, ou melhor, impossibilidade, de imaginar este universo imenso e maravilhoso como resultado de uma casualidade ou necessidade.'" Kinderman segurou o bilhete contra o peito e levantou o olhar. "Quem escreveu isso, Atkins?"

"Você."

"O teste para tenente é só ano que vem. Tente de novo."

"Não sei."

"Charles Darwin", revelou Kinderman. "Em *A Origem das Espécies*." E com isso, enfiou o bilhete no bolso e foi embora.

E voltou outra vez. "Mais uma coisa", disse para Atkins. Ele parou com o nariz a poucos centímetros do nariz do sargento, mãos enfiadas no bolso do casaco. "O que significa Lúcifer?"

"Portador da Luz."

"E o universo é feito de quê?"

"Energia."

"E qual é a forma mais comum de energia?"

"Luz."

"Eu sei." E com isso, o detetive se afastou, atravessando devagar a sala da equipe e descendo a escada.

Não voltou dessa vez.

A policial Jourdan estava sentada nas sombras, em um canto de um quarto na área de custódia. A idosa estava banhada pelos raios sinistros de uma luz âmbar noturna acima de sua cabeça. Deitada imóvel e silenciosa, com os braços ao lado do corpo, seus olhos inexpressivos fitavam seus sonhos. Jourdan conseguia ouvir sua respiração regular, bem como os borrifos da chuva contra uma janela. A policial mudou de posição na cadeira, tentando ficar confortável. Fechou os olhos, sonolenta. E então os abriu de repente. Ouviu um som estranho no quarto. Alguma coisa quebradiça e crepitante. Era fraco. Apreensiva, Jourdan perscrutou o cômodo e não conseguiu compreender que estivera assustada até instintivamente suspirar de alívio ao descobrir que o som fora causado pelos cubos de gelo se mexendo em um copo ao lado da cama.

Viu a porta se abrir. Era Kinderman. Ele entrou no quarto em silêncio.

"Faça um intervalo", disse ele a Jourdan.

Com um sentimento de gratidão, ela saiu.

Kinderman fitou a mulher por alguns instantes. Então tirou o chapéu. "Está se sentindo bem, querida?", perguntou-lhe com gentileza. A idosa não disse nada. Depois, de súbito, os braços dela se ergueram e as mãos fizeram aqueles movimentos padronizados e misteriosos que Kinderman tinha visto no Abrigo para Barcos Potomac. Kinderman pegou uma cadeira com cuidado e a colocou ao lado da cama, sem fazer barulho. Sentiu o cheiro de desinfetante. Sentou-se na cadeira e começou a observar com atenção. Aqueles movimentos tinham um significado. O que significavam? As mãos lançavam sombras na parede oposta, hieróglifos negros e araneiformes, como um código. Kinderman estudou o rosto da mulher. Havia um ar de santidade em sua expressão, e algo em seus olhos curiosamente se parecia com saudade.

O detetive ficou sentado por quase uma hora naquela estranha meia-luz, com o barulho da chuva, sua respiração e seus pensamentos. Chegou a meditar sobre os quarks e os sussurros da Física que diziam que a matéria não era feita de coisas, mas apenas de processos em um mundo de sombras instáveis e ilusões, um mundo no qual, dizia-se, neutrinos eram fantasmas e elétrons eram capazes de voltar no tempo. *Olhe diretamente para as estrelas mais fracas e elas desaparecem*, pensou; *suas luzes golpeiam apenas os cones dos olhos; mas olhe para o lado delas e você as verá: a luz atinge os bastonetes.* Kinderman sentiu que, neste universo novo e estranho, ele teria que olhar para o lado a fim de resolver aquele caso. Rejeitou o envolvimento da idosa no assassinato; ainda assim, de uma maneira que não conseguia explicar, ela de certa forma o incorporava. Esse instinto se tornava enigmático, ainda que forte, sempre que ele se desviava dos fatos.

Quando os movimentos da idosa enfim pararam, o detetive se levantou e olhou para a cama. Ele segurava o chapéu pela aba com ambas as mãos e disse: "Boa noite, senhora. Sinto muito pelo incômodo". Com isso, saiu do quarto.

Jourdan estava fumando no corredor. O detetive se aproximou e estudou seu rosto. Ela parecia apreensiva.

"Ela falou?", perguntou-lhe.

A policial exalou fumaça e ao responder balançou a cabeça: "Não. Não falou".

"Comeu?"

"Sim, um pouco de mingau de aveia. Sopa quente." Jourdan bateu cinzas que não estavam ali.

"Você parece preocupada", disse Kinderman.

"Sei lá. É que ficou um pouco assustador lá dentro de repente. Sem nenhum motivo. Só uma sensação." Ela deu de ombros. "Sei lá."

"Você está muito cansada. Por favor, vá para casa", pediu o detetive. "Eles têm enfermeiras..."

"Mesmo assim, odeio deixá-la sozinha. Ela é tão indefesa." Bateu mais cinzas e seus olhos dardejaram um pouco. "Acho que estou bem acabada, no entanto. Você realmente não se importa se eu for embora?"

"Você foi maravilhosa. Vá para casa agora."

Jourdan pareceu aliviada.

"Obrigada, tenente. Boa noite." Ela se virou e se afastou depressa. Kinderman a observou. *Ela também sentiu*, pensou, *a mesma coisa. Mas o quê? Qual é o problema? Não foi a velhinha.*

Kinderman observou uma faxineira trabalhar. Havia um lenço vermelho e manchado em sua cabeça. Ela estava passando um esfregão pelo chão. *É apenas uma faxineira passando o esfregão*, pensou, *só isso.*

Outra vez em contato com a normalidade, ele foi para casa. Ele ansiava por sua cama.

Mary estava acordada à espera de Kinderman na cozinha, sentada à mesinha, vestindo um roupão de lã azul-claro. Tinha um rosto resoluto e olhos travessos.

"Olá, Bill. Você parece cansado", disse ela.

"Estou me transformando em uma pálpebra."

Ele a beijou na testa e se sentou.

"Está com fome?", perguntou ela.

"Não muita."

"Tem um pouco de carne assada."

"Não tem carpa?"

Ela deu uma risadinha.

"Então, como foi seu dia?", perguntou ela.

"Muita diversão, como sempre, apostando."

Mary sabia a respeito de Kintry. Ouvira a notícia no rádio. Porém, eles tinham concordado anos antes que o trabalho de Kinderman não deveria entrar na paz do lar, pelo menos não como assunto de uma conversa. Os telefonemas tarde da noite não tinham como ser evitados.

"Alguma novidade? Como foi em Richmond?", perguntou ele.

Ela fez uma careta.

"Tomamos um café da manhã tardio, um pouco de ovo frito e bacon, e eles trouxeram tudo isso junto com papas de milho, e mamãe disse bem alto, ali mesmo no balcão: 'Esses judeus são loucos'."

"E onde ela está, nossa venerável *mavin*[3] do fundo do rio?"

"Dormindo."

"Graças a Deus."

---

3   lídiche. Uma pessoa com grande conhecimento, um especialista. [NT]

"Bill, seja bonzinho. Ela pode ouvir você."

"Enquanto dorme? Sim, claro, meu amor. O Fantasma da Banheira está sempre alerta. Ela sabe que eu poderia fazer alguma coisa muito louca com aquele peixe. Mary, quando vamos comer a carpa? Estou falando sério."

"Amanhã."

"Então nada de banho hoje de novo, *nu*?"

"Você pode usar o chuveiro."

"Quero um banho com bolhas. Será que a carpa se incomodaria com algumas bolhas? Estou disposto a negociar uma trégua. A propósito, onde está Julie?"

"Na aula de dança."

"Aula de dança à noite?"

"Bill, são só oito horas."

"Ela deveria dançar durante o dia. É melhor."

"Melhor como?"

"É mais claro lá fora. É melhor. Ela pode ver os sapatos pontudos. Só os góis dançam bem no escuro. Os judeus tropeçam. Eles não gostam disso."

"Bill, tenho uma pequena novidade da qual você não vai gostar muito."

"A carpa teve quíntuplos."

"Quase. Julie quer mudar o sobrenome para Febré."

O detetive pareceu estarrecido.

"Você não está falando sério."

"Estou, sim."

"Não, você está brincando."

"Julie diz que seria melhor para ela como dançarina."

Kinderman disse, sem emoção:

"Julie Febré."

"Então, por que não?"

"Judeus são *farmischt*,[4] não Febré", respondeu Kinderman. "É esse o resultado de todo esse empacotamento de nossa cul-

---

4 Iídiche. Confuso, disfuncional. [NT]

tura? Depois vem o dr. Bernie Feinerman para dar uma levantada no nariz dela para combinar com o nome, e depois disso vem a Bíblia e o Evangelho de Febré, e na Arca não vai ter nada que se pareça com um gnu, apenas animais de aparência limpinha com nomes como Melody ou Tab, todos protestantes anglo-saxões brancos de Dubuque. O que restar da Arca será encontrado algum dia nos Hamptons. Precisamos pelo menos agradecer a Deus que o faraó não esteja aqui, aquele *goniff* — ele estaria rindo de nossa cara neste exato momento."

"As coisas poderiam ser piores", disse Mary.

Ele respondeu: "Talvez".

"Será que a Arca faz uma parada em Richmond?"

Ele estava fitando o vazio. "Os Salmos de Lance", murmurou. "Estou me afogando." Ele suspirou e deixou a cabeça cair contra o peito.

"Querido, por favor, vá dormir", disse Mary. "Você está exausto."

Ele assentiu.

"Sim, estou mesmo." Ele se levantou e se aproximou para lhe dar um beijo no rosto. "Boa noite, docinho."

"Boa noite, Bill. Eu te amo."

"Também amo você."

Ele foi para o andar de cima e pegou no sono em questão de minutos.

E sonhou. A princípio, estava voando acima de campos de cores resplandecentes e vívidas; então, logo surgiram vilarejos, depois cidades, que pareciam ao mesmo tempo comuns e estranhas. Tinham a aparência que deveriam ter, mas de algum modo eram diferentes, e ele sabia que nunca conseguiria descrevê-las. Como em qualquer outro sonho, não tinha nenhuma percepção do corpo, mas mesmo assim sentia-se vigoroso e forte. E o sonho era lúcido: ele sabia que estava dormindo em sua cama e sonhando, e se lembrava de tudo que acontecera ao longo do dia.

De repente, estava de pé dentro de uma construção titânica feita de pedra. As paredes, de um rosa-claro, eram lisas e se arqueavam até o teto, a uma altura de tirar o fôlego. Ele teve a sensação de estar em uma enorme catedral. Um espaço imenso, repleto de camas do tipo encontrado em hospitais, estreitas e brancas, e havia centenas de pessoas, talvez mais, ocupadas em diversas atividades tranquilas. Algumas estavam sentadas ou deitadas em suas camas, enquanto outras perambulavam de pijama ou roupão. A maioria lia ou conversava, embora um grupo de cinco pessoas perto de Kinderman estivesse reunido em volta de uma mesa e de algum tipo de rádio transmissor. Seus rostos estavam compenetrados e Kinderman pôde ouvir um deles dizer: "Você pode me ouvir?". Seres estranhos andavam em volta, homens alados como anjos vestindo uniformes de médicos. Eles caminhavam por entre as camas e as colunas de luz do sol que se infiltravam através dos vitrais das janelas circulares. Pareciam estar distribuindo medicamentos ou absortos em conversas em voz baixa. A atmosfera geral era de paz.

Kinderman caminhou ao longo das fileiras de camas que se estendiam até onde sua vista alcançava. Ninguém notou a presença dele, exceto, talvez, um anjo que virou a cabeça e lhe lançou um olhar agradável quando ele passou, e em seguida voltou ao trabalho.

Kinderman viu seu irmão Max. Ele fora um estudante rabínico por muitos anos até falecer, em 1950. Como em sonhos comuns, onde os mortos nunca são vistos como tais, Kinderman andou sem pressa até Max e se sentou com ele na cama.

"Estou feliz em ver você, Max", disse. Então acrescentou: "Agora *nós dois* estamos sonhando".

Seu irmão balançou a cabeça com seriedade e respondeu: "Não, Bill. *Eu* não estou sonhando".

E Kinderman se lembrou de que o irmão estava morto. Junto com essa súbita compreensão, veio a certeza absoluta de que Max não era uma ilusão.

Kinderman o bombardeou com perguntas sobre a vida após a morte. "Todas essas pessoas estão mortas?", perguntou ele.

Max assentiu. "Que mistério", disse ele.

"Onde estamos?", perguntou Kinderman.

Max deu de ombros. "Não sei. Não temos certeza. Mas viemos para cá primeiro."

"Parece um hospital", comentou Kinderman.

"Sim, todos nós somos tratados aqui", disse Max.

"Você sabe para onde vão depois?"

Max respondeu que não.

Continuaram a conversar e, afinal, Kinderman perguntou, de supetão: "Deus existe, Max?".

"Não no mundo dos sonhos, Bill", respondeu Max.

"Qual é o mundo dos sonhos, Max? É este aqui?"

"É o mundo no qual meditamos sobre nós mesmos."

Quando Kinderman o pressionou para que explicasse sua resposta, as declarações de Max se tornaram vagas e difusas. Em certo ponto, ele disse "Nós temos duas almas" e então voltou a ficar dúbio e incerto, e o sonho começou a se desfazer ao redor das margens, ficando cada vez mais plano e imaterial, até que finalmente Max se tornou um fantasma falando disparates.

Kinderman acordou e levantou a cabeça. Através de uma fenda na cortina de uma janela, viu a luz cobalto do amanhecer. Deixou a cabeça cair de volta no travesseiro e pensou no sonho. Qual era seu significado? "Doutores anjos", murmurou em voz alta. Mary se mexeu ao seu lado. Ele deslizou para fora da cama em silêncio e foi até o banheiro. Tateou à procura do interruptor e, assim que o encontrou, fechou a porta e acendeu a luz. Levantou o assento da privada e urinou. Enquanto o fazia, relanceou o olhar para a banheira. Viu a carpa nadando preguiçosa, desviou o olhar e balançou a cabeça.

"*Momzer*",[5] murmurou.

Deu descarga, tirou o roupão de um gancho atrás da porta, apagou a luz e foi para o andar de baixo.

Preparou chá e sentou-se à mesa, absorto em pensamentos. Será que o sonho era sobre o futuro? Um augúrio de sua morte? Ele balançou a cabeça. Não, seus sonhos sobre o

5 Iídiche. Desgraçado. [NT]

futuro tinham uma certa textura. Aquele não tinha. Aquele não era em nada como os sonhos que já tivera. Aquele o tinha afetado profundamente. "'Não no mundo dos sonhos'", murmurou. "'Duas almas.' 'É o mundo no qual meditamos sobre nós mesmos.'" Será que o sonho era uma maneira de seu inconsciente lhe fornecer pistas sobre o problema da dor?, perguntou-se. *Talvez*. Ele se lembrou de *Visões*, um ensaio escrito por Jung que descrevia certa ocasião em que o psiquiatra escapara por pouco da morte. Ele estivera hospitalizado e em coma, e de repente sentiu que estava fora do corpo e à deriva, muitos quilômetros acima do planeta. Quando estava prestes a entrar em um templo que flutuava no espaço, a figura de seu médico surgiu difusa diante dele em sua forma primal, aquela de um *basileus* de Kos. O médico o repreendeu e exigiu que voltasse para seu corpo para que ele pudesse terminar seu trabalho na Terra. Um instante depois, Jung estava desperto no leito hospitalar. Sua primeira emoção foi preocupação com o médico, porque ele aparecera em sua forma arquetípica; na verdade, o médico adoeceu algumas semanas depois e logo faleceu. Porém, as emoções dominantes que Jung sentira — e continuou a sentir ao longo dos seis meses seguintes — foram depressão e raiva por estar de volta ao corpo, e em um mundo e um universo que ele agora enxergava como "caixas". Será que essa era a resposta?, imaginou Kinderman. Será que o universo tridimensional era uma construção artificial projetada para ser acessada a fim de resolver problemas específicos que não poderiam ser resolvidos de nenhuma outra maneira? Será que o problema do mal no mundo tinha sido criado de propósito? Será que a alma vestia um corpo como os homens vestem trajes de mergulho para poderem entrar no oceano e trabalhar nas profundezas de um mundo estranho? Será que nós *escolhemos* a dor que sofremos com inocência?

Kinderman se perguntou se seria possível que um homem fosse um homem sem dor, ou pelo menos sem a *possibilidade* da dor. Será que ele não seria pouco mais do que um panda que sabia jogar xadrez? Poderia existir honra, coragem ou bondade? Um deus que fosse bom não poderia fazer outra coisa a não ser intervir ao perceber o choro de um de Seus filhos que sofria. Mesmo assim, Ele não o fazia. Ele assistia a tudo sem se envolver. Mas será que o motivo para isso era porque o homem *pedira* que Ele não se envolvesse? Porque o homem tinha escolhido de forma deliberada a provação para que pudesse ser homem, antes da aurora dos tempos e que o firmamento incandescente tivesse sido lançado?

Um hospital. Doutores anjos. *"Sim, todos nós somos tratados aqui." É claro*, pensou Kinderman. *Faz sentido. Depois da vida, vem uma semana no Resort Pórtico Dourado. Talvez um tempinho na Flórida também. Mal não faria.*

Kinderman brincou com aqueles pensamentos por alguns instantes e decidiu que a teoria do sonho desmoronava quando confrontada com o sofrimento de animais superiores. Os gnus com certeza não tinham escolhido a dor e o mais leal dos cães não tinha outra vida pela frente. *Porém, existe alguma coisa ali*, pensou; *ela está perto*. Era necessário um salto conclusivo e surpreendente para que tudo fizesse sentido e preservasse a bondade de Deus. Ele tinha certeza de que estava perto de encontrá-la.

Passos na escada, rápidos e leves. Kinderman olhou para o lado e fez uma careta. Os passos se aproximaram da mesa. Ergueu a cabeça. A mãe de Mary pairava acima dele. Oitenta anos, baixa e o cabelo grisalho preso em um coque. Kinderman a estudou. Nunca antes tinha visto um roupão que fosse preto.

"Não sabia que você estava acordado", disse ela de maneira inescrutável. Todo o rosto dela estava franzido.

"Estou acordado", disse Kinderman. "É um fato."

Ela pareceu pensar nisso por alguns instantes. Então caminhou até o fogão e disse: "Vou fazer chá para você".

"Ainda tenho um pouco."

"Tome mais."

De repente, caminhou até ele e apalpou a xícara. Em seguida, lhe lançou um olhar tal qual Deus lançara a Caim ao ouvir as novidades.

"Está frio", disse ela. "Vou fazer quente."

Kinderman olhou para o relógio. Eram quase sete. O que tinha acontecido com o tempo?, perguntou-se.

"Como foram as coisas em Richmond?", perguntou ele.

"São todos uns *schvartzers*.[6] Não me force a voltar para lá." Ela bateu a chaleira com força no fogão e começou a resmungar em iídiche. O telefone sobre o balcão tocou. "Não se preocupe, eu atendo", disse a mãe de Mary. Ela se moveu depressa e atendeu o telefone.

"*Nu?*"

Kinderman a observava enquanto ela ouvia. Então estendeu o fone com uma carranca.

"É para você. Outro de seus amigos gângsteres."

Ele suspirou. Levantou-se e pegou o telefone.

"Kinderman", disse abatido.

Ele prestou atenção. Uma expressão estarrecida tomou conta de seu rosto.

"Estou indo agora mesmo", disse. Desligou o telefone.

Durante a missa das 6h30 na Santíssima Trindade, um padre católico fora assassinado. Ele fora decapitado no confessionário enquanto ouvia a confissão de alguém.

---

6   Iídiche. Pessoas negras. Não é considerado
ofensivo para os falantes de iídiche. [NT]

SEGUNDA-FEIRA
14 DE MARÇO

6

A existência da vida na Terra dependia de certa pressão atmosférica. Essa pressão, por sua vez, dependia da constante operação das forças da física, as quais, por sua vez, dependiam da posição da Terra no espaço, a qual, por sua vez, dependia de determinada constituição do universo. E o que fazia isso acontecer?, perguntou-se Kinderman.

"Tenente?"

"Estou com você, marujo Horatio Hornblower. Qual é a nossa presente situação?"

"Ninguém viu nada fora do comum", informou Atkins. "Podemos liberar os paroquianos?"

Kinderman estava sentado em um banco da igreja, próximo à cena do crime, um dos confessionários mais ao fundo da nave. Haviam fechado a porta do confessionário, mas o sangue ainda escorria pelo corredor, onde se ramificava até formar poças separadas, indiferentes, enquanto a equipe forense se movia ao redor dele. Todas as portas da Igreja da Santíssima

Trindade tinham sido trancadas e um policial uniformizado vigiava cada uma das entradas. O padre da igreja recebera permissão para entrar e Kinderman o viu prestando atenção em Stedman. Eles estavam parados perto do altar lateral esquerdo, diante de uma estátua de Virgem Maria. O padre idoso assentia de vez em quando e mordia o lábio inferior. Seu rosto tinha uma expressão de pesar reprimido.

"Sim, tudo bem, deixe eles irem embora", disse o detetive para Atkins. "Segure os quatro que foram testemunhas. Tive uma ideia."

Atkins assentiu, em seguida procurou uma protuberância de onde conseguiria anunciar a dispensa dos fiéis que ainda estavam dispersos pela igreja. Optou pelo coro e seguiu naquela direção.

Kinderman voltou a se ocupar com seus pensamentos. Será que o universo era eterno? *Pode ser. Quem sabe?* Um dentista imortal poderia tratar cáries para sempre. Mas o que sustentava o universo *agora*? Será que o universo era a causa da própria constituição? Faria alguma diferença se os elos na corrente da causação fossem estendidos indefinidamente? *Não ajudaria*, concluiu o detetive. Ele imaginou um trem de carga transportando vestidos da pequena fábrica de munições perto de Cleveland, onde ele sempre imaginara que fossem feitos, para a loja de departamentos Abraham & Straus. Cada vagão de carga era movido pelo da frente. Nenhum vagão se movia por conta própria. Seguir adiante até o infinito em vagões não proporcionaria a nenhum vagão o que lhe faltava, que era movimento. Zero multiplicado por infinito era igual a zero. O trem não conseguiria se mover a não ser que fosse puxado por um motor, algo que fosse completamente diferente de um vagão.

Motor Primário Imóvel. Primeira Causa Sem Causa. Isso seria uma contradição?, perguntou-se Kinderman. Se tudo devia ter uma causa, por que não Deus? O detetive estava apenas fazendo um exercício e de imediato respondeu a si mesmo que o princípio da causalidade derivava da observação do universo material, um tipo especial de substância. Será que essa substância era o único traje no cabideiro da possibilidade? Por que não outro tipo de substância completamente diferente, uma substância além do tempo, do espaço e da matéria? Será que a chaleira acredita que só ela existe?

"Andei pensando, tenente."

Kinderman se virou para olhar Ryan. "Você acha que eu devia ligar para a United Press ou devemos manter esse pequeno milagre aqui dentro da igreja?"

"Devemos ter algumas digitais naqueles painéis corrediços dentro do confessionário."

"Por qual outro motivo convocamos esta reunião? Procure digitais na parte externa dos painéis, e também na parte interna, principalmente naqueles pequenos puxadores que eles têm."

"Tudo o que encontraríamos no lado de dentro seriam as digitais do padre", disse Ryan. "Para que fazer isso?"

"Estou enchendo linguiça. O departamento me paga por hora. Se você ficasse de olho em seu encanador, não estaria me fazendo essas perguntas ridículas agora."

Ryan se manteve firme. "Não vejo o que as digitais do padre teriam a ver com isso."

"Tenha um pouco de fé, então. Aqui é o lugar."

"Ok", disse Ryan. Ele se afastou, e com ele se foi o alívio que Kinderman sentira da sensação de doença, do sentimento de desespero que brotara dentro de si. Ele voltou ao esforço de reagrupar suas crenças. *Sim, aqui é o lugar*, pensou. *E esta é a hora*. Ele ouviu o ruído dos passos dos paroquianos deixando a igreja e saindo para as ruas comuns e ensolaradas. *Um astronauta norte-americano pousa em Marte*, pensou, *e na superfície do planeta ele encontra uma câmera*. Como ele explicaria a presença dessa câmera? Ele pode achar que não fora o primeiro a pousar ali, conjecturou. *Não foram os russos. É uma Nikon. Cara demais*. Mas talvez tivesse havido uma aterrissagem feita por outra nação, ou até mesmo, de um modo concebível, por seres alienígenas que tinham primeiro feito uma visita ao planeta Terra e levado uma câmera a bordo para estudá-la.

Poderia pensar que seu governo mentira, que tinha enviado outros norte-americanos antes dele. Poderia até chegar à conclusão de que estava alucinando ou sonhando a coisa toda. Mas a única coisa que ele não faria, Kinderman sabia, era pensar que desde que Marte fora bombardeado por meteoritos e sacudido por erupções vulcânicas, seria razoável que ao longo de muitos bilhões de anos inúmeras combinações imagináveis de seus materiais poderiam ter ocorrido e que a câmera poderia ser uma dessas combinações aleatórias. *Eles lhe diriam que ele estava completamente* meshugge[1] *graças à exposição a algum tipo de raio cósmico e depois o internariam em um lar especial com uma sacola cheia de* matzás[2] *e um distintivo de Cadete Espacial.* Obturador, lente, regulador de velocidade do obturador, diafragma, foco automático, exposição automática. Será que um dispositivo assim poderia surgir por mero acaso?

No olho humano, há dezenas de milhões de conexões elétricas capazes de dar conta de 2 milhões de mensagens simultâneas, e ainda assim enxergam a luz de apenas um fóton.

Um olho humano é encontrado em Marte.

O cérebro humano, 1,3 kg de tecido, contém mais de 100 bilhões de células cerebrais e 500 trilhões de transmissões sinápticas. Pode sonhar e compor música e escrever as equações de Einstein, cria a linguagem e a geometria e as máquinas que sondam as estrelas, e embala uma mãe adormecida durante uma tempestade, ao passo que a acorda ao choro mais suave de seu filho. Um computador capaz de dar conta de todas essas funções cobriria toda a superfície da Terra.

Um cérebro humano é encontrado em Marte.

O cérebro é capaz de detectar uma unidade de mercaptan dentre 50 bilhões de unidades de ar, e se o ouvido humano fosse um pouco mais sensível seria capaz de ouvir as moléculas de ar colidindo. Células sanguíneas se enfileiram, uma

---

1 Iídiche. Desmiolado, louco. [NT]
2 Pão sem fermento, feito de farinha branca e água. [NT]

atrás da outra, quando se deparam com a compressão de uma veia minúscula, e as células do coração batem em ritmos diferentes até entrarem em contato com outra célula. Quando se tocam, começam a bater como se fossem uma.

Um corpo humano é encontrado em Marte.

As centenas de milhões de anos de evolução do paramécio até o homem não solucionavam o mistério, pensou Kinderman. O mistério era a evolução em si. A inclinação fundamental da matéria era na direção de uma desorganização total, na direção de um estado final de absoluta aleatoriedade da qual o universo nunca se recuperaria. A cada momento, suas ligações estavam se desfiando conforme ele se jogava de cabeça no vazio em uma dispersão imprudente de si mesmo, impaciente pela morte de seus sóis que esfriavam. E ainda assim aqui estava a evolução, maravilhou-se Kinderman, um furacão empilhando palha em palheiros, fardos de complexidade sempre crescente que negavam a natureza de suas próprias substâncias. A evolução era um teorema escrito em uma folha que flutuava contra a correnteza do rio. Um Projetista estava em ação. *Então o que mais poderia esperar? Estava o mais claro possível. Quando um homem ouve batidas de cascos no Central Park, ele não deveria olhar ao redor à procura de zebras.*

"Esvaziamos a igreja, tenente."

O olhar de Kinderman se deslocou rapidamente para Atkins, e então fitou o confessionário, com o corpo do padre ainda em seu interior.

"Verdade, Atkins? Esvaziamos mesmo?"

Ryan estava passando pó para tirar as digitais dos painéis exteriores e Kinderman o observou por alguns momentos, as pálpebras começando a ficar pesadas. "Tire as digitais das partes internas", disse. "Não esqueça."

"Não vou esquecer", resmungou Ryan.

"Excelente."

Kinderman se levantou com um suspiro e então seguiu Atkins até outro confessionário nos fundos e à direita das portas.

Sentadas nos dois bancos dos fundos da igreja estavam as pessoas que Atkins detivera. Kinderman parou para estudá-las. Richard Coleman, um advogado de quarenta anos, trabalhava na procuradoria. Susan Volpe, uma mulher atraente de vinte anos, era estudante no Georgetown College. George Paterno era o técnico de futebol na Bullis Prep, em Maryland. Ele era baixo e de constituição forte, e Kinderman calculou que estivesse na casa dos trinta anos. Ao lado dele estava sentado um homem bem-vestido, de cinquenta anos. Era Richard McCooey, formado pela Georgetown e dono do 1789, um restaurante a um quarteirão de distância da igreja. Kinderman o conhecia, pois ele também era dono do The Tombs, um bar popular no porão da prefeitura onde o detetive costumava se encontrar com um amigo que morrera muitos anos antes.

"Mais uma ou duas perguntas, por favor", disse Kinderman. "Vai levar só um minuto. Vou me apressar. Primeiro, sr. Paterno. Será que poderia fazer o favor de voltar para dentro do confessionário?"

O confessionário era dividido em três partes distintas. Em um compartimento no meio, equipado com uma porta, um confessor se sentava no escuro, com talvez um pouco de luz que entrava por uma tela na parte de cima da porta. Os outros dois compartimentos, um de cada lado do confessor, eram equipados com um genuflexório onde o confessor se ajoelhava e, de novo, uma porta. Havia um painel corrediço de cada lado. Enquanto um penitente se confessava, o padre deixava o painel aberto. Quando aquela confissão chegava ao fim, ele deslizava o painel até fechar e então abria o painel do outro lado, onde outro penitente aguardava.

Por volta das 6h30 daquela manhã, um homem na casa dos vinte anos, ainda não identificado, mas descrito como tendo olhos verde-claros, cabeça raspada e vestindo um pesado suéter azul de gola alta, saiu do compartimento do penitente à esquerda, depois de fazer uma confissão bastante longa, e seu lugar foi então tomado por George Paterno. Naquele instante, o falecido, o padre Kenneth Bermingham, outrora reitor da

Universidade de Georgetown, se virara para ouvir a confissão de um homem à direita, também ainda não identificado, mas cuja descrição indicava que vestia calças brancas e uma jaqueta de lã preta com capuz. Depois de seis ou sete minutos, esse homem saiu e seu lugar foi tomado por um idoso com uma sacola de compras. Então, após mais um período de tempo, agora descrito como "longo", o velho saiu, pelo visto sem ter feito a confissão, já que a vez de Paterno se confessar deveria ter sido antes da dele; mesmo assim, Paterno não foi visto saindo do confessionário. O lugar do velho foi tomado por McCooey e em seguida tanto ele quanto Paterno esperaram no escuro, com McCooey afirmando que presumira que o padre estivesse ocupado com Paterno, enquanto Paterno presumira que o homem de jaqueta não tinha terminado. Qualquer que fosse a verdade de suas declarações, nem Volpe nem Coleman tiveram sua vez. Foi Coleman que notara o sangue escorrendo por baixo da porta.

"Sr. Paterno?"

Paterno estava ajoelhado no compartimento do penitente à esquerda. A cor voltava de maneira gradual ao que parecia ser uma compleição morena escura. Ele fitou Kinderman e piscou surpreso.

"Enquanto esteve no confessionário", prosseguiu o detetive, "o homem de jaqueta estava do outro lado, e depois dele o idoso, e depois dele o sr. McCooey. E o senhor disse que ouviu o painel deslizar até fechar do outro lado em determinado momento. O senhor se lembra disso?"

"Sim."

"E o senhor disse que presumiu que o homem de jaqueta tinha terminado."

"Sim."

"O senhor ouviu o painel deslizar de novo? Como se, talvez, o padre tivesse esquecido de algo que ele quisera dizer ao homem?"

"Não, não ouvi."

Kinderman assentiu, depois fechou a porta de Paterno, entrou no confessionário e se sentou.

"Vou fechar o painel do seu lado", disse a Paterno. "Depois disso, ouça com atenção, por favor." Ele fechou o painel do lado de Paterno e então abriu devagar o painel do outro lado. Voltou a abrir o painel de Paterno. "Você ouviu alguma coisa?"

"Não."

Kinderman pensou nessa resposta com muito cuidado. Quando Paterno começou a se levantar, ele disse: "Fique onde está, por favor, sr. Paterno".

O detetive saiu do compartimento do confessor e se ajoelhou no compartimento do penitente à direita. Abriu o painel e olhou para Paterno.

"Feche o seu painel e então ouça com atenção de novo", instruiu ele.

Paterno fechou seu painel. Kinderman esticou a mão para dentro do compartimento do confessor, encontrou o puxador atrás do painel e o fechou o máximo que conseguiu antes de seu pulso ficar no caminho e ele não conseguir mais puxar. Àquela altura, ele soltou o puxador de metal e, usando a pressão da ponta dos dedos contra o forro do seu lado, deslizou o painel pelo restante do caminho até ele fechar com um ruído abafado.

Kinderman se levantou e andou até o compartimento do penitente à esquerda, onde abriu a porta e olhou para Paterno.

"Você ouviu alguma coisa?", perguntou-lhe Kinderman.

"Sim. Você fechou o painel."

"Ele fez o mesmo barulho de quando você esperava o padre se virar para o seu lado?"

"Sim, exatamente o mesmo."

"*Exatamente* o mesmo?"

"Sim, exatamente."

"Por favor, descreva."

"Descrever?"

"Sim, descreva. Como foi o barulho?"

Paterno pareceu hesitar. Então disse: "Bem, ele deslizou até certo ponto e então parou; depois deslizou de novo até fechar".

"Então houve uma pequena hesitação ao deslizar?"

"Do mesmo jeito que você acabou de fazer."

"E como pode ter certeza de que estava completamente fechado?"

"Houve um baque surdo no final. Foi alto."

"Você quer dizer mais alto do que o normal?"

"Foi alto."

"Mais alto do que o normal?"

"Sim. Bem alto."

"Entendo. E você não se perguntou por que sua vez não chegou logo depois disso?"

"Se eu me perguntei...?"

"Por que sua vez não chegou."

"Acho que sim."

"E quando você ouviu esse barulho? Quanto tempo antes de o corpo ser encontrado?"

"Não lembro."

"Cinco minutos?"

"Não sei."

"Dez?"

"Não sei."

"Levou mais que dez minutos?"

"Não tenho certeza."

Kinderman digeriu isso por algum tempo. Então fez mais uma pergunta: "Houve mais algum barulho enquanto você esteve aí dentro?".

"Você quer dizer barulho de conversa?"

"Qualquer coisa."

"Não, não ouvi nenhuma conversa."

"Você ouve alguém falando no confessionário às vezes?"

"De vez em quando. Mas só se for alto, como pode ser o 'Ato de Contrição' no fim."

"Mas você não ouviu nada dessa vez?"

"Não."

"Nenhum tipo de conversa?"

"Nenhum tipo de conversa."

"Nada de murmúrios?"

"Não."

"Obrigado. Pode voltar para seu lugar agora."

Desviando o olhar de Kinderman, Paterno se levantou depressa e voltou a se sentar com os outros. Kinderman os encarou. O procurador lançava olhadelas para o relógio. O detetive se dirigiu a ele.

"O velho com a sacola de compras, sr. Coleman."

"Sim?", disse o procurador.

"Quanto tempo o senhor diria que ele ficou dentro do confessionário?"

"Talvez sete, oito minutos, mais ou menos. Talvez mais."

"Ele permaneceu na igreja quando acabou a confissão?"

"Não sei."

"Srta. Volpe? Reparou?"

A garota ainda estava abalada e o fitou inexpressivamente.

"Srta. Volpe?"

"Sim?", respondeu assustada.

"O velho com a sacola de compras, srta. Volpe. Depois de se confessar, ele ficou na igreja ou foi embora?"

Ela o fitou com um olhar enevoado por alguns instantes, então respondeu:

"Posso tê-lo visto ir embora. Não tenho certeza."

"A senhorita não tem certeza."

"Não, não tenho."

"Mas acha que ele pode ter ido embora."

"Sim, pode."

"Havia alguma coisa estranha no comportamento dele?"

"Estranha?"

"Sr. Coleman, havia alguma coisa estranha?"

"Ele só parecia um pouco senil", respondeu Coleman. "Imaginei que tivesse demorado por causa disso."

"Você falou que ele era um homem na casa dos setenta anos?"

"Por aí. Ele andava com passos muito débeis."

"Andava? Andava para onde?"

"Para o banco dele."

"Então ele permaneceu na igreja", afirmou Kinderman.

"Não, eu não disse isso", retrucou Coleman. "Ele foi para o banco dele e talvez tenha feito sua penitência. Depois disso pode ter ido embora."

"Fui devidamente corrigido, advogado. Obrigado."

"Está tudo bem." Houve um brilho de satisfação nos olhos do procurador.

"E o homem de cabeça raspada e o homem de jaqueta?", acrescentou Kinderman. "Alguém poderia me dizer se eles permaneceram na igreja ou foram embora?"

Não houve nenhuma resposta.

Kinderman voltou-se na direção da garota.

"Srta. Volpe, o homem que estava usando uma jaqueta. Ele parecia diferente de alguma maneira?"

"Não", respondeu Volpe. "Quero dizer, eu quase nem reparei nele."

"Ele não parecia aborrecido?"

"Ele estava calmo. Ele era bem comum."

"Bem comum."

"Isso mesmo. A única coisa estranha é que ele ficava estalando um pouco os lábios, só isso."

"Ele ficava estalando um pouco os lábios?"

"Bom, sim."

Kinderman pensou naquilo por um tempo e então disse: "Isso é tudo. Obrigado pelo tempo de vocês. Sargento Atkins, leve-os até a saída. Depois volte. É importante".

Atkins acompanhou as testemunhas até o policial parado junto à porta. Ele chegou lá em oito passos, mas Kinderman o observou com uma preocupação ansiosa, como se Atkins estivesse viajando para Moçambique e pudesse não voltar.

Atkins voltou e parou diante dele. "Sim, senhor?"

"Mais uma coisa sobre a evolução. Vivem dizendo que foi aleatório, que foi tudo por acaso, que foi simples. Bilhões de peixes ficaram se estatelando contra as praias e então, certo dia, um espertinho olha em volta e diz: 'Maravilha, Miami Beach. O Fontainebleau. Acho que vou ficar por aqui e respirar'. Que Deus me ajude, assim é a lenda da Carpa de Piltdown. Mas isso é tudo *schmeckle*.[3] Se o peixe respira o ar, ele cai morto, nada de sobreviventes, e a vida de playboy chega ao fim. Então tudo bem, essa é a fábula na mente popular. Você quer algo melhor? Científico? Estou aqui para servir. A verdadeira história é a seguinte: esta cavala que veio do frio não fica na praia. Ela só respira um pouco, dá uma fungadinha, faz uma pequena tentativa, depois volta para o oceano, para a Unidade de Tratamento Intensivo, e toca banjo e entoa canções sobre sua experiência divertida em terra. Ela continua fazendo isso, e talvez consiga respirar um pouco mais. Isso também é definitivamente possível; talvez não seja. Porém, depois de tanto praticar ela põe alguns ovos, e quando morre deixa um testamento dizendo como seus filhinhos deveriam tentar respirar em terra, e assina: 'Façam isso por sua mãe. Com amor, Bernie'. E eles assim o fazem. E assim por diante, talvez por centenas de milhões de anos eles continuam tentando, cada geração melhorando cada vez mais porque toda essa prática está penetrando em seus genes. E então, afinal, um deles, magricelo, de óculos, que está sempre lendo, que nunca joga no ginásio com os meninos, respira o ar e continua respirando, e logo está fazendo natação três vezes por semana em DeFuniack Springs e indo jogar boliche com os *schvartzers*. É claro, nem preciso dizer, nenhum de seus filhos tem problema em respirar ar o tempo todo, o único problema é andar e talvez vomitar. E essa é a história que sai da boca dos cientistas, para sua credulidade. Então, tudo bem, estou simplificando demais. E eles não? Qualquer *schlump*[4] que diz 'vertebrado' hoje em dia é chamado de gênio na hora. Além de 'filo'. Isso lhe dá uma entrada gratuita no Cosmos Club. A ciência nos fornece muitos

3   Iídiche. Besteira. [NT]
4   Iídiche. Idiota, imbecil. [NT]

fatos, mas muito pouco conhecimento. Em relação à essa teoria do peixe, ela tem apenas um problema — Deus me livre que isso deva impedi-los, apesar de que este problema faz com que a coisa toda seja impossível —, visto que toda essa prática em respirar o ar não está indo para lugar nenhum em velocidade máxima. Todo peixe começa tudo de novo do começo, e a partir de apenas um ciclo de vida nada muda nos genes. O grande slogan para o peixe é 'Um Dia de Cada Vez'.

"Não estou dizendo que sou contra a evolução", continuou ele. "Ela é legal. Aqui está a história dos répteis, no entanto. Pense nisso. Eles sobem até a terra seca e botam seus ovos. Até agora está fácil, não é mesmo? Mamão com açúcar. Mas o bebezinho réptil precisa de água, senão ele vai secar dentro do ovo e não vai conseguir nascer. Além disso, ele precisa de comida — bastante comida, na verdade — para que saia do ovo já adulto, uma pessoa bem grande. Enquanto isso, não se preocupe. Está precisando? Aqui está. Porque agora, dentro do ovo, aparece um monte de gema e diz: 'Aqui estou! Esta é a comida!'. E a clara está fazendo o papel de água. Mas a clara precisa de um invólucro todo especial à sua volta ou a coisa toda evapora e diz: 'Estou indo embora'. Então surge uma casca feita de uma substância parecida com couro e o réptil está sorrindo. Cedo demais. Não é assim tão fácil. Devido a essa casca, agora o embrião não consegue se livrar de seus dejetos. Então nós precisamos de uma bexiga. Isso o deixa um pouco enjoado? Vou me apressar. Além disso, agora existe a necessidade de algum tipo de *dreidel*,[5] alguma ferramenta pequena que o embrião possa usar para sair dessa casca dura e resistente. Ainda existe muito mais, mas isso já basta, por ora, vou parar, já é o suficiente. Porque, Atkins, essas mudanças no ovo do réptil precisavam acontecer todas de uma vez! Está me ouvindo? *Todas de uma vez!* Se até mesmo *uma* delas estiver faltando,

---

5   Pião de quatro lados, cada lado contendo uma letra do alfabeto hebraico, jogado durante o Chanucá. [NT]

está tudo acabado, e os embriões vão conseguir chegar a tempo para seus compromissos em Samarra. Não é possível fazer com que a gema apareça e então mantê-la esperando por outros milhões de anos até que o invólucro ou a bexiga cheguem todos alegres, dizendo: 'Desculpe pelo atraso, o rabino falou demais'. Vai cair na secretária eletrônica. Todas as mudanças seriam *derhangenet* — morte certa — no ato antes mesmo que a outra desse as caras. Enquanto isso, estamos com répteis até nossas *tokis*[6] agora. Fale com as pessoas em Okefenokee, elas vão confirmar. Mas como isso poderia acontecer? As mudanças no embrião aconteceram todas ao mesmo tempo graças a uma coincidência incrível? Só idiotas aceitariam essa ideia, garanto. Enquanto isso, em relação a este assassinato, o assassino é o mesmo de Kintry. Sem o uso de um agente paralisante instantâneo, não teria acontecido nenhum assassinato aqui hoje. Teria havido uma gritaria. Não seria possível cometê-lo. Número dois, agora temos cinco pessoas como suspeitos: McCooey, Paterno, o homem com a sacola de compras, o homem de cabeça raspada e o homem de calças brancas e jaqueta preta de lã. No entanto, esses crimes são selvagens, indescritíveis, e estamos procurando um psicopata com conhecimento médico. Eu conheço McCooey e ele é razoavelmente são dentro de certos limites, incluindo o fato de que em seu quarto ele precisa manter todas as peças de roupas que tem em um lugar onde sempre possa vê-las. Que eu saiba, ele não tem conhecimento médico algum. O mesmo vale para Paterno. Só para evitar problemas e nos certificarmos de que isso é absolutamente *emiss*,[7] consiga o histórico médico dele com a Bullis. Enquanto isso, o assassino não ficaria andando por aí, então McCooey e Paterno estão excluídos. Foi um dos outros. Número três, o velho sozinho pode ter cometido o crime. Decapitação com um fio ou um par de tesouras de jardim exige pouca força. Uma faca afiada também daria conta do recado,

6   Ídiche. Nádegas. [NT]
7   Ídiche. Verdade, verdadeiro. [NT]

algo como um bisturi. O velho ficou no confessionário por muito tempo e sua suposta senilidade pode ter sido fingida. Ele também foi o último a ver o padre. Esse é o cenário número um. Mas o homem de jaqueta também pode ter cometido o crime. Ele teria deslizado o painel até fechar para que o homem com a sacola de compras não visse que o padre estava morto. O velho, nesse meio-tempo, está esperando, mas vai embora sem nem mesmo falar com o padre. Pode ser que ele fique com gases ou talvez se canse; e, se é senil, como Coleman quer que acreditemos, pode ter imaginado que se confessou, quando na verdade esteve cochilando no escuro. Esse é o cenário número dois. No cenário número três, o assassino é o homem de cabeça raspada. Ele mata o padre, desliza o painel de volta à posição fechada e sai do confessionário. Contudo, o homem de jaqueta viu o padre em seguida, o que quer dizer que estava vivo. Pode ter acontecido assim. O homem de jaqueta está esperando enquanto o de cabeça raspada está cometendo o assassinato. Pode ser que o homem de jaqueta esteja ficando impaciente com toda essa espera e decida ir embora sem fazer sua confissão. Ele pode ter pensado que estava perdendo uma boa parte da missa. Qualquer motivo é possível", concluiu Kinderman. "O resto é silêncio."

A recitação a respeito do assassinato fora declamada em uma cadência rápida e terrível. Atkins suspeitava que as divagações de Kinderman mascaravam o funcionamento de seu cérebro em algum outro nível, e talvez fossem até necessárias para aquele nível de funcionamento. O sargento assentiu. Ele sentia-se curioso a respeito das perguntas que Kinderman tinha feito a Paterno mais cedo sobre o barulho dos painéis corrediços. Porém, sabia que era melhor nem perguntar.

"Você está com as digitais, Ryan?", perguntou Kinderman.

Atkins olhou em volta. Ryan se aproximava deles por trás.

"Sim, tiramos um monte delas", respondeu.

Kinderman o encarou inexpressivamente e disse: "Um conjunto em bom estado será suficiente".

"Bem, conseguimos um."

"Do lado de dentro e de fora, é claro."

"Não do lado de dentro."

"Vou ler seus direitos. Ouça com atenção", disse-lhe o detetive Kinderman.

"Como diabos podemos chegar até elas com o cadáver dentro do confessionário?"

Pronto. As palavras tinham sido ditas. Stedman terminara com o corpo muito tempo antes. Todas as fotos tinham sido tiradas. Faltava apenas o exame do próprio Kinderman. Ele o adiara. Conhecera o padre morto. Um caso de muito tempo atrás o levara a fazer contato com ele, e de vez em quando, ao longo dos anos, ele lhe fazia uma visita junto com Dyer, que fora seu assistente. Certa vez, compartilharam uma cerveja no The Tombs. Kinderman gostara dele.

"Tem razão", disse o detetive a Ryan. "Obrigado por me lembrar bem a tempo. Não sei o que iria fazer sem você, francamente." Ryan se virou e se deixou cair na ponta de um banco. Cruzou os braços e ficou emburrado.

Kinderman andou até o outro confessionário nos fundos. Olhou para o chão. O sangue tinha sido removido e os ladrilhos lisos e de cor cinza brilhavam com as marcas do esfregão. Ainda estavam molhados. Durante alguns momentos, o detetive ficou ali parado, respirando; então, de repente, ergueu o olhar e abriu a porta do confessionário. O padre Bermingham estava sentado na cadeira no interior do compartimento. Havia sangue por toda parte, e os olhos do religioso estavam arregalados e aterrorizados. Kinderman teve que olhar para baixo para vê-los. Na vertical e virada para fora, a cabeça repousava no colo de Bermingham. As mãos foram posicionadas de uma maneira para dar a impressão de que o padre a estava exibindo.

Kinderman respirou fundo algumas vezes antes de se mexer, levantando a mão esquerda do padre com cuidado. Examinou a palma e viu a marca do signo de Gêmeos. Abaixou a mão e a soltou, e em seguida examinou a outra. Estava faltando o dedo indicador direito.

Kinderman abaixou a mão com cuidado e fitou o pequeno crucifixo preto pendurado na parede atrás da cadeira. Ficou assim, imóvel, por alguns instantes. De súbito, afastou-se do compartimento. Atkins estava lá. As mãos de Kinderman deslizaram para dentro dos bolsos do casaco e o detetive encarou o chão.

"Tire ele daí", disse em voz baixa. "Diga isso a Stedman. Tire ele dali e colete as digitais." Ele se afastou devagar, indo em direção ao altar na frente da nave da igreja.

Atkins o observou. Um homem tão grande, pensou, e ainda assim parecia tão desamparado. Ele viu Kinderman parar adiante e sentar-se devagar em um dos bancos. Atkins se virou e foi encontrar Stedman.

Kinderman juntou as mãos sobre o colo e as fitou, pensativo. Sentia-se abandonado. *Desígnio e causalidade*, pensou. *Deus existe. Eu sei. Muito bem.* Mas no que será que Ele estava pensando? Por que Ele simplesmente não intervinha? *Livre-arbítrio. Ok. Devemos mantê-lo.* Mas será que não havia nenhum limite para a tolerância de Deus? Ele lembrou-se de uma frase de G.K. Chesterton: "Quando o dramaturgo sobe ao palco, a peça chegou ao fim". *Então que termine. Quem precisa dela? Ela é uma droga.* Sua mente voltou a devanear sobre a possibilidade de Deus ser uma entidade de poderes limitados. *Por que não?* Tal resposta era simples e direta. Ainda assim, Kinderman não conseguia evitar resistir a ela com todas as forças. *Deus era um simplório? Um putz? Impossível.* O salto que sua mente fez de Deus para a perfeição não teve nenhuma transição. Foi uma identificação estática.

O detetive balançou a cabeça. Constatou que a noção de um Deus menos do que todo-poderoso era tão assustadora quanto a ideia de não haver Deus nenhum. Talvez até mais. A morte seria o fim, pelo menos, sem um Deus. Mas quem poderia saber o que um Deus falho seria capaz de fazer? Se fosse menos que todo-poderoso, por que Ele também não seria menos do que "todo-caridoso", como o Deus cruel, caprichoso e vaidoso de Jó? Com toda a eternidade ao Seu dispor, quais novas torturas perversas Ele não seria capaz de imaginar?

Um Deus limitado? Kinderman descartou a ideia. Deus, o Pai das órbitas, das nebulosas espirais e dos satélites pastores de Saturno, o Autor da gravidade e do cérebro, o Espreitador nos genes e nas partículas subatômicas — Ele não seria capaz de lidar com o câncer e um pouco de erva daninha?

Olhou para o crucifixo acima do altar e aos poucos sua expressão tornou-se dura e exigente. *Qual é sua parte nesse negócio deplorável? Vai responder? Quer ligar para um advogado? Devo ler seus direitos? Fique calmo. Sou seu amigo. Posso conseguir proteção para você. É só responder algumas perguntinhas, tudo bem?*

A expressão no rosto do detetive começou a suavizar e ele olhou para o crucifixo com submissão e uma admiração calma. *Quem é você? O filho de Deus? Não, você sabe que não acredito nisso. Só perguntei por educação. Você se importa se eu for um pouco franco? Não custa nada. Se a coisa ficar um pouco delicada, talvez um pouco atrevida demais, você pode sacudir um pouco todas as janelas aqui. Prometo que vou fechar o bico. Só as janelas. Isso será suficiente. Não preciso de nenhum prédio caindo na minha cabeça. Já tenho Ryan. Você percebeu? Esse sofrimento do qual Jó de alguma maneira conseguiu escapar. Quem pisou na bola nesse departamento? Deixa para lá, não quero arrumar confusão. Enquanto isso, não sei quem você é, mas você é Alguém. Quem não percebe isso? Você é Alguém. Isso está claro como cristal. Não preciso de provas de que você fez todos aqueles milagres. Quem liga? Não importa. Eu sei. Sabe como eu sei? Com base no que você disse. Quando leio "Ame seus inimigos", sinto um formigamento, enlouqueço, e dentro do peito consigo sentir alguma coisa flutuando, alguma coisa que parece que esteve lá o tempo todo. É como se durante esses poucos instantes meu próprio ser fosse feito do completo reconhecimento de uma verdade. E então sei que você é Alguém. Ninguém da Terra teria sido capaz de dizer o que você disse. Ninguém ao menos teria sido capaz de pensar nisso. Quem poderia imaginar isso? As palavras entregam você.*

Outra coisa, uma coisinha que pensei em compartilhar com você. Você se importaria? O que há para se importar? Só estou falando. No barco, quando os discípulos veem você parado na margem e então se dão conta de que é você e que voltou dos mortos? Pedro está parado no convés, todo pelado. E por que não? Ele é um pescador, é jovem, deve aproveitar. Mas ele mal consegue esperar o barco se aproximar, está tão animado, tão fora de si de alegria em vê-lo. Então ele apanha as vestes mais próximas — você se lembra disso? —, mas ele não quer perder tempo vestindo-as. Ele simplesmente as amarra em volta do corpo e pula do barco, e então começa a nadar como louco até a margem. Não é demais? Sempre que penso nisso fico todo entusiasmado! Não é uma imagem santa de algum goyischer[8] cheia de reverência e rigidez, e provavelmente mentiras; não é alguma imagem sendo vendida, algum mito. Não consigo acreditar que isso não tenha acontecido. É tão humano, tão surpreendente e tão real, tudo de uma vez. Pedro deve ter amado muito você.

Eu também. Isso o deixa surpreso? Bem, é verdade. Que você alguma vez existiu é um pensamento que me proporciona abrigo; que os homens foram capazes de inventar você é um pensamento que me dá esperança; e a ideia de que você possa existir mesmo agora me daria segurança e uma alegria que eu não seria capaz de conter. Eu gostaria de tocar seu rosto e fazer você sorrir.

Não custaria nada.

Chega de chá e amabilidades. Quem é você? O que quer de nós? Que soframos como você sofreu na cruz? Bem, estamos fazendo isso. Por favor, não perca o sono se preocupando com esse problema. Estamos nos saindo muito bem nesse quesito. Estamos ótimos. Era basicamente isso que eu queria dizer a você desde o começo. Além disso, o padre Bermingham, seu amigo, manda lembranças.

---

8   lídiche. Termo um tanto pejorativo para alguém que não pensa como um judeu. [NT]

**TERÇA-FEIRA
15 DE MARÇO**

7

Kinderman entrou no escritório às 9h. Atkins estava esperando por ele. Os resultados do laboratório tinham chegado.

Kinderman sentou-se à mesa e afastou alguns livros espalhados com páginas marcadas para abrir espaço para os relatórios redigidos. Em seguida, passou a lê-los. O uso de suxametônio no assassinato do padre foi confirmado. Também havia digitais que foram tiradas do puxador de metal do painel do lado direito do confessionário e da madeira ao redor também. Elas eram compatíveis com as outras digitais tiradas da frente do painel, da parte que dava para o lado do penitente. Não pertenciam ao padre.

A informação do *Washington Post* não mudara. Atkins tinha um relatório sobre Paterno, mas Kinderman o descartou com um gesto.

"Não estou interessado", disse. "Foi o da sacola de compras ou o da jaqueta. Por favor, não me confunda com os fatos. Onde está Ryan?"

"Fora", respondeu Atkins.

"Isso é verdade."

Kinderman suspirou e se reclinou na cadeira. Então fitou a caixa de Kleenex sobre a mesa. Pareceu absorto em pensamentos. "A talidomida cura lepra", comentou distraído. De repente, ele se inclinou para perto de Atkins. "Você sabe por que a velocidade da luz deveria ser a velocidade limite no universo?", perguntou.

"Não", respondeu Atkins. "Por quê?"

"Não sei", disse Kinderman. Deu de ombros. "Só estava perguntando. Enquanto isso, visto que não estamos falando sobre o assunto, você sabe qual é a natureza de um anjo, de acordo com sua Igreja?"

"Puro amor", respondeu Atkins.

"Exato. Mesmo a de um anjo caído, dizem. Por que não me contou isso antes?"

"Você nunca perguntou."

"Eu tenho que pensar em todas as perguntas?"

O detetive apanhou um livro de capa verde da pilha e o abriu depressa na página selecionada com um marcador, uma folha de papel encerado dobrada que algum dia acondicionara um picles.

"Precisei encontrá-la por acaso", disse. "Está aqui, neste livro chamado *Satã* escrito por seus *lantzmen*,[1] todos padres e teólogos católicos. Ouça!" O detetive começou a ler: "'O conhecimento de um anjo é perfeito. Graças a ele, o fogo do amor de um anjo não se incendeia devagar; não há nenhum estágio de mero fogo lento; em vez disso, o anjo se transforma de imediato em um holocausto, em uma conflagração vociferante, ardendo com um amor que nunca vai diminuir'". Kinderman jogou o livro de volta à pilha. "Também diz que essa situação nunca muda — anjo caído, anjo perdido, tanto faz. E do que se trata toda essa divulgação sobre demônios sempre *schmutzing*[2] para cima e para baixo e causando confu-

---

1   Iídiche. Compatriotas. [NT]
2   Iídiche. Fazer sujeira, causar danos. [NT]

são em todos os lugares? É uma piada. Não pode ser. Não de acordo com sua Igreja." Ele começara a procurar outro livro.

"O que essas digitais significam?", perguntou Atkins.

"Ahá!" Kinderman tinha encontrado o que queria e abriu o livro na página marcada. "Podemos aprender algumas coisinhas com os pássaros", disse.

"Podemos aprender algumas coisinhas com os pássaros?", repetiu Atkins.

Kinderman o encarou.

"Atkins, o que acabei de dizer? Preste atenção. Ouça o que isto diz sobre a cotovia."

"A cotovia?"

Kinderman olhou para ele com uma expressão inescrutável. "Atkins, por favor, não faça isso de novo."

"Não, não farei."

"Não, não fará. Agora vou contar para você como a cotovia" — Kinderman aguardou olhando para Atkins — "como a cotovia constrói seu ninho. É incrível." E começou a ler: "'A cotovia usa quatro materiais de construção diferentes: musgo, seda de aranha, líquen e penas. Primeiro, ela encontra um galho com a bifurcação adequada. Então o musgo é coletado e colocado sobre a bifurcação. A maior parte do musgo cai, mas o pássaro persiste até que algumas partes fiquem grudadas. Depois passa para a seda de aranha, que a cotovia esfrega no musgo até grudar, e depois é esticada e usada como amarração. Essas atividades continuam até que uma plataforma tenha tomado forma. E agora o pássaro volta ao musgo e começa a construir o cesto ao redor, primeiro ao tecer com movimentos laterais e depois com movimentos verticais, o que faz sentado, girando o corpo com movimentos regulares. Quando o cesto começa a tomar forma, iniciam-se novos padrões de atividades: pressionar com o peito e esmagar com os pés. Então, quando um terço do cesto é concluído, o pássaro começa a coletar o líquen, que é usado para cobrir apenas o exterior do ninho usando uma série de manobras acrobáticas. Quando conclui dois terços do cesto, a rotina de construção é alterada de tal maneira a deixar um hábil buraco de entrada no ponto mais conveniente de aproximação. A seguir, a parede em volta do buraco é fortalecida, o domo do ninho é concluído, e agora começa a tarefa de usar as penas para mobiliar'." Kinderman abaixou o livro. "Então você achava que era simples, Atkins, construir ninhos? Algum tipo de duplex pré-fabricado com *drywall* em Phoenix? Preste atenção no que está acontecendo! O pássaro deve ter alguma noção da aparência que o ninho precisa ter; além disso, deve ter alguma noção de que usar um pouco de musgo aqui, um pouco de líquen ali, são passos na direção de algum padrão ideal. Isso é inteligência? A cotovia tem um cérebro do tamanho de uma ervilha. O que será que direciona esses acontecimentos fantásticos? Você acha que Ryan conseguiria construir um ninho assim? Deixa para lá. Enquanto isso, em paralelo, uma cutucadinha: por onde anda esse 'estímulo da cenoura-e-vara' que os comportamentalistas afirmam ser necessário para que esse pássaro execute essas operações — treze diferentes tipos de trabalhos de construção? B.F. Skinner fez uma coisa muito boa: durante a Segunda Guerra Mundial, treinou pombos para serem pilotos camicases. Isso é *emiss*. Você pode até procurar em algum livro. Eles tinham essas bombinhas bonitinhas presas embaixo da barriga, mas acontece que eles se perdiam o tempo todo e realizavam bombardeios na Filadélfia. Chega de falar sobre a falta de livre-arbítrio nos homens. Em relação a essas digitais, não significam nada: elas só confirmam o que eu já sabia. O assassino teve que deslizar o painel até fechar para que o próximo da fila não visse o padre morto. Ele também fez isso para que suspeitássemos de outra pessoa. Esse é o significado do barulho muito alto que Paterno ouviu quando o painel foi fechado. O assassino queria convencer quem quer que estivesse por perto que tinha feito a confissão e que o padre ainda estava vivo, já que eles puderam ouvir o padre fechando o painel. Isso também explica o barulho hesitante do fechamento como relatado por Paterno. Um deslizar, uma pausa, e então um baque surdo. O assassino não poderia deslizar o painel até o fim pelo lado de dentro, então terminou o trabalho do seu lado do painel. As digitais pertencem ao assassino. Isso elimina o homem de cabeça raspada. Ele estava à esquerda. As digitais e os barulhos estranhos vieram todos no lado direito. O assassino é o idoso com a sacola de compras ou o homem com a jaqueta preta de lã." Kinderman se levantou e foi pegar o casaco. "Vou fazer uma visita a Dyer no hospital. Vá ver a idosa, Atkins. Veja se ela já está falando. O arquivo do Geminiano chegou?"

"Não, ainda não."

"Ligue para eles. E traga as testemunhas da igreja e obtenha retratos falados dos suspeitos. *Avanti*. Vejo você às margens dos rios da Babilônia; sinto que posso estar pronto para me lamentar de verdade." Ele parou à porta. "Meu chapéu está sobre minha cabeça?"

"Está, sim."

"Isso é uma tremenda de uma conveniência."

Ele passou pela porta e depois voltou.

"Um assunto para discussão em alguma outra ocasião: quem usaria calças brancas no inverno? Um pensamento. *Adieu*. Lembre-se de mim." Passou pela porta de novo e se foi. Atkins se perguntou por onde começar.

Kinderman fez duas paradas no caminho para o Hospital Geral de Georgetown. Ele chegou no balcão de informações com uma sacola cheia de hambúrgueres do White Tower. Aninhado em um braço, havia um grande urso de pelúcia vestido com short azul-claro e uma camiseta.

"Oi, senhorita", chamou Kinderman.

A garota no balcão lançou um olhar para a camiseta do urso. Havia uma inscrição no peito: SE O DONO ESTIVER DEPRIMIDO, ADMINISTRAR CHOCOLATE IMEDIATAMENTE.

"Que bonitinho." A garota sorriu. "Para um menininho ou uma menininha?"

"Para um menininho", respondeu Kinderman.

"O nome dele, por favor?"

"Padre Joseph Dyer."

"Eu ouvi direito? O senhor disse 'padre'?"

"Sim, eu disse. Padre Dyer."

A garota lançou um olhar para o urso e depois para Kinderman, então verificou a lista de pacientes.

"Neurologia, quarto 404. Vire à direita ao sair do elevador."

"Muito obrigado. Você é muito gentil."

Quando Kinderman chegou ao quarto de Dyer, o padre estava na cama. Usava óculos de leitura e estava sentado, confortavelmente compenetrado em um jornal que segurava diante do rosto. Será que ele sabia?, perguntou-se Kinderman. Talvez não. Dyer fora internado por volta da mesma hora em que o assassinato estava sendo cometido. O detetive esperava que tivessem deixado o padre ocupado e um pouco sedado desde então. Ele sabia que poderia obter uma resposta com base na expressão e no comportamento vulneráveis do jesuíta e, querendo saber para o que tinha que se preparar, Kinderman se moveu com cuidado até o lado da cama. Dyer não o notou de pé ali e Kinderman estudou seu rosto. Os sinais eram bons. No entanto, o padre parecia preocupado com o jornal. Será que estava lendo sobre o assassinato? O detetive olhou para o jornal, procurando pela manchete e se enrijeceu de repente.

"Então? Vai se sentar ou vai ficar aí parado, respirando seus germes em cima de mim?", perguntou Dyer.

"O que está lendo?", perguntou Kinderman, exangue.

"O *Women's Wear Daily*. E daí?" O jesuíta olhou para o urso. "Isso é para mim?"

"Acabei de achar na rua. Achei que iria combinar com você."

"Oh."

"Não gostou?"

"Estou em dúvida sobre a cor", disse Dyer, solene. Então teve um ataque de tosse.

"Oh, entendi. Estamos interpretando *Anastásia* hoje. Achava que tinha me dito que não havia nada de errado com você", disse Kinderman.

"Você nunca percebe", rebateu Dyer, sombrio.

Kinderman relaxou. Compreendia agora que Dyer estava com a saúde perfeita e ainda não sabia nada sobre o assassinato. Jogou o urso e a sacola nas mãos dele.

"Aqui, pegue", disse. Encontrou uma cadeira, empurrou para o lado da cama e se sentou. "Não acredito que você está lendo o *Women's Wear Daily*", comentou.

"Preciso saber o que está acontecendo", disse Dyer. "Não posso dar conselho espiritual no vácuo."

"Você não acha que deveria estar lendo o Ofício ou algo assim? Os Exercícios Espirituais, talvez?"

"Eles não apresentam tudo o que está na moda", respondeu o padre, desinteressado.

"Coma os hambúrgueres", mandou Kinderman.

"Não estou com fome."

"Coma metade. São do White Tower."

"De onde veio a outra metade?"

"Do Espaço, sua terra natal."

Dyer começou a abrir a sacola. "Bem, talvez eu coma um."

Uma enfermeira baixa e robusta entrou bamboleando no quarto. Seus olhos tinham a dureza de uma veterana. Ela carregava um garrote e uma seringa hipodérmica. Avançou na direção de Dyer.

"Vim tirar um pouco de sangue, padre."

"De novo?"

A enfermeira parou de supetão. "Como assim 'de novo'?", perguntou ao padre.

"Alguém já fez isso dez minutos atrás."

"Você está brincando comigo, padre?"

Dyer apontou para um pedacinho redondo de esparadrapo na parte interna do antebraço esquerdo. "O furo está aqui", disse ele.

A enfermeira olhou. "Está aí mesmo, com os diabos", disse sombriamente. Ela se virou e saiu do quarto com passos beligerantes, então berrou pelo corredor: "*Quem espetou esse cara?*".

Dyer fitou a porta aberta. "Adoro toda essa atenção", comentou mal-humorado.

"Sim, é agradável aqui", disse Kinderman. "Tranquilo. Que horas é o treinamento contra ataques aéreos?"

"Oh, quase esqueci", exclamou Dyer. Enfiou a mão na gaveta de uma mesinha de cabeceira e retirou uma tirinha arrancada das páginas de uma revista. Ele a entregou a Kinderman. "Estive guardando para você", contou.

Kinderman a fitou. A tirinha retratava um pescador bigodudo em pé ao lado de uma carpa enorme. A legenda dizia ERNEST HEMINGWAY, ENQUANTO PESCAVA NAS MONTANHAS ROCHOSAS, FISGOU UMA CARPA DE MAIS DE 1,5 M DE COMPRIMENTO E ENTÃO DECIDIU NÃO ESCREVER SOBRE ELA.

Kinderman levantou o olhar para Dyer, a expressão severa. Disse: "Onde encontrou isso?".

"No *Our Sunday Messenger*", respondeu Dyer. "Sabe, estou começando a me sentir melhor." Ele pegou um hambúrguer e começou a comer. Disse: "Hum, obrigado, Bill. Isso está ótimo. A propósito, a carpa ainda está na banheira?".

"Ela foi executada ontem à noite." O detetive observou Dyer atacar o segundo hambúrguer. "A mãe de Mary chorou sem reservas à mesa. Quanto a mim, tomei um banho de banheira."

"Deu para perceber", comentou Dyer.

"Está gostando dos hambúrgueres, padre? Estamos na Quaresma."

"Fui dispensado do jejum", disse Dyer. "Estou doente."

"Nas ruas de Calcutá as crianças estão morrendo de fome."

"Elas não comem vacas", rebateu Dyer.

"Desisto. A maioria dos judeus escolhe um padre como amigo, é sempre alguém como Teilhard de Chardin. O que *eu* arrumo? Um padre que conhece as últimas tendências da Giorgio e trata as pessoas como um Cubo de Rubik, sempre as virando nas mãos para criar cores. Quem precisa disso? Não, sério, você é um pé na *tokis*."

"Quer um hambúrguer?" Dyer lhe ofereceu a sacola.

"Sim, acho que gostaria de um." Observar Dyer comer tinha deixado Kinderman com fome. Ele enfiou a mão na sacola e pegou um hambúrguer. "É o picles que me deixa tão louco", comentou. "Ele é o responsável." O detetive deu uma grande mordida e então levantou o olhar para ver um médico entrar no quarto.

"Bom dia, Vincent", cumprimentou Dyer.

Amfortas assentiu e parou ao pé da cama. Apanhou o prontuário de Dyer e o analisou.

"Este é meu amigo, o tenente Kinderman", apresentou Dyer. "Este é o dr. Amfortas, Bill."

"Prazer em conhecê-lo", cumprimentou Kinderman.

Amfortas não pareceu ouvi-los. Estava escrevendo alguma coisa no prontuário.

"Alguém me disse que eu receberia alta amanhã", disse Dyer.

Amfortas assentiu e guardou o prontuário.

"Estava começando a gostar daqui", disse Dyer.

"Sim, as enfermeiras são tão encantadoras", acrescentou Kinderman.

Pela primeira vez desde que entrara no quarto, Amfortas olhou diretamente para o detetive. Seu rosto permaneceu melancólico e sério, mas algo em seus olhos escuros e tristes se agitou. *No que ele está pensando?*, perguntou-se o detetive. *Será que estou vendo um sorrisinho por trás daqueles olhos?*

O contato foi momentâneo, então Amfortas se virou e saiu do quarto. Virou à esquerda no corredor e sumiu de vista.

"Um cara hilariante, esse médico", comentou Kinderman. "Desde quando Milton Berle pratica medicina?"

"Coitado", disse Dyer.

"Coitado? Qual é o problema dele? Vocês já ficaram amigos?"

"Ele perdeu a esposa."

"Ah, entendo."

"Nunca se recuperou."

"Divórcio?"

"Não, ela morreu."

"Oh, sinto muito. Foi recente?"

"Três anos atrás", respondeu Dyer.

"Isso foi há um bom tempo", disse Kinderman.

"Eu sei. Mas ela morreu de meningite."

"Oh."

"Ele tem bastante raiva guardada dentro dele. Ele mesmo a tratou, mas não conseguiu salvá-la, nem fazer muita coisa para aliviar a dor. Isso acabou com ele. Ele vai se desligar do setor esta noite. Quer passar todo o tempo trabalhando em sua pesquisa. Começou o trabalho depois que ela morreu."

"Em que tipo de pesquisa ele trabalha, exatamente?", perguntou Kinderman.

"Dor", respondeu o padre. "Ele estuda a dor."

Kinderman considerou a informação com interesse.

"Você parece saber muita coisa sobre ele", disse.

"Sim, ele se abriu bastante comigo ontem."

"Ele fala?"

"Bem, você sabe como são as coisas com o colarinho romano. Ele funciona como um ímã para almas perturbadas."

"Devo tirar algum tipo de conclusão pessoal disso?"

"Se a carapaça de detetive servir, use-a."

"Ele é católico?"

"Quem?"

"Toulouse-Lautrec. De quem mais eu estaria falando, se não do médico?

"Bem, você costuma ser oblíquo."

"Esse é o procedimento padrão quando lidamos com algum maluco. Amfortas é católico ou não?"

"Ele é católico. Anda frequentando a missa há anos."

"Qual missa?"

"A das 6h30 na Santíssima Trindade. A propósito, estive pensando em seu problema."

"Que problema?

"O problema do mal", respondeu Dyer.

"É só problema *meu?*", indagou Kinderman, atônito. "O que eles ensinam nessas suas escolas? Vocês todos ficam trançando cestos teológicos no Seminário Avestruz para os Cegos? Esse é um problema de *todos*."

"Eu entendo", disse Dyer.

"Isso é novidade."

"É melhor começar a ser legal comigo."

"Então o urso é só lixo para você, pelo que estou vendo."

"O urso me tocou de um jeito intenso e profundo. Posso falar?"

"É tão perigoso", respondeu Kinderman. Então suspirou e pegou o jornal. Abriu e começou a ler. "Vá em frente, você tem toda a minha atenção", disse.

"Bem, estive pensando", falou Dyer, "estando aqui no hospital e tal."

"Estando aqui no hospital sem nada errado com você", corrigiu Kinderman.

Dyer ignorou o comentário.

"Comecei a pensar nas coisas que ouvi sobre cirurgia."

"Essas pessoas estão quase peladas", disse Kinderman, absorto no *Women's Wear Daily*.

"Dizem que quando você está sob o efeito da anestesia", continuou Dyer, "seu inconsciente está atento a tudo. Pode ouvir os médicos e as enfermeiras falando sobre você. Ele sente a dor do bisturi." Kinderman afastou os olhos do jornal e o fitou. "Mas, quando você acorda da anestesia, é como se nada tivesse acontecido", disse Dyer. "Então, talvez quando todos nós voltarmos para Deus, será assim com toda a dor do mundo."

"Isso é verdade", disse Kinderman.

"Você concorda comigo?" Dyer pareceu surpreso.

"Estou me referindo ao inconsciente", explicou Kinderman. "Alguns psicólogos, todos famosos, nomes importantes do passado, fizeram muitas experiências e descobriram que dentro de nós existe uma segunda consciência, essa coisa que agora conhecemos como inconsciente. Alfred Binet foi um deles. Ouça! Certa vez, Binet fez o seguinte: pegou uma garota e depois a hipnotizou, certo? Ele disse a ela que a partir daquele momento, ela não seria capaz de vê-lo, nem de ouvi-lo, nem de saber o que ele estava fazendo de modo algum. Ele colocou um lápis na mão dela e algumas folhas de papel na sua frente. Outra pessoa na sala começou a conversar com a garota e a fazer um monte de perguntas. Binet, enquanto isso, fazia perguntas a ela ao mesmo tempo; e enquanto ela falava com o primeiro psicólogo, a garota escrevia respostas às perguntas de Binet *ao mesmo tempo*! Isso não é fantástico? Outra coisa. Binet, em determinado momento, espetou a mão dela com um alfinete. A garota não sentiu nada; continuou a conversar com o primeiro psicólogo. Contudo, enquanto isso, o lápis estava se movendo e escrevendo as palavras 'por favor, não me machuque'. Isso não é uma coisa e tanto? Enfim, é verdade o que você disse sobre a cirurgia. Alguém está sentindo todos esses cortes e essas costuras. Mas quem?" Ele de repente se lembrou do sonho e da afirmação enigmática pronunciada por Max: "*Nós temos duas almas*".

"O inconsciente", ruminou Kinderman. "O que ele é? *Quem* ele é? Qual é a sua ligação com o inconsciente coletivo? Isso tudo faz parte de minha teoria, você sabe."

Dyer desviou o olhar e fez um gesto de impaciência. "Oh, *isso* de novo", resmungou ele.

"Sim, você está sendo comido vivo pela inveja de que Kinderman, o gênio, o Sr. Moto judeu em seu meio, está à beira de desvendar o Problema do Mal", disse Kinderman. Suas sobrancelhas espessas se juntaram. "Meu cérebro gigante é como um esturjão cercado por vairões."

Dyer virou na direção do detetive. "Você não acha que isso é um pouco indecente?"

"Não, não acho."

"Bem, então por que não me fala sobre sua teoria? Vamos ouvi-la e acabar logo com isso", disse Dyer. "Cheech e Chong estão esperando no corredor; é a vez deles depois."

"Ela é grandiosa demais para você entendê-la", disse Kinderman, amuado.

"Então qual é o problema com o Pecado Original?"

"Os bebezinhos são responsáveis por algo feito por Adão?"

"É um mistério", respondeu Dyer.

"É uma piada. Admito que levei em consideração tal noção", confessou Kinderman. Inclinou-se para a frente e seus olhos começaram a brilhar. "Se o pecado significasse que os cientistas explodiram a Terra há milhões de anos com alguma coisa como bombas de cobalto, o resultado que teríamos seria uma *tsimmis* de mutações atômicas. Talvez isso tenha criado os vírus que causam doenças, talvez tenha até bagunçado todo o meio ambiente físico para que então viessem os terremotos e as catástrofes naturais. Quanto aos homens, eles ficaram completamente loucos e *farmischt* e se transformaram em monstros como resultado dessas terríveis mutações; eles começaram a comer carne, assim como os animais, e começou toda essa história de ir ao banheiro e gostar de rock'n'roll. Eles não conseguiram evitar. É genético. Nem mesmo Deus conseguiu evitar. O pecado é uma condição transmitida através dos genes."

"E se todo homem nascido tenha mesmo sido uma parte de Adão?", perguntou Dyer. "Quero dizer fisicamente — uma das células do corpo dele, na verdade?"

De repente a expressão de Kinderman se tornou suspeita.

"Então com você não se trata só de aulas de catecismo aos domingos, padre. Todos esses bingos estão o deixando um pouquinho aventureiro. De onde tirou essa ideia?"

"O que tem ela?", perguntou Dyer.

"Você está pensando. Mas esse conceito não funciona. É judaico demais. Faz com que Deus já seja um pouquinho rabugento. É a mesma coisa que eu disse sobre os genes. Vamos encarar as coisas, Deus poderia colocar um fim a esse disparate ridículo quando quisesse. Ele poderia recomeçar tudo do zero. Será que Ele não poderia dizer: 'Adão, lave o rosto, a janta está quase pronta', e esquecer a coisa toda? Será que não seria capaz de consertar os genes? O Evangelho diz que você deve esquecer e perdoar, mas Deus não pode? A vida além da morte é na Sicília? Puzo deveria ficar sabendo disso. Teríamos *O Poderoso Chefão IV* em dois segundos."

"Ok, então, qual é a sua teoria?", insistiu Dyer.

O detetive assumiu uma expressão astuta. "Ainda estou trabalhando nela, padre. Meu inconsciente está juntando tudo em um *schmeckle* só."

Dyer se virou e deixou a cabeça cair nos travesseiros, exasperado. "Isso é chato", reclamou. Seus olhos estavam fixos na TV desligada.

"Vou dar mais uma dica", ofereceu Kinderman.

"Gostaria que alguém viesse consertar essa porcaria."

"Pare de me insultar e preste atenção na dica."

Dyer bocejou.

"É de seus Evangelhos", continuou Kinderman. "'Quando o fizestes a um destes meus pequeninos irmãos, a mim o fizestes'", parafraseou.

"Eles poderiam pelo menos ter aquele jogo *Space Invaders* por aqui."

"*Space Invaders*?", repetiu Kinderman, baixinho.

Dyer se voltou para ele e perguntou: "Será que você poderia comprar um jornal para mim na loja de presentes?".

"Qual, o *National Enquirer*, o *Globe* ou o *Star*?"

"Acho que o *Star* circula às quartas-feiras. Estou certo?"

"Eu me esforço para encontrar alguma coisa em comum entre nossos planetas."

Dyer pareceu ofendido. "Então o que há de errado com esses jornais? Mickey Rooney viu um fantasma que se parecia com Abe Lincoln. Onde mais é possível encontrar esse tipo de coisa?"

O detetive enfiou as mãos nos bolsos. "Aqui, tenho alguns livros que você talvez goste", disse ao padre. Ele pegou alguns livros e Dyer leu os títulos.

"Não ficção", reclamou mal-humorado. "Chato. Você não pode me trazer um romance?"

Kinderman se levantou cansado. "Vou trazer um romance", disse. Andou até o pé da cama e pegou o prontuário. "Que tipo? Histórico?"

"*Luxúria*", respondeu Dyer. "Estou no capítulo três, mas esqueci de trazer comigo."

Kinderman o encarou inexpressivo, depois guardou o prontuário. Ele se virou e andou devagar até a porta. "Depois do almoço", disse a Dyer. "Você não deveria ficar alterado antes do almoço. Eu também vou comer."

"Depois de devorar três hambúrgueres?"

"Dois. Mas quem está contando?"

"Se não tiver *Luxúria*, compre *Princesa Margarida*", gritou Dyer às suas costas.

Kinderman saiu balançando a cabeça.

Ele andou um pouco pelo corredor e então parou. Viu Amfortas parado no posto de enfermagem. Estava escrevendo em uma prancheta. Kinderman se aproximou dele, assumindo uma expressão de preocupação dramática.

"Dr. Amfortas?", chamou o detetive com a voz grave. O neurologista olhou para ele. *Esses olhos*, pensou Kinderman. *Que mistério existe dentro deles!* "É sobre o padre Dyer", disse o detetive.

"Ele está bem", informou Amfortas em voz baixa. Voltou a atenção à prancheta.

"Sim, sei disso", disse Kinderman. "É outra coisa. Algo extremamente importante. Nós dois somos amigos do padre Dyer, mas não posso ajudá-lo em relação a isto. Só você."

O tom de voz urgente atraiu o olhar do médico, e os olhos escuros e encovados estudaram os do detetive.

"O que é?", perguntou Amfortas.

Kinderman olhou em volta, parecendo reservado. "Não posso contar aqui", disse. "Podemos ir a algum lugar e conversar?" Ele olhou para seu relógio. "Talvez almoçar", sugeriu.

"Essa é uma refeição que em hipótese alguma eu faço", informou Amfortas.

"Então fique me olhando. Por favor. É importante."

Amfortas sondou seus olhos por alguns instantes. "Bom, tudo bem", respondeu afinal. "Mas será que não podíamos fazer isso em meu escritório?"

"Estou com fome."

"Me deixe pegar uma jaqueta."

Amfortas se afastou e quando voltou estava usando seu suéter azul-marinho.

"Tudo certo", disse a Kinderman.

O detetive fitou o suéter.

"Você vai congelar", disse. "Pegue uma jaqueta."

"Isso vai servir."

"Não, não, pegue algo mais quente. Posso ver as manchetes: 'Neurologista abatido por frio congelante. Gordo desconhecido procurado para interrogatório'. Pegue uma jaqueta, por favor. Um casaco, talvez. Algo mais quente. Eu iria me sentir muito culpado. Do jeito que está, você não é a imagem da saúde perfeita."

"Está tudo bem", disse Amfortas em voz baixa. "Mas obrigado. Agradeço a preocupação."

Kinderman pareceu desanimado.

"Muito bem", disse. "Eu avisei."

"Aonde estamos indo? Tem que ser perto."

"The Tombs", respondeu Kinderman. "Vamos." Ele passou o braço pelo do neurologista e o guiou na direção dos elevadores. "Isso vai fazer bem ao senhor. Você precisa de um pouquinho de ar fresco nas bochechas. Um lanchinho também não vai deixá-lo mais magro. Sua mãe, ela sabe sobre essa besteira de pular refeições? Deixa para lá. Você é teimoso. Dá para perceber. Desejo muita sorte a ela." O detetive lançou um rápido olhar de avaliação para o médico. Será que ele estava sorrindo? Quem sabia? *Ele é um caso, difícil, muito difícil*, pensou Kinderman.

Durante a caminhada até o The Tombs, o detetive fez perguntas sobre a condição de Dyer. Amfortas parecia preocupado e respondeu com frases curtas e concisas, ou aquiescendo ou balançando a cabeça. O que transpareceu foi que a probabilidade de que os sintomas descritos por Dyer, embora por vezes fossem indicativos de um tumor no cérebro, fossem, neste caso, causados por tensão e excesso de trabalho.

"Excesso de trabalho?", exclamou o detetive com incredulidade conforme desciam os degraus do The Tombs. "Tensão? Quem teria adivinhado? O homem é mais relaxado do que macarrão cozido."

O The Tombs tinha como características as toalhas de mesa xadrez vermelho e branco e um balcão esférico feito de carvalho escuro onde a cerveja vinha em grandes canecas de vidro. As paredes eram decoradas com impressões e litografias do passado de Georgetown. O lugar ainda não estava cheio. Faltavam ainda alguns minutos para o meio-dia. Kinderman viu um reservado tranquilo.

"Ali", disse.

Eles foram até lá e se sentaram.

"Estou com tanta fome", informou Kinderman.

Amfortas não disse nada. Sua cabeça estava baixada. Ele fitava as mãos, que estavam cruzadas diante dele sobre a mesa.

"Vai comer alguma coisa, doutor?"

Amfortas balançou a cabeça. "E quanto ao Dyer?", perguntou ele. "O que você queria me contar?"

Kinderman se inclinou para a frente, sua expressão e modos um tanto solenes.

"Não conserte a TV", disse.

Amfortas ergueu o olhar, inexpressivo. "Desculpe, o que você disse?"

"Não conserte a TV dele. Ele vai descobrir."

"Descobrir o quê?"

"Você não ouviu nada a respeito do assassinato do padre?"

"Sim, ouvi falar", respondeu Amfortas.

"Esse padre era amigo de Dyer. Se você consertar a TV, ele saberá da notícia. Além disso, não leve jornais para ele, doutor. Informe as enfermeiras."

"Foi para me dizer isso que me trouxe até aqui?"

"Não seja insensível", disse Kinderman. "O padre Dyer tem a alma delicada. E, de qualquer maneira, um homem em um hospital não deveria receber notícias como essa."

"Mas ele já sabe", contou Amfortas.

O detetive pareceu um tanto atordoado. "Ele sabe?"

"Nós conversamos a respeito", explicou Amfortas.

O detetive desviou o olhar com ar de reconhecimento e resignação.

"Bem típico dele." Ele assentiu. "Não quis me preocupar com sua angústia, então fez todo um teatrinho fingindo não saber de nada."

"Por que me trouxe até aqui, tenente?"

O detetive virou a cabeça. Amfortas o estava fitando com intensidade. Seu olhar era desconcertante. "Por que eu o trouxe até aqui?", repetiu Kinderman. Seus olhos ficaram inexpressivos e protuberantes enquanto ele lutava para manter o olhar fixo no do médico, e suas bochechas estavam começando a corar depressa.

"Sim, por quê? Com certeza não foi por causa de um aparelho de televisão", disse Amfortas.

"Eu menti", confessou o detetive de repente. Agora seu rosto estava corado, e ele desviou o olhar e começou a balançar a cabeça e sorrir. "Sou tão transparente." Riu. "Não sei como mentir na cara de pau." Ele se voltou para Amfortas e levantou as mãos acima da cabeça. "Sim, culpado. Sou um desavergonhado. Menti. Não consegui me segurar, doutor. Forças desconhecidas tomaram conta de mim. Eu ofereci biscoitos a elas e disse: 'Vão embora!', mas elas sabiam que eu era fraco e insistiram e disseram: 'Minta ou você vai almoçar quiche e uma fatia de melão quente!'."

"Um taco teria sido mais eficaz", comentou Amfortas.

Kinderman abaixou os braços, assombrado. O rosto do neurologista tinha permanecido inescrutável e seu olhar ainda estava desinteressado e fixo. Será, no entanto, que ele tinha feito uma piada?

"O que você quer?", perguntou Amfortas.

"Você me perdoa? Eu gostaria de fuçar sua mente."

"Sobre o quê?

"Dor. Isso me deixa louco. O padre Dyer me contou que você trabalha nessa área, que é um especialista. Você se importaria? Usei esse ardil para que pudéssemos conversar um pouco sobre o assunto. Enquanto isso, estou envergonhado e lhe devo desculpas, doutor. Estou perdoado? Talvez consiga que minha pena seja suspensa?"

"Você sofre de alguma dor recorrente?", perguntou Amfortas ao tenente.

"Sim, um homem chamado Ryan. Mas isso não vem ao caso agora; o assunto não é esse."

Amfortas permaneceu uma presença sombria. "Qual é?", perguntou em voz baixa.

Antes que o detetive pudesse responder, um garçom apareceu com os cardápios. Ele era jovem, um aluno da faculdade. Usava uma gravata e um colete verdes-brilhante.

"Almoço para dois?", inquiriu com educação.

Ele estava oferecendo os cardápios, mas Amfortas recusou com um gesto de mão.

"Não para mim", disse com a voz suave. "Uma xícara de café, por favor. Só isso."

"Nada de almoço para mim também", disse o detetive. "Talvez um pouco de chá com uma rodela de limão, por favor. E alguns biscoitos. Você tem aqueles redondinhos com gengibre e nozes?"

"Temos, sim, senhor."

"Um pouco desses. A propósito, qual é o lance da gravata e do colete?"

"Dia de são Patrício. No The Tombs dura a semana toda", respondeu o garçom. "Mais nada para os senhores?"

"Você tem um pouco de sopa de galinha hoje?"

"Com macarrão."

"Com qualquer coisa. Traga a sopa também, por favor."

O garçom assentiu e foi preencher o pedido.

Kinderman olhou irritado para outra mesa onde viu um caneco enorme cheio de cerveja verde. "É tudo loucura", resmungou ele. "Um homem corre por aí caçando cobras como um lunático e, em vez de uma bela cela acolchoada, os católicos fazem dele um santo." Ele se voltou para Amfortas. "Cobrinhas de jardim, elas são inofensivas, nem comem batatas. Isso é um comportamento racional, doutor?"

"Achei que estivesse com muita fome", comentou Amfortas.

"Não pode deixar um homem ter um fiapo de dignidade?", perguntou Kinderman. "Tudo bem, foi outra grande mentira. Sempre faço isso. Sou um mentiroso completamente incorrigível e a vergonha de minha delegacia. Está feliz agora, doutor? Use meu cérebro para experiências e descubra por que isso acontece. Então pelo menos terei um pouco de paz quando morrer — eu saberei a resposta. Esse problema vem me deixando louco a vida inteira!"

Havia um fantasma de um sorriso nos olhos do médico. "Você estava falando de dor", disse.

"Uma verdade. Olhe, você sabe que sou um investigador de homicídios."

"Sim."

"Vejo muita dor ser infligida nos inocentes", disse o detetive com a voz pesada.

"Por que isso preocupa você?"

"Qual é sua religião, doutor?"

"Sou católico."

"Tudo bem, então, você vai saber, vai entender. Minhas perguntas têm relação com a bondade de Deus", explicou Kinderman, "e com as maneiras pelas quais criancinhas inocentes podem morrer. No fim, Deus as salva da dor terrível? Será que é como naquele filme *Que Espere o Céu*, onde o anjo tira o herói do avião em queda pouco antes de ele atingir o chão? Ouço boatos sobre coisas assim. Será que é possível que isso seja verdade? Por exemplo, acontece um acidente de carro. Há crianças dentro. Elas não sofrem ferimentos graves, mas o carro está pegando fogo e as crianças estão presas no interior e não conseguem sair. Elas foram queimadas vivas, lemos mais tarde nos jornais. É horrível. No entanto, o que elas estão sentindo, doutor? Li em algum lugar que a pele adormece. Isso poderia ser verdade?"

"Você é um policial de homicídios muito estranho", comentou Amfortas. Ele estava olhando direto nos olhos de Kinderman.

O detetive deu de ombros. "Estou ficando velho. Tenho que pensar um pouco nessas coisas. Não custa nada. Enquanto isso, qual é a resposta para minha pergunta?"

Amfortas baixou o olhar para a mesa. "Ninguém sabe", disse baixinho. "Os mortos não nos contam. Um número diferente de coisas pode acontecer", disse. "A inalação de fumaça pode matar antes das chamas. Ou um infarto imediato, ou choque. Além disso, o sangue tende a correr para os órgãos vitais em um esforço para os proteger. Isso pode explicar os relatos sobre a dormência da pele." Ele deu de ombros. "Não sei. Podemos apenas dar palpites."

"Então o que acontece se todas essas coisas *não* acontecem?", perguntou o detetive.

"É tudo especulação", lembrou Amfortas.

"Por favor, doutor, especule. Isso está me comendo vivo."

O garçom chegou com os pedidos. Ele estava colocando-a diante do detetive, mas Kinderman o interrompeu com um gesto.

"Não, dê a sopa para o doutor", disse, e quando Amfortas começou a recusar, ele o interrompeu. "Não me obrigue a ligar para sua mãe. A sopa tem vitaminas e coisas mencionadas apenas na Torá. Não seja teimoso. Você deve comer. Ela é cheia de uma bondade estranha."

Amfortas cedeu e deixou o garçom colocá-la à sua frente.

"Oh, o sr. McCooey está por aqui?", perguntou Kinderman.

"Sim, está lá em cima, acredito", respondeu o garçom.

"Por favor, pergunte se eu poderia falar com ele por um momento. Se ele estiver ocupado, deixe para lá. Não é importante."

"Sim, vou perguntar. Qual é o seu nome, senhor?"

"William F. Kinderman. Ele me conhece. Se estiver ocupado, tudo bem."

"Vou dizer a ele." O garçom se afastou.

Amfortas fitava a sopa. "Da primeira sensação até a morte leva vinte segundos. Quando as terminações nervosas são queimadas, elas param de funcionar e a dor termina. Quanto tempo leva antes de isso acontecer também é um palpite. Mas não mais do que dez segundos. Enquanto isso, a dor é a mais horrível de se imaginar. Você está com plena consciência e a sente totalmente. Sua adrenalina está pulsando."

Kinderman estava balançando a cabeça, olhando para baixo. "Como Deus pode permitir que um horror assim aconteça? É um mistério e tanto." Ele ergueu o olhar. "Você não pensa nessas coisas? Isso deixa você irritado?"

Amfortas hesitou, depois encontrou o olhar do detetive. *Esse homem está morrendo de vontade de me contar alguma coisa*, pensou Kinderman. *Qual é o segredo dele?* Ele achou ter visto dor e um desejo de compartilhá-la.

"Posso ter feito com que você me entendesse errado, acho", disse Amfortas. "Eu estava tentando argumentar dentro do escopo de suas suposições. Uma coisa que não mencionei é que quando a dor se torna insuportável demais, o sistema nervoso fica sobrecarregado. Ele desliga e a dor acaba."

"Oh, entendi."

"A dor é estranha", disse Amfortas com a voz triste. "Por volta de dois por cento das pessoas tratadas de uma dor prolongada desenvolve graves distúrbios mentais assim que a dor é removida. Também houve experimentos com cães", continuou, "com implicações um tanto peculiares."

Amfortas prosseguiu descrevendo ao detetive uma série de experiências feitas em 1957 nas quais terrier escoceses foram criados em gaiolas de isolamento desde os primeiros dias à maturidade, para que fossem privados de estímulos ambientais, incluindo as mais fracas das batidas e dos arranhões que pudessem lhes causar desconforto. Quando atingiram a maturidade, estímulos dolorosos foram aplicados, mas os cães não reagiram de uma maneira normal. Muitos deles enfiavam os focinhos em um fósforo aceso, recuavam por reflexo e de imediato voltavam a farejar a chama. Quando o fogo era inadvertidamente apagado, os cães continuavam a reagir como antes com um segundo ou até mesmo um terceiro fósforo em chamas. Outros não farejavam o fósforo de maneira alguma, mas não se esforçavam para evitar as chamas quando os pesquisadores tocavam seus focinhos com ele quantas vezes quisessem. E os cães não reagiam a repetidas alfinetadas. Em contraste, os companheiros de ninhada desses cães, que foram criados em um ambiente comum, reconheciam possíveis perigos com tanta rapidez que os pesquisadores se viram incapazes de tocá-los com o fogo ou o alfinete mais do que apenas uma vez. "A dor é muito misteriosa", concluiu Amfortas.

"Seja franco comigo, doutor. Deus não poderia ter pensado em outra maneira de nos proteger? Algum outro tipo de sistema de alarme para nos dizer quando nossos corpos estivessem encrencados?"

"Você quer dizer algo como um reflexo automático?"

"Quero dizer algo como uma campainha que disparasse em nossas cabeças."

"Então o que aconteceria quando você rompesse uma artéria?", perguntou Amfortas. "Você faria um torniquete na hora, ou aguentaria a campainha enquanto termina sua redobrada valendo sete pontos no jogo de bridge? E se você fosse uma criança? Não, isso não daria certo."

"Então por que nossos corpos não foram feitos insensíveis aos ferimentos?"

"Pergunte a Deus."

"Estou perguntando a você."

"Eu não tenho as respostas", afirmou Amfortas.

"Então o que você faz em seu laboratório, doutor?"

"Tento aprender como cortar a dor quando não precisamos dela."

O detetive Kinderman aguardou, mas o neurologista não disse mais nada.

"Tome sua sopa", incitou o detetive com gentileza. "Ela está esfriando. Assim como o amor de Deus."

Amfortas tomou uma colherada e então pousou a colher. Houve um tinido delicado de estanho contra o prato. "Não estou com fome", declarou. Olhou para o relógio. "Acabei de me lembrar de uma coisa", disse. "Preciso ir." Então levantou o olhar e encarou Kinderman.

"É surpreendente que você chegue a acreditar em Deus", comentou Kinderman, "com todo seu conhecimento sobre o funcionamento do cérebro."

"Sr. Kinderman?" O garçom estava de volta. "O sr. Mc-Cooey parecia terrivelmente ocupado lá em cima. Achei que seria melhor não o incomodar. Sinto muito."

O detetive pareceu travado. "Não, vá interrompê-lo", disse.

"Mas o senhor disse que não era muito importante."

"Não é. Interrompa-o mesmo assim. Sou excêntrico. Nunca faço sentido. Sou velho."

"Bem, ok, senhor." O garçom pareceu estar em dúvida, mas andou na direção da escada que levava ao andar de cima.

Kinderman voltou a atenção para Amfortas. "Você não acha que é tudo neurônio, toda essa coisa que chamamos de alma?"

Amfortas verificou as horas. "Acabei de me lembrar de uma coisa", disse. "Preciso ir."

Kinderman ficou confuso. *Estou louco? Ele acabou de falar isso.*

"Onde você estava?", perguntou ele.

"Como disse?", inquiriu Amfortas.

"Deixa para lá. Ouça, fique um pouco mais. Ainda tenho algumas coisas em mente. Elas me atormentam. Você não pode ficar mais alguns minutos? Além disso, seria falta de educação ir embora agora. Eu ainda não acabei meu chá. Isso é civilizado? Curandeiros não fariam uma coisa dessa. Eles ficariam e aumentariam cabeças encolhidas para passar o tempo enquanto o velho branco senil continuava falando e babando. Isso se chama boas maneiras. Estou sendo direto demais? Me diga com franqueza. As pessoas me dizem o tempo todo que sou oblíquo e estou tentando corrigir isso, embora seja possível que esteja exagerando um pouco. Isso é verdade? Seja honesto!"

Uma expressão agradável tomou conta do rosto de Amfortas. Ele relaxou e disse: "Como posso ajudar você, tenente?".

"É essa *chazerei* de cérebro versus mente", respondeu Kinderman. "Durante anos tive a intenção de consultar um neurologista a esse respeito, mas sou muito tímido quando se trata de conhecer pessoas novas. Enquanto isso, aqui está você. Meu cálice de sopa de *matzá* transborda. Enquanto isso, me diga, as coisas que chamamos de sentimentos e pensamentos não são nada mais do que alguns neurônios que são disparados no cérebro?"

"Você quer saber se eles são tão *factuais* quanto esses neurônios?"

"Sim."

"O que *você* acha?", perguntou Amfortas.

Kinderman assumiu uma expressão demasiadamente sábia e assentiu.

"Acho que eles são a mesma coisa", respondeu de uma maneira quase sisuda.

"Por quê?"

"Por que não?", contrapôs o detetive. "Quem precisa almejar esse negócio chamado alma quando está claro que o cérebro faz todas as coisas? Estou certo?"

Amfortas se inclinou um pouco para a frente. O detetive tinha tocado em um ponto delicado. Ele falou com entusiasmo. "Suponha que você está olhando para o céu", disse com intensidade. "Você vê uma vastidão enorme e homogênea. Ela é tão real quanto um padrão de descargas elétricas correndo entre as conexões no cérebro? Você olha para uma toranja. Ela produz uma imagem circular em seu campo sensorial. No entanto, a projeção cortical desse círculo no seu lóbulo occipital não é circular. Ele ocupa um espaço que é elipsoidal. Então como essas coisas podem ser os mesmos fatos? Quando você pensa no universo, como você o retém no cérebro? Ou, aliás, os objetos neste lugar? Eles têm formatos diferentes do que qualquer coisa em seu cérebro, então como eles podem se tornar essas coisas? Existem inúmeros outros mistérios que você deve considerar. Um deles é o 'executivo' ligado ao pensamento. A cada segundo você é bombardeado com centenas, talvez milhares, de impressões sensoriais, mas filtra todas a não ser aquelas imediatamente necessárias para concluir seus objetivos naquele momento, e essas incontáveis decisões são tomadas a cada segundo e em menos de uma *fração* de segundo. O que está tomando essa decisão? O que está tomando a *decisão* de tomar essa decisão? Aqui está outra coisa para pensar, tenente: o cérebro dos esquizofrênicos costuma ter estruturas melhores do que o cérebro de pessoas *sem* problemas mentais, e algumas pessoas que tiveram grande parte de seu cérebro removida continuam a funcionar como elas mesmas."

"Mas e aquele cientista com seus eletrodos?", comentou Kinderman. "Ele toca uma determinada célula cerebral e a pessoa escuta uma voz do passado distante ou vivencia uma determinada emoção."

"Esse é Wilder Penfield", respondeu o neurologista. "Mas seus pacientes sempre diziam que o que quer que ele lhes causasse com os eletrodos não fazia parte deles; era alguma coisa sendo *feita* a eles."

"Fico estupefato", afirmou o detetive, "ao ouvir tais conceitos vindo de um homem da ciência."

"Wilder Penfield não acredita que a mente seja o cérebro", disse Amfortas. "Nem sir John Eccles. Ele é um fisiólogo britânico que ganhou o Prêmio Nobel por seus estudos do cérebro." Kinderman levantou as sobrancelhas. "É mesmo?"

"Sim, é mesmo. E se a mente não é o cérebro, então o cérebro tem algumas capacidades totalmente desnecessárias para a sobrevivência física do corpo. Me refiro a coisas como admiração e autoconhecimento. E alguns de nós chegam a acreditar que a própria consciência não está centrada no cérebro. Existem algumas razões para acreditar que todo o corpo humano, incluindo o cérebro, assim como o próprio mundo exterior, esteja situado de forma ordenada dentro da consciência. E uma última reflexão para você, tenente. É um dístico."

"Adoro esses."

"Adoro este em especial", disse Amfortas. "'Se a massa do cérebro fosse a massa da mente, o urso atiraria no meu traseiro loucamente.'" E com isso, o neurologista se curvou sobre a sopa e começou a comer com sofreguidão.

Pelo canto do olho, o detetive viu McCooey se aproximando da mesa.

"Sou da mesma opinião", disse a Amfortas.

"O quê?" O doutor fitou o detetive por cima da colher.

"Eu estava bancando o advogado do diabo um pouco. Concordo com você — a mente não é o cérebro. Tenho certeza."

"Você é um homem muito estranho", comentou Amfortas.

"Sim, você já disse isso."

"Queria falar comigo, tenente?"

Kinderman olhou para McCooey. Ele estava usando óculos sem armação e tinha uma aparência estudiosa. Ainda usava as cores de sua escola: um blazer azul-marinho e calças cinza de flanela.

"Richard McCooey, este é o dr. Amfortas", apresentou Kinderman, gesticulando na direção do médico. McCooey esticou o braço e apertou a mão do médico.

"Prazer em conhecê-lo", disse.

"Igualmente."

McCooey olhou de volta para o detetive. "O que foi?" Ele lançou um olhar para o relógio.

"É o chá", respondeu Kinderman.

"O chá?"

"Que tipo vocês estão usando ultimamente?"

"Lipton. O mesmo de sempre."

"Está com um gosto um pouco diferente."

"É por isso que queria falar comigo?"

"Oh, eu seria capaz de falar sobre uma centena de trivialidades e coisas assim, mas sei que é um homem muito ocupado. Pode ir."

McCooey lançou um olhar gélido para a mesa.

"O que você pediu?", perguntou.

"Só isso", respondeu o detetive.

McCooey o encarou inexpressivo. "Esta é uma mesa para seis pessoas."

"Já estamos de saída."

McCooey se virou sem dizer mais nenhuma palavra e se afastou.

Kinderman olhou para Amfortas. Ele tinha acabado a sopa.

"Muito bem", disse Kinderman. "Sua mãe vai receber um ótimo relatório."

"Você tem mais alguma pergunta?", disse Amfortas. Ele tocou a xícara de café. Estava fria.

"Cloreto de suxametônio", disse Kinderman. "Você o usa no hospital?"

"Sim. Quero dizer, eu não o uso. Mas ele é usado em terapia de choque. Por que a pergunta?"

"Se alguém no hospital quisesse roubar um pouco, isso poderia ser feito?"

"Sim."

"Como?"

"A pessoa poderia pegá-lo de um carrinho de medicamentos quando ninguém estivesse olhando. Por que está perguntando isso?"

Kinderman se desviou da pergunta de novo. "Então alguém que *não* é do hospital poderia roubá-lo?"

"Se ele souber o que está procurando. Ele teria que conhecer o cronograma de quando o medicamento é necessário e quando é entregue."

"Você às vezes trabalha na psiquiatria?"

"De vez em quando. Foi para me perguntar isso que você me trouxe aqui, tenente?" Amfortas estava perfurando o detetive com os olhos.

"Não, não foi", respondeu Kinderman. "Verdade. Juro por Deus. Mas já que está aqui..." Ele deixou o restante da frase no ar. "Se eu perguntasse no hospital, seria natural que eles quisessem manter as aparências e insistiriam que não poderia ser feito. Entende? Enquanto conversávamos, percebi que você me diria a verdade."

"É muita gentileza de sua parte, tenente. Obrigado. Você é um homem muito gentil."

Kinderman sentiu simpatia pelo neurologista.

"Igualmente e idem de minha parte", reconheceu. Então sorriu com alguma lembrança. "Conhece 'idem'? É uma palavra que adoro. De verdade. Ela me lembra *Que Espere o Céu*. Joe Pendleton a usa o tempo todo."

"Sim, eu lembro."

"Você gosta desse filme?"

"Sim."

"Eu também. Sou um patrono do *schmaltz*,[3] confesso. Mas tais doçura e inocência, nos dias de hoje — bem, elas se foram. Que vida". Kinderman suspirou.

---

3   Iídiche. Filme ou música que seja sentimental. [NT]

"É uma preparação para a morte."

Mais uma vez Amfortas surpreendera o detetive. Ele o avaliou com afeto agora. "Isso é verdade", disse Kinderman. "Precisamos conversar sobre essas coisas algum dia desses." O detetive sondou os olhos trágicos. Eles estavam transbordando com alguma coisa. O quê? O que era? "Já acabou seu café?", perguntou Kinderman.

"Sim."

"Vou ficar por aqui e pagar a conta. Você foi muito gentil em passar esse tempo comigo, mas sei que é muito ocupado."

Kinderman estendeu a mão. Amfortas a pegou e a apertou com firmeza, em seguida se levantou para ir embora. Ele se demorou por alguns instantes, fitando Kinderman em silêncio.

"O suxametônio", disse por fim. "É o assassinato. Estou certo?"

"Sim, está certo."

Amfortas assentiu, então se afastou. Kinderman o observou avançar por entre as mesas. Então, afinal, ele subiu a escada e se foi. O detetive suspirou. Chamou o garçom, pagou a conta e subiu os três lances de escada até o escritório de McCooey. Encontrou-o conversando com um contador. McCooey olhou para ele, inescrutável por trás dos óculos.

"Alguma coisa errada com o ketchup?", perguntou o dono do bar, inexpressivo.

Kinderman o chamou com um aceno. McCooey se levantou e se aproximou dele.

"O homem à mesa comigo", disse Kinderman. "Você deu uma boa olhada no rosto dele?"

"Dei, sim."

"Nunca o viu antes?"

"Não sei. Vejo milhares de pessoas em meus estabelecimentos todos os anos."

"Você não o viu na fila para a confissão ontem?"

"Oh."

"Você o viu?"

"Acho que não."

"Tem certeza?"

McCooey pensou. Então mordeu o lábio inferior e balançou a cabeça.

"Quando se está esperando para se confessar, você tende a não olhar para as outras pessoas. Fica olhando para baixo, revisando seus pecados, a maior parte do tempo. Se o vi, tenho certeza de que não me lembro", disse.

"Mas você viu o homem de jaqueta."

"Sim. Só não sei se era ele."

"Poderia jurar que não era?"

"Não. Mas não acho mesmo que fosse."

"Não acha."

"Não, não acho. Duvido mesmo."

Kinderman saiu do escritório de McCooey e caminhou até o hospital. Uma vez lá, foi até a loja de presentes e escrutinou os livros. Encontrou *Luxúria* e o retirou da prateleira balançando a cabeça. Abriu em uma página aleatória e leu. *Ele vai devorar isso de imediato*, concluiu, e procurou por alguma coisa que fosse prender o jesuíta até que recebesse alta. Deu uma olhada em *O Relatório Hite sobre a Sexualidade Masculina*, mas então escolheu um romance gótico em vez dele.

Kinderman andou com os livros até o balcão. A vendedora olhou os títulos.

"Tenho certeza que ela vai adorar esses livros", disse ela.

"Sim, tenho certeza."

Kinderman procurou alguma bugiganga cômica para acrescentar ao tesouro. O balcão estava cheio delas. Então algo chamou sua atenção. Ele ficou olhando sem piscar.

"Mais alguma coisa hoje?"

O detetive não a ouviu. Ele pegou uma embalagem plástica de dentro de uma caixa. Ela continha um conjunto de presilhas rosa, cada uma ostentando os dizeres "Great Falls, Virginia".

8

O departamento de psiquiatria do Hospital de Georgetown ficava abrigado em uma ala extensa ao lado da neurologia e era dividido em dois setores principais. Um era a unidade dos problemáticos. Lá ficavam aquartelados os pacientes que tinham inclinação a ataques de violência, tais como paranoicos e catatônicos ativos. Entre o labirinto de corredores de quartos de pacientes desta ala, também havia celas acolchoadas. A segurança era reforçada. O outro setor era chamado de unidade aberta. Os pacientes não ofereciam perigo a si mesmos nem a terceiros. A maioria dos pacientes consistia de idosos que estavam ali devido a diversos estágios de senilidade. Também havia os depressivos e esquizofrênicos, assim como alcoólatras, pacientes pós-derrame e vítimas de Alzheimer, que causava um estado de senilidade prematura. Dentre esses casos também havia um punhado de pacientes que eram catatônicos passivos a longo prazo. Completamente afastados de seus ambientes, eles passavam os dias em imobilidade, geralmente com uma expressão fixa e estranha no rosto. Eles às vezes se animavam a falar e eram muito sugestionáveis, acatando ordens à risca. Na unidade aberta não havia segurança. Os pacientes, na verdade, tinham permissão de sair por um dia ou até mesmo por alguns dias. Era necessário apenas ter um formulário de pedido assinado por um dos médicos ou, o que era mais frequente, por uma enfermeira de plantão, ou às vezes até mesmo por um assistente social.

"Quem assinou a permissão dela?", perguntou Kinderman.

"A enfermeira Allerton. Na verdade, ela está de plantão agora mesmo. Ela vai chegar aqui em um segundo", disse Temple.

Eles estavam sentados no escritório dele, um cubículo estreito situado no corredor depois da esquina da estação das enfermeiras da unidade aberta. Kinderman contemplou as paredes ao redor. Estavam cobertas por diplomas e fotografias de Temple. Duas das fotos o mostravam em uma pose de boxeador. Ele parecia jovem, na casa dos dezenove ou vinte anos, e usava as luvas, a camiseta e o protetor de cabeça de boxeadores universitários. Seu olhar era ameaçador. Todas as outras fotos mostravam Temple abraçado com uma mulher bonita, cada uma diferente das demais, e em cada uma delas ele sorria para a câmera. Kinderman abaixou o olhar para a mesa, onde viu uma escultura verde e lascada de Excalibur, a espada das lendas arturianas. Gravadas na base havia as palavras PARA SER SACADA EM CASO DE EMERGÊNCIA. Pregado ao lado da mesa havia o lema "Um alcoólatra é alguém que bebe mais do que seu médico". Havia cinzas de cigarro em papéis espalhados. Kinderman voltou a olhar para Temple, evitando a parte superior das calças do psiquiatra, onde o zíper estava aberto.

"Não acredito", disse o detetive, "que essa mulher recebeu permissão para sair desacompanhada."

A mulher idosa do estaleiro fora rastreada. Assim que saiu da loja de presentes, Kinderman levara a foto dela para todos os postos de enfermagem, começando pelo primeiro andar do hospital. No quarto andar, na psiquiatria, ela foi identificada como uma paciente da unidade aberta. O nome dela era Martina Otsi Lazlo. Ela tinha sido transferida do District Hospital, onde passara 41 anos. A princípio, sua doença tinha sido classificada como uma forma catatônica moderada de demência precoce, um tipo de senilidade que começa na adolescência. O diagnóstico continuou o mesmo, embora a terminologia tenha mudado, até a transferência de Lazlo para o Hospital de Georgetown, quando ele foi inaugurado em 1970.

"Sim, dei uma olhada no histórico dela", contou Temple, "e de imediato vi que algo estava errado. Havia mais alguma coisa acontecendo." Ele acendeu uma cigarrilha e jogou o fósforo na direção de um cinzeiro em cima da mesa com um movimento descuidado. O arremesso saiu errado e o fósforo caiu com um *pat* em cima do histórico aberto de um caso de esquizofrenia. Temple encarou o fósforo com uma careta. "Diabos, ninguém mais sabe o que está fazendo. Ela tinha passado tanto tempo no District que ninguém sabia absolutamente nada a respeito dela. Eles tinham perdido os registros mais antigos. Então eu a vejo fazendo esses movimentos esquisitos o tempo todo. Com as mãos. Ela as mexia assim", disse Temple, começando a demonstrar os movimentos para Kinderman, mas o detetive o interrompeu.

"Sim, eu vi ela fazendo isso", disse Kinderman em voz baixa.

"Oh, viu?"

"Ela está sob nossa custódia agora."

"Quem bom para ela."

Kinderman de imediato sentiu uma antipatia por ele.

"Qual é o significado dos movimentos?", perguntou.

Uma batida suave na porta interrompeu a resposta.

"Entre", chamou Temple. Uma enfermeira jovem e atraente na casa dos vinte anos entrou. "Será que eu sei escolher?", perguntou Temple, lançando um olhar malicioso para o detetive.

"Sim, doutor?"

Temple olhou para a enfermeira.

"Srta. Allerton, você assinou uma permissão de saída para Lazlo no sábado?"

"Como disse?"

"Lazlo. Você assinou uma permissão de saída para ela no sábado, certo?"

A enfermeira pareceu confusa.

"Lazlo? Não, não assinei."

"O que é isso, então?", perguntou Temple. Ele pegou um formulário de pedido de cima da mesa e começou a ler o conteúdo em voz alta para a enfermeira. "'Paciente: Lazlo, Martina Otsi. Ação: Permissão para visitar o irmão em Fairfax, Virginia, até 22 de março'." Temple então entregou o pedido à enfermeira. "Está datado de sábado e assinado por você", falou ele.

A enfermeira franziu ainda mais o rosto conforme examinava o pedido.

"Esse foi seu turno", continuou Temple. "Das 14h às 22h."

A enfermeira olhou para ele. "Senhor, eu não escrevi isso", disse ela.

O rosto do psiquiatra começou a corar. "Está brincando comigo, boneca?"

A enfermeira ficou agitada e afobada sob seu escrutínio. "Não, não assinei. Juro. Ela nem tinha saído. Fiz a verificação das camas às nove e a vi na cama."

"Essa não é sua caligrafia?", exigiu Temple.

"Não. Quero dizer, sim. Oh, não sei!", exclamou Allerton. Ela estava olhando para o formulário de pedido de novo. "Sim, parece com minha caligrafia, mas não é. Alguma coisa está diferente."

"O que está diferente?", perguntou Temple.

"Não sei. Mas sei que não escrevi isso."

"Deixe-me ver." Temple arrancou o formulário de pedido da mão dela e começou a examiná-lo. "Oh, estou vendo", disse. "Esses pequenos círculos, você quer dizer? Esses pequenos círculos em cima de cada *i* no lugar dos pontos?"

"Posso ver?", perguntou Kinderman. Ele estava com a mão estendida para o formulário.

Temple o entregou a ele. "Claro."

"Obrigado." Kinderman examinou o documento.

"Eu não escrevi isso", insistiu a enfermeira.

"É, acho que você pode estar certa", murmurou Temple.

O detetive olhou para o psiquiatra. "O que foi que acabou de dizer?", perguntou.

"Oh, nada." Temple olhou para a enfermeira. "Está tudo bem, boneca. Volte aqui no intervalo e vou pagar um café para você."

A enfermeira Allerton assentiu, em seguida se virou depressa e saiu da sala.

Kinderman devolveu o formulário de pedido para Temple.

"Isso é estranho, não acha? Alguém forjar um pedido de saída para a srta. Lazlo?"

. "Este lugar é um manicômio." O psiquiatra jogou as mãos para cima.

"Por que alguém iria querer fazer algo assim?", perguntou Kinderman.

"Acabei de dizer. Nem todos os malucos aqui são pacientes."

"Está se referindo aos funcionários?"

"É contagioso."

"E quem dentre seus funcionários em particular seria capaz disso?"

"Ah, bem, diabos. Deixa para lá."

"Deixar para lá?"

"Eu estava brincando."

"Você não está muito preocupado com isso?"

"Não, não estou." Temple jogou o formulário de pedido em cima da mesa e ele aterrissou no cinzeiro. "Merda." Ele o retirou. "É provável que seja apenas um piada de mau gosto de algum residente, ou talvez de algum brotinho que tenha alguma coisa contra mim."

"Mas se fosse esse o caso", apontou o detetive, "a caligrafia sem dúvida iria se parecer com a sua."

"Você tem razão."

"Isso é conhecido como paranoia, não é?"

"Espertinho." Os olhos de Temple se fecharam até virarem frestas. Um pouco de cinzas azuladas da cigarrilha caiu no ombro de seu paletó. Ele a espanou e ela se transformou em uma mancha escura. "Ela mesma pode ter escrito", disse.

"A srta. Lazlo?"

Temple deu de ombros.

"Pode ter acontecido."

"É mesmo?"

"Não, é pouco provável."

"Alguém viu a srta. Lazlo sair? Tinha alguém com ela?

"Não sei. Vou descobrir."

"Teria acontecido outra verificação das camas depois das 21h?"

"Sim, a enfermeira da noite faz uma às 2h", respondeu Temple.

"Você poderia perguntar se ela viu a srta. Lazlo na cama?"

"Sim, perguntarei. Vou deixar um bilhete. Ouça, o que tem de tão importante nisso? Tem alguma coisa a ver com os assassinatos?"

"Quais assassinatos?"

"Bem, você sabe. Daquele garoto e do padre."

"Sim, tem", disse Kinderman.

"Achei que tivesse."

"Por que achou isso?"

"Bem, eu não sou um completo idiota."

"Não, não é", disse Kinderman. "Você é um homem extremamente inteligente."

"Então o que Lazlo tem a ver com esses assassinatos?"

"Não sei. Ela está envolvida, mas não diretamente."

"Estou perdido."

"A condição humana."

"E *essa* não é a verdade?", exclamou Temple. "Então é seguro trazê-la de volta para cá?", perguntou.

"Eu diria que sim. Enquanto isso, você está convencido de que o formulário de pedido foi falsificado?"

"Não tenho dúvidas quanto a isso."

"Quem o falsificou?"

"Não sei. Você fica repetindo as perguntas."

"Algum de seus funcionários faz círculos em cima do *i*?

Temple olhou diretamente nos olhos de Kinderman e depois de uma pausa desviou o olhar e disse:

"Não", afirmou com ênfase.

Com ênfase demais, Kinderman pensou. O detetive o observou por alguns instantes. Então perguntou:

"Agora, qual é o significado dos movimentos estranhos da srta. Lazlo?"

Temple voltou a se virar para o detetive com um sorriso de autossatisfação.

"Sabe, de diversas maneiras, meu trabalho é muito parecido com o seu. Sou um investigador." Ele se inclinou para mais perto do detetive. "Agora, olha o que eu fiz. Você vai gostar disso, eu sei. Os movimentos de Lazlo seguem um padrão, não é mesmo? É a mesma coisa todas as vezes." Temple imitou os gestos. "Então um dia estou no sapateiro esperando que as solas dos meus sapatos sejam consertadas. E eu olho e vejo um sapateiro costurando as solas. Você sabe, eles fazem isso à máquina. Então eu me aproximei e perguntei a ele: 'Me diga, como você fazia isso antes das máquinas?'. Ele era velho e tinha um sotaque, meio que servo-croata. Eu estava trabalhando em um palpite que tinha acabado de me ocorrer sentado ali. 'Nós fazíamos isso à mão', diz ele, rindo. Ele acha que eu sou burro. Então eu digo a ele: 'Me mostre'. Ele responde que está ocupado, mas eu ofereço um pouco de dinheiro a ele; cinco paus, acho que foram; e ele se senta e coloca o sapato entre os joelhos e começa a simular estar trabalhando com aquelas longas faixas de couro que eles costumavam usar para prender as solas aos sapatos. E sabia que aquilo se parecia exatamente com o que Lazlo faz? Ali estava. Os mesmos movimentos! Então assim que consegui, entrei em contato com o irmão dela em Virginia e fiz algumas perguntas a ele. Advinha o que descobri? Pouco antes de enlouquecer, Lazlo tomou um pé na bunda do namorado, o cara com quem ela pensou que iria se casar. Você consegue adivinhar a profissão dele?"

"Ele era sapateiro?"

"Na mosca. Ela não aguentou perdê-lo, então se *transformou* nele. Quando ele a deixou, ela tinha apenas dezessete anos, mas ela se identificou completamente com esse homem a vida toda. Isso já faz mais de 52 anos."

Kinderman sentiu-se triste.

"Mas o que acha disso como investigação?", perguntou o psiquiatra expansivo. "Ou você leva jeito, ou não leva. É um instinto. Desde cedo. Quando eu era um residente, escrevi um artigo sobre um paciente, um depressivo. Um dos sintomas era um estalido no ouvido que ele ouvia o tempo todo. Então quando terminei de entrevistar o cara, tive um pensamento súbito. 'Em qual ouvido você ouve o estalido?', perguntei a ele. Ele me respondeu: 'Ouço o tempo todo no ouvido esquerdo'. 'Nunca no direito?', perguntei. Ele disse: 'Não, ouço o estalido só no esquerdo'. 'Você se importa se eu ouvir?', perguntei. Ele respondeu: 'Não'. Então eu encosto minha orelha na dele e presto atenção. E Cristo, não é que eu consigo ouvir o estalido? Tão alto quanto possível! O martelo no tímpano dele escorregava o tempo todo e causava o barulho. Nós o curamos com cirurgia e o liberamos. Sabia que ele tinha ficado internado por quase seis anos? Por causa do estalido, ele pensou que estava louco, e por isso ficou deprimido. Assim que soube que o estalido era real, ele superou a depressão da noite para o dia."

"Essa é uma história e tanto", comentou o detetive Kinderman. "É mesmo."

"Tendo a usar muita hipnose", disse Temple. "Muitos médicos não gostam. Eles acham que é perigoso demais. Mas será que essas pessoas estão melhores desse jeito? Cristo, você precisa ser um investigador e um inventor para ser bom. Acima de tudo, porém, você precisa ser criativo. Sempre." Ele deu risadinhas. "Estava pensando", disse. "Quando eu era um estudante de medicina, passando muito tempo na Ginecologia, apareceu uma paciente, uma mulher de quarenta anos, que estava se consultando por causa de uma dor misteriosa na periquita. Ao ficar perto da mulher, fiquei convencido de que o lugar dela era com certeza na psiquiatria. Tinha certeza de que ela era pirada, maluca mesmo. Então conversei sobre ela com o psiquiatra residente, e ele foi conversar um pouco com ela, e depois ele me disse que não concordava comigo. Bem, alguns dias se passaram e eu tive cada vez mais certeza de que ela era doida. Mas o psiquiatra residente não queria me ouvir. Então um dia fui até o quarto dessa mulher. Eu levei comigo uma escadinha e um lençol feito de borracha. Tranquei a porta, coloquei o lençol em cima dela até o pescoço, em seguida subi na escadinha, coloquei meu pinto para fora e mijei na cama. Ela não conseguia acreditar no que estava vendo. Desci da escada, dobrei o lençol e saí do quarto com o lençol e a escadinha. Então esperei a hora certa. Talvez um dia depois, dou de cara com o psiquiatra residente na hora do almoço. Ele me olha nos olhos e diz: 'Freeman, você estava certo a respeito daquela mulher. Você não vai acreditar no que ela contou para todas as enfermeiras'." Temple se recostou na cadeira com satisfação. "Sim, é preciso muito esforço", disse. "Com toda certeza."

"Isso foi muito educativo para mim, doutor", disse Kinderman. "Verdade. Abriu meus olhos de diversas maneiras. Sabe, alguns médicos, de outras especialidades, ficam falando mal da psiquiatria."

"São uns cuzões", bufou Temple.

"A propósito, almocei com um colega seu hoje. Sabe o dr. Amfortas? O neurologista?"

Os olhos do psiquiatra se estreitaram um pouco.

"É, Vince iria falar mal da psiquiatria, com certeza."

"Oh, não, não", protestou Kinderman. "Ele não fez isso. Não, ele não. Eu só o mencionei porque almocei com ele. Ele foi muito jovial."

"Ele foi o *quê*?"

"Um sujeito legal. A propósito, talvez alguém pudesse me mostrar o lugar?" Ele se levantou. "O ambiente da srta. Lazlo. Eu gostaria de vê-lo."

Temple se levantou e apagou a cigarrilha no cinzeiro.

"Eu mesmo faço isso", ofereceu.

"Oh, não, não, você é um homem muito ocupado. Não, não posso abusar. Não posso mesmo." As mãos de Kinderman estavam erguidas em protesto.

"Não é problema algum", disse Temple.

"Tem certeza?"

"Esse lugar é meu bebê. Tenho orgulho dele. Vamos, vou mostrar para você." Ele abriu a porta.

"Está certo disso?"

"Certíssimo", respondeu Temple.

Kinderman passou pela porta. Temple o seguiu.

"Por aqui", disse Temple, apontando para a direita; então saiu em disparada.

Kinderman o seguiu, lutando para acompanhar os passos saltitantes.

"Estou me sentindo culpado", disse o detetive.

"Bem, você está com a pessoa certa."

Kinderman fez um circuito pela unidade aberta. O lugar era um labirinto de corredores, a maior parte ladeada por quartos de pacientes, apesar de que, em alguns, havia salas de conferência e escritórios para os funcionários. Também havia uma lanchonete, assim como uma instalação de fisioterapia. Contudo, o centro das atividades era uma área de recreação enorme com uma estação de enfermeiras, uma mesa de pingue-pongue e um aparelho de televisão. Quando Temple e Kinderman chegaram lá, o psiquiatra apontou para um grupo grande de pacientes que estava assistindo alguma coisa que soava como um *game show*. A maioria deles era de idosos que fitavam entediados a tela da televisão. Estavam vestidos com pijamas, roupões e pantufas.

"É aqui que as coisas acontecem", anunciou Temple. "Eles brigam o dia todo sobre qual programa assistir. A enfermeira de plantão passa o tempo todo como juíza."

"Eles parecem satisfeitos agora", comentou Kinderman.

"Espere um pouco. Agora, ali está um paciente típico", disse Temple. Ele apontava para um homem no grupo que assistia à televisão. Ele usava um boné de beisebol. "Ele é um castrofrênico", explicou. "Acha que seus inimigos estão sugando todos os seus pensamentos para fora de sua mente. Sei lá. Pode estar certo. E então temos Lang. Ele é o cara em pé nos fundos. Era um químico muito bom, então começou a ouvir vozes em um gravador. Pessoas mortas. Respondendo às suas perguntas. Ele tinha lido algum livro sobre o assunto. Foi isso que desencadeou o problema."

Por que isso me soa familiar?, perguntou-se Kinderman. Ele sentiu uma estranheza na alma.

"Pouco tempo depois ele estava ouvindo essas vozes no chuveiro", disse Temple. "Depois em qualquer tipo de água corrente. Uma torneira. O oceano. Depois em galhos ao vento ou folhas farfalhantes. Logo ele as estava ouvindo enquanto dormia. Agora não consegue se livrar delas. Ele diz que a televisão as abafa."

"E essas vozes o transformaram em um doente mental?", perguntou Kinderman.

"Não. A doença mental o fez ouvir essas vozes."

"Como o estalido no ouvido?"

"Não, o cara é doido varrido mesmo. Acredite em mim. Ele é mesmo. Está vendo aquela mulher com o chapéu esquisito? Outra pérola. Mas um de meus sucessos. Está vendo?" Ele estava apontando para uma mulher obesa de meia-idade sentada com o grupo diante da televisão.

"Sim, estou", respondeu Kinderman.

"Oh-oh", exclamou Temple. "Ela me viu agora. Aí vem ela."

A mulher estava se arrastando depressa na direção deles. Suas pantufas raspavam no chão. Em pouco tempo ela estava parada diretamente diante deles. O chapéu, feito de feltro azul arredondado, era coberto por barras de chocolate presas por alfinetes.

"Sem toalhas", disse a mulher para Temple.

"Sem toalhas", repetiu o psiquiatra.

A mulher virou e andou de volta para o grupo.

"Ela costumava acumular toalhas", explicou Temple. "Ela as roubava dos outros pacientes. Mas eu curei isso. Durante uma semana, nós demos a ela sete toalhas extras todos os dias. Então na semana seguinte vinte e na outra quarenta.

Logo ela tinha tantas toalhas no quarto que não conseguia se movimentar, e quando levamos o suprimento um determinado dia, ela começou a gritar e as jogar fora. Ela não as aguentava mais." O psiquiatra ficou em silêncio por um ou dois minutos, observando a mulher se acomodar em seu lugar. "Acho que o chocolate virá em seguida", disse Temple sem emoção.

"Eles são tão quietos", observou o detetive. Ele olhou em volta para os pacientes sentados nas cadeiras. Estavam largados e apáticos, fitando o vazio.

"É, a maioria está em estado vegetativo", disse Temple. Ele bateu na cabeça com um dedo. "Não tem ninguém em casa. É claro, as drogas não ajudam."

"As drogas?"

"As medicações", explicou Temple. "Clorpromazina. Eles tomam todos os dias. Ela tende a deixá-los ainda mais aéreos."

"O carrinho de medicamentos entra aqui?"

"Claro."

"Ele contém outras drogas além de clorpromazina?"

Temple virou a cabeça para olhar para Kinderman.

"Por quê?"

"Só curiosidade."

O psiquiatra deu de ombros.

"Pode ser que sim. Se o carrinho estiver a caminho da unidade dos problemáticos."

"E é lá que a terapia de choque é feita?"

"Bem, não com frequência hoje em dia."

"Não com frequência?"

"Bem, de tempos em tempos", disse Temple. "Quando é necessário."

"Você tem algum paciente nesta unidade com conhecimentos médicos?"

"Pergunta estranha", comentou Temple.

"É uma preocupação minha", disse Kinderman. "Meu fardo. Não consigo evitar. Quando penso em alguma coisa, eu de imediato preciso dizê-la em voz alta."

Temple pareceu desorientado por essa resposta, mas então se virou e fez um gesto na direção de um dos pacientes, um homem esguio de meia-idade sentado em uma cadeira. Ele estava ao lado de uma janela, fitando o exterior. Raios de sol do fim de tarde se derramavam sobre ele, dividindo seu corpo em claro e escuro. Seu rosto estava inexpressivo.

"Ele foi um paramédico na década de 1950 na Coreia", disse Temple. "Perdeu os órgãos genitais. Não diz uma palavra há quase trinta anos."

Kinderman assentiu. Ele se virou e olhou na direção da estação das enfermeiras. A enfermeira estava ocupada escrevendo um relatório. Um atendente negro e forte estava parado perto dela, descansando um braço no balcão da estação enquanto ficava de olho nos pacientes na sala.

"Você tem só uma enfermeira aqui", observou Kinderman.

"Só preciso de uma", disse Temple despreocupado. Ele colocou as mãos no quadril e olhou para a frente. "Sabe, quando o aparelho de televisão está desligado, tudo que se ouve nesta sala é o arrastar das pantufas. É um som arrepiante", disse. Continuou olhando para a frente por alguns instantes, então virou a cabeça para fitar o detetive. Kinderman observava o homem ao lado da janela. "Você parece deprimido", comentou Temple.

O detetive se virou para ele e perguntou: "Eu?".

"Você tende a ficar muito pensativo? Notei-o pensativo desde que entrou em meu escritório. Você fica pensativo o tempo todo?"

Kinderman reconheceu com surpresa que o que Temple estava dizendo era verdade. Desde que entrara no escritório dele, não se sentira como si mesmo. O psiquiatra tinha dominado seu espírito. Como ele fizera aquilo? Ele o olhou nos olhos. Havia um turbilhão dentro deles.

"É meu trabalho", disse Kinderman.

"Então mude de emprego. Alguém me perguntou uma vez: 'O que posso fazer a respeito dessas dores de cabeça que sempre tenho quando como carne de porco?'. Sabe o que respondi? 'Pare de comer carne de porco'."

"Posso ver o quarto da srta. Lazlo agora, por favor?"

"Será que você poderia se animar um pouco?"

"Estou tentando."

"Ótimo. Venha, então, vou levá-lo até o quarto dela. Fica aqui perto."

Temple guiou Kinderman através de um corredor, depois por outro, e logo estavam parados em pé no quarto.

"Tem bem pouca coisa aqui", disse Temple.

"Sim, estou vendo."

Na verdade, o quarto estava vazio. Kinderman olhou dentro de um armário. Havia outro roupão azul dentro dele. Examinou as gavetas. Estavam vazias. Havia toalhas e sabonete no banheiro; só isso. Kinderman olhou em volta do quartinho. De repente, sentiu uma corrente de ar frio contra o rosto. Ela pareceu fluir através dele, depois recuou. Olhou para a janela. Estava fechada. Ele teve uma sensação estranha. Olhou para o relógio. Eram 15h55.

"Bem, preciso ir", disse Kinderman. "Muito obrigado."

"Disponha", disse Temple.

O psiquiatra guiou Kinderman para fora da unidade até um corredor do setor de neurologia. Eles se despediram perto das portas da unidade aberta.

"Bem, preciso voltar lá para dentro", disse Temple. "Você sabe o caminho daqui?"

"Sei, sim."

"Fiz você ganhar seu dia, tenente?"

"E minha noite também, talvez."

"Ótimo. Se se sentir deprimido de novo, é só ligar ou aparecer por aqui para me ver. Eu posso ajudá-lo."

"Qual escola de psiquiatria você segue?"

"Sou um comportamentalista inveterado", respondeu Temple. "Me dê todos os fatos e vou dizer de antemão o que uma pessoa vai fazer."

Kinderman olhou para baixo e balançou a cabeça.

"Por que está balançando a cabeça?", perguntou Temple.

"Oh, não é nada."

"Não, é alguma coisa, sim", insistiu o psiquiatra. "Qual é o problema?"

Kinderman fitou olhos que estavam beligerantes.

"Bem, sempre senti pena dos comportamentalistas, doutor. Eles nunca conseguem dizer: 'Obrigado por me passar a mostarda'."

O psiquiatra apertou os lábios. Disse: "Quando teremos Lazlo de volta?".

"Esta noite. Vou tomar as providências."

"Ótimo. Sensacional." Temple empurrou uma das portas. Falou: "Vejo você pelo campus, tenente". Então desapareceu dentro da unidade aberta.

Kinderman ficou ali parado por alguns instantes, prestando atenção. Ele conseguia ouvir as solas de borracha se afastando depressa aos pulinhos. Quando o som desvaneceu, ele de imediato foi acometido por uma sensação de alívio. Suspirou, então teve a sensação de ter esquecido alguma coisa. Sentiu uma protuberância em um dos bolsos do casaco. Os livros de Dyer. Dobrou à direita e se afastou depressa.

Quando Kinderman entrou no quarto, o padre interrompeu a leitura do Ofício. Ele ainda estava na cama. "Ora, você demorou bastante", reclamou. "Tive sete transfusões desde que você saiu."

Kinderman parou ao lado da cama e despejou os livros na barriga de Dyer.

"Como você ordenou", disse. "*A vida de Monet* e *Conversas com Wolfgang Pauli*. Você sabe por que Cristo foi crucificado, padre? Ele preferiu a crucificação a ter que carregar esses livros em público."

"Não seja esnobe."

"Há missões jesuítas na Índia, padre. Será que você não consegue encontrar uma na qual trabalhar? As moscas não são tão ruins como dizem. Elas são bem bonitas; elas têm todas essas cores diferentes. Além disso, *Luxúria* já foi traduzido para o hindi; você ainda terá seus confortos e costumeiros *chotchkelehs*[1] por perto. Além de milhões de cópias do *Kama Sutra*."

"Eu já o li."

"Não duvido." Kinderman tinha caminhado até o pé da cama, onde pegou o prontuário médico de Dyer, deu uma olhada nele e o devolveu ao lugar. "Você me perdoaria se eu abandonasse essa discussão mística agora? Estética demais me dá dor de cabeça. Também tenho dois pacientes em outra ala, ambos padres: Joe DiMaggio e Jimmy, o grego. Estou deixando você."

"Saia, então."

"Por que a pressa?"

"Quero voltar para a minha leitura de *Luxúria*."

Kinderman se virou e começou a sair.

"Foi alguma coisa que eu disse?", perguntou Dyer.

"A Mãe Índia está chamando você, padre."

Kinderman saiu para o corredor e sumiu de vista. Dyer fitou o vão da porta. "Tchau, Bill", murmurou com um sorriso carinhoso e afeiçoado. Depois de alguns momentos, voltou ao Ofício.

De volta à delegacia, Kinderman bamboleou pela sala da equipe, entrou em seu escritório e fechou a porta. Atkins estava esperando por ele. Estava apoiado contra uma parede. Vestia jeans azuis e um pesado suéter de gola rulê preto por baixo de uma jaqueta de couro preta e brilhante.

"Estamos indo muito para o fundo, capitão Nemo", disse Kinderman encarando-o com frieza da porta. "O casco não consegue aguentar toda essa pressão." Ele caminhou na direção da mesa. "E nem eu. Atkins, no que está pensando? Pare com isso. *Noite de Reis* já está sendo exibida no Folger, não

---

1   ídiche. Conjunto de bugigangas ou itens variados. [NT]

aqui. O que é isso?" O detetive se inclinou sobre a mesa e pegou dois retratos falados. Ele os examinou com um olhar entorpecido, então dardejou um olhar ranzinza para Atkins. "Esses são os suspeitos?", perguntou.

"Ninguém conseguiu ver direito", respondeu Atkins.

"Sim, dá para ver. O velho se parece com um abacate senil tentando se passar por Harpo Marx. O mais jovem, por outro lado, me deixa confuso. O homem de jaqueta tinha um bigode? Ninguém mencionou bigode nenhum na igreja, nem uma palavra sequer."

"Essa foi a contribuição da srta. Volpe."

"Srta. Volpe." Kinderman largou os retratos e esfregou o rosto com uma das mãos. "*Meshugge*. Srta. Volpe, esta é Julie Febré."

"Tenho uma coisa para contar, tenente."

"Agora não. Não consegue perceber quando um homem está tentando morrer? É preciso concentração total e absoluta." Kinderman sentou-se à mesa, cansado, e fitou os retratos. "As coisas eram fáceis para Sherlock Holmes", reclamou mal-humorado. "Ele não tinha que lidar com retratos falados do cão dos Baskerville. Além disso, a srta. Volpe sem dúvida vale dez dos Moriarty dele."

"O arquivo do Geminiano chegou, senhor."

"Sei disso. Eu o vejo em cima da mesa. Estamos emergindo, Nemo? Minha visão não está mais embaçada."

"Tenho notícias para você, tenente."

"Espere um segundo. Eu tive um dia fascinante no Hospital de Georgetown. Não vai me perguntar sobre ele?"

"O que aconteceu?"

"Não estou pronto para discutir isso por enquanto. Contudo, quero sua opinião sobre uma coisa. É tudo acadêmico. Entendeu? Apenas suponha que sejam fatos hipotéticos. Um psiquiatra versado, alguém como o chefe da psiquiatria do hospital, faz um esforço desajeitado para me fazer pensar que está acobertando um colega; digamos, um neurologista que trabalha no problema da dor. Isso acontece, esse caso hipotético, quando pergunto a esse psiquiatra imaginário se algum de seus funcionários tem uma certa excentricidade em relação à caligrafia. Esse psiquiatra fictício me olha nos olhos por duas ou três horas, então desvia o olhar e diz um 'não' em voz bem alta. Além disso, como uma raposa, descubro que existe uma tensão entre eles. Talvez não exista. Mas eu acho que sim. O que deduz desse disparate, Atkins?"

"O psiquiatra quer dedurar o neurologista, mas não quer fazer isso abertamente."

"Por que não?", perguntou o detetive. "Lembre-se de que esse homem está obstruindo a justiça."

"Ele é culpado de alguma coisa. Está envolvido. Mas se parecer que está encobertando alguém, você nunca suspeitaria dele."

"É melhor ele esperar sentado. Mas concordo com a sua opinião. Enquanto isso, tenho algo mais importante para contar a você. Em Beltsville, Maryland, há alguns anos, eles tinham um hospital para pacientes que estavam morrendo de câncer. Então os pacientes recebiam grandes doses de LSD. Não custava nada. Certo? E isso ajuda com a dor. Então uma coisa estranha acontece a todos eles. Todos têm a mesma experiência, independentemente de suas origens ou religiões. Eles imaginam que estão descendo através da terra e passando por todo tipo de esgoto, sujeira e lixo. Enquanto estão fazendo isso, eles *são* essas coisas; são todos iguais. Depois começam a subir e subir, e de repente tudo é lindo e estão parados diante de Deus, que então diz a eles: 'Venham aqui em cima comigo, aqui não é Newark'. Todos eles tiveram essa experiência, Atkins. Bom, ok, talvez noventa por cento deles. Isso é o suficiente. Contudo, o mais importante foi outra coisa que eles disseram. Eles disseram que sentiram que o universo inteiro era eles. Todos eram uma única coisa, disseram; uma pessoa. Não é incrível que todos tenham dito isso? Além do mais, considere o Teorema de Bell, Atkins: em qualquer sistema de duas partículas, dizem os físicos, mudar a rotação de uma das partículas *muda ao mesmo tempo a rotação da outra*, não importa a distância entre elas, não importa se são *galáxias ou anos-luz*!"

"Tenente?"

"Por favor, fique quieto quando estiver conversando comigo! Tenho outra coisa para contar a você." O detetive se debruçou na mesa com olhos cintilantes. "Pense no sistema nervoso autônomo. Ele faz todas essas coisas que parecem inteligentes para manter seu corpo vivo e operante. Mas ele não tem inteligência própria. Sua mente consciente não o está direcionando. 'Então o que o direciona?', você me pergunta. Seu inconsciente. Agora pense no universo como seu corpo, e na evolução e nas vespas-caçadoras como o sistema nervoso autônomo. O que o está direcionando, Atkins? Pense nisso. E lembre-se do inconsciente coletivo. Enquanto isso, não posso ficar aqui sentado batendo papo para sempre. Você viu a idosa ou não? Não importa. Ela pertence ao Hospital Geral de Georgetown. Faça uma ligação e mande-a de volta para lá. Ela é uma paciente psiquiátrica do local. Uma interna."

"A idosa morreu", informou Atkins.

"O quê?"

"Ela morreu esta tarde."

"O que a matou?"

"Insuficiência cardíaca."

Kinderman o encarou; depois de algum tempo, abaixou a cabeça e assentiu.

"Sim, esse seria o único jeito para ela", murmurou. Sentiu uma tristeza profunda e aguda. "Martina Otsi Lazlo", disse com carinho. Olhou para Atkins. "Essa idosa era uma gigante", disse-lhe com a voz suave. "Em um mundo onde o amor não dura para sempre, ela era uma gigante." Ele abriu uma gaveta e pegou a presilha que tinham encontrado no ancoradouro. Segurou-a por alguns instantes, fitando-a. "Espero que ela esteja com ele agora", disse baixinho. Devolveu a presilha à gaveta, a qual fechou. "Ela tem um irmão em Virginia", disse cansado a Atkins. "O sobrenome dela é Lazlo. Ligue para o hospital e cuide dos preparativos. O contato é Temple, dr. Temple. Ele é o chefe da psiquiatria, um *goniff*. Não deixe que ele hipnotize você. Ele consegue fazer isso pelo telefone, acho."

O detetive se levantou e andou na direção da porta, só para parar e voltar à mesa.

"Andar faz bem para o coração", disse. Pegou a pasta contendo o arquivo do Geminiano e lançou um olhar para Atkins. "Impudente não é", alertou. "Não fale." Andou até a porta, a abriu, depois se virou. "Faça uma busca no computador por receitas médicas para suxametônio emitidas no distrito neste mês e no anterior. Os nomes são Vincent Amfortas e Freeman Temple. Você vai à missa todos os domingos?"

"Não."

"Por que não? Como dizem entre os hábitos negros, Nemo, você é 'uma obra de três bocados'? Batismo, casamento e morte?"

Atkins deu de ombros.

"Não penso no assunto", disse ele.

"Muito esclarecedor. Enquanto isso, uma última perguntinha, Atkins, depois vou jogar você para os torturadores sem demora. Se Cristo não tivesse se deixado crucificar, será que teríamos ouvido falar sobre a ressurreição? Não responda. É óbvio, Atkins. Agradeço por seus esforços e por seu tempo. Aproveite a jornada até o fundo do mar, enquanto isso. Eu lhe asseguro que você só vai encontrar peixes com caras de idiotas, exceto pelo líder, uma carpa gigante pesando treze toneladas e com o cérebro de um marsuíno. Ela é muito incomum, Atkins. Evite-a. Se ela achar que temos alguma ligação, pode fazer alguma loucura." O detetive se virou e se afastou. Atkins o viu parar no meio da sala da equipe, onde lançou um olhar para cima enquanto as pontas dos dedos tocavam a aba de seu chapéu esfarrapado. Um policial com um suspeito a reboque topou com ele e Kinderman disse algo a eles. Atkins não conseguiu ouvir. Afinal, Kinderman se virou e foi embora.

Atkins andou até a mesa e se sentou. Abriu a gaveta e olhou para a presilha, e se perguntou o que Kinderman quisera dizer sobre amor. Ouviu passos e ergueu o olhar. Kinderman estava parado na soleira da porta.

"Se eu descobrir que tem um Almond Roca sequer faltando", ameaçou, "não vai mais existir Batman e Robin. Enquanto isso, a que horas a idosa morreu?"

"Por volta das 15h55", respondeu Atkins.

"Entendi", disse Kinderman. Ele fitou o vazio por alguns instantes, depois se virou de repente e foi embora sem dizer mais nada. Atkins ponderou o significado daquela pergunta.

Kinderman foi para casa. No hall, tirou o chapéu e o casaco, depois foi até a cozinha. Julie estava sentada à mesa de madeira de bordo lendo uma revista de moda enquanto Mary e a mãe estavam ocupadas no fogão. Mary afastou o olhar do molho que estava mexendo. Ela sorriu.

"Oi, querido. Que bom que veio para o jantar."

"Oi, pai", cumprimentou Julie, ainda absorta na leitura. A mãe de Mary deu as costas ao detetive e limpou o balcão da cozinha com um trapo.

"Olá, docinho", disse Kinderman. Deu um beijo na bochecha de Mary. "Sem você, a vida seria continhas de vidro e pizza velha", disse. "O que está cozinhando", acrescentou. "Sinto cheiro de ponta de peito."

"Isso não tem cheiro", resmungou Shirley. "Dê um jeito nesse seu nariz."

"Vou deixar isso para Julie", retrucou Kinderman sombrio. Sentou-se à mesa de frente para a filha. O arquivo do Geminiano estava em seu colo. Os braços de Julie estavam cruzados e apoiados na mesa, e seu longo cabelo preto roçava as páginas de *Glamour*. Distraída, ela afastou uma mecha e virou a página. "Então que negócio é esse de Febré?", perguntou o detetive.

"Papai, por favor, não fique alterado", disse Julie, lacônica. Ela virou outra página.

"Quem está alterado?"

"Só estou pensando a respeito."

"Eu também."

"Bill, não pegue no pé dela", disse Mary.

"Quem está pegando no pé de quem? É só que, Julie, isso vai nos causar um grande problema. Então uma pessoa da família muda o nome. Isso é fácil. Mas quando todos os três fazem a mudança ao mesmo tempo, e mudanças diferentes, eu não sei; isso poderia finalmente levar à histeria em massa, sem contar que teríamos uma minúscula confusão. Será que não poderíamos coordenar tudo, talvez?"

Julie encarou os olhos do pai com seus lindos olhos azuis.

"Não estou entendendo, pai."

"Sua mãe e eu vamos mudar nossos nomes para Darlington."

Uma colher de madeira bateu com força na pia e Kinderman viu Shirley sair depressa do cômodo. Mary se virou para a geladeira, rindo em silêncio.

"*Darlington?*", perguntou Julie.

"Sim," disse Kinderman. "E também vamos nos converter."

A moça cobriu um arquejo com a mão.

"Vocês vão virar católicos?", perguntou, surpresa.

"Não seja tola", respondeu Kinderman com suavidade. "Isso é tão ruim quanto ser judeu. Estamos pensando em nos tornar luteranos, talvez. Já estamos cansados de todas aquelas suásticas no templo." Kinderman ouviu Mary correr para fora da cozinha. "Sua mãe está um pouco chateada", disse. "Mudanças são sempre difíceis no começo. Ela vai superar. Não precisamos fazer isso de uma vez só. Vamos fazer tudo aos poucos. Primeiro mudamos de nome, depois nos convertemos, e *então* assinamos a *National Review*."

"Não acredito nisso", disse Julie.

"Pode acreditar. Estamos entrando no liquidificador dos tempos. Estamos nos tornando purê, se não Febré. Deixa para lá. É inevitável. A única questão agora é como vamos coordenar esse negócio todo. Estamos abertos a sugestões, Julie. O que você acha?"

"Acho que vocês não deveriam mudar de nome", respondeu Julie, enfática.

"Por que não?"

"Ora, é o *nome* de vocês!", exclamou ela. Ela viu a mãe voltar. "Vocês estão falando *sério*, mãe?"

"Não precisa ser Darlington, Julie", disse Kinderman. "Vamos escolher um nome que todos concordem. O que você acha de Bunting?"

Mary assentiu com entusiasmo. "Gosto desse."

"Oh, Deus, isso é nojento", disse Julie. Ela se levantou e saiu da cozinha batendo os pés no instante em que a mãe de Mary voltava.

"Já acabaram de falar todas essas loucuras?", perguntou Shirley. "Nesta casa eu não sei quem é uma pessoa e quem não é. Talvez todos sejam manequins falando *shtuss*[2] para me atormentar e me fazer ouvir vozes, para depois me internarem em um asilo."

"Sim, você está certa", disse Kinderman com sinceridade. "Peço desculpas."

"Está vendo o que estou querendo dizer?", guinchou Shirley. "Mary, fale para ele parar com isso!"

"Bill, pare com isso", pediu Mary.

"Já parei."

O jantar ficou pronto às 19h15. Mais tarde, Kinderman ficou de molho na banheira, tentando esvaziar a mente. Como sempre, ele se viu incapaz disso. *Ryan faz isso com tanta facilidade*, refletiu. *Preciso perguntar a ele qual é o segredo. Vou esperar até ele fazer alguma coisa direito e se sentir comunicativo.* Sua mente passou do conceito de segredo para Amfortas. *O homem é tão misterioso, tão sombrio.* Ele estava escondendo alguma coisa, o detetive sabia. O que era? Kinderman esticou o braço, pegou uma garrafa plástica e derramou mais

---

2 Iídiche. Besteiras, disparates, absurdos. [NT]

sabão para fazer bolhas na banheira. Ele mal conseguiu se manter acordado.

Terminado o banho, vestiu um roupão e levou o arquivo do Geminiano para o escritório. As paredes eram cobertas por pôsteres de filmes, clássicos em preto e branco dos anos 1930 e 1940. A mesa de madeira escura estava coberta de livros. Kinderman fez uma careta. Ele estava descalço e tinha pisado em um exemplar com bordas pontudas de *O Fenômeno Humano*, de Teilhard de Chardin. Ele se abaixou, pegou o livro e então o colocou em cima da mesa. Acendeu a luminária. A luz iluminou embalagens de doces espreitando entre a bagunça como criminosos brilhantes. Kinderman abriu um espaço para o arquivo, coçou o nariz, se sentou e tentou se concentrar. Procurou por entre os livros e encontrou um par de óculos de leitura. Limpou-os com a manga do roupão e então os colocou. Ainda não conseguia enxergar. Fechou um olho, depois o outro, então tirou os óculos e fez a mesma coisa. Decidiu que enxergava melhor sem a lente esquerda. Enrolou a manga do roupão em volta dos óculos e os bateu com força na quina da mesa. As lentes caíram em dois pedaços. *A navalha de Occam*, pensou Kinderman. Voltou a colocar os óculos e tentou de novo.

Não adiantou. O problema era a fadiga. Tirou os óculos, saiu do escritório e foi direto para a cama.

Kinderman sonhou. Ele estava sentado em um cinema assistindo a um filme com os pacientes da unidade aberta. Achou que estivesse assistindo a *Horizonte Perdido*, embora o que visse na tela fosse *Casablanca*. Não sentiu nenhuma discrepância em relação a isso. No Rick's Café o pianista era Amfortas. Ele estava cantando "As Time Goes By" quando a personagem de Ingrid Bergman entrou. No sonho de Kinderman, ela era Martina Lazlo e seu marido era interpretado pelo dr. Temple. Lazlo e Temple se aproximaram do piano e Amfortas disse: "Deixe-o em paz, srta. Ilse". Então Temple falou: "Atire nele", e Lazlo tirou um bisturi de dentro da bolsa e apunhalou Amfortas no coração. De repente, Kinderman estava no filme. Estava sentado a uma mesa com

Humphrey Bogart. "As cartas de trânsito são falsas", disse Bogart. "Sim, eu sei", respondeu Kinderman. Ele perguntou a Bogart se Max, seu irmão, estava envolvido, e Bogart deu de ombros e disse: "Aqui é o Rick's". "Sim, todos vêm aqui", disse Kinderman, assentindo. "Já vi esse filme vinte vezes." "Não custa nada", falou Bogart. Então Kinderman experimentou um sentimento de pânico porque tinha esquecido o resto de suas falas, então começou a discutir o problema do mal e deu a Bogart um resumo de sua teoria. No sonho isso demorou uma fração de segundo. "Sim, Ugarte", disse Bogart, "eu agora tenho mais respeito por você." Então Bogart começou a discutir sobre Cristo. "Você o deixou fora de sua teoria", disse ele, "os mensageiros alemães vão ficar sabendo disso." "Não, não, eu o incluí", disse Kinderman depressa. De súbito, Bogart se transformou no padre Dyer, e Amfortas e a srta. Lazlo estavam sentados à mesa, embora agora ela estivesse jovem e muito bonita. Dyer estava ouvindo a confissão do neurologista e quando ele lhe deu a absolvição, Lazlo deu a Amfortas uma única rosa branca. "E eu disse que jamais iria abandoná-lo", ela falou a ele. "Vá e não viva mais", disse Dyer.

No mesmo instante, Kinderman voltou à plateia e soube que estava dormindo. A tela tinha ficado maior, preenchendo seu campo de visão, e no lugar de *Casablanca*, ele viu duas luzes contra uma camada verde-claro de um vazio infinito. A luz da esquerda era grande e coruscante, piscando com um brilho azulado. Longe dela, à direita, havia uma pequena esfera branca que cintilava com o brilho e a energia de sóis, todavia não cegava nem queimava, era serena. Kinderman experimentou uma sensação de transcendência. Em sua mente ele ouviu a luz da esquerda começar a falar. "Não posso evitar amar você", disse ela. A outra luz não respondeu nada. Houve uma pausa. "Isso é o que eu sou", a primeira luz continuou, "puro amor. Quero dar o meu amor à vontade." De novo não houve resposta da esfera brilhante. Depois de algum tempo a primeira luz falou outra vez. "Eu quero criar a mim mesma", disse.

A esfera então falou. "Haverá dor", disse.

"Eu sei."

"Você não a compreende."

"Eu a escolho", afirmou a luz azulada. Então ela aguardou, piscando em silêncio.

Muitos outros momentos se passaram antes que a luz branca falasse de novo. "Vou enviar Alguém a você", disse.

"Não, você não deve. Não deve interferir."

"Ele fará parte de você", disse a esfera.

A luz azulada se retraiu para dentro de si mesma. Seu fulgurar foi silencioso e suave. Então, afinal, ela voltou a se expandir. "Que assim seja."

Agora o silêncio foi mais longo e mais parado do que antes. Havia uma sensação de opressão nele.

Finalmente a luz branca falou baixinho. "Que o tempo comece", disse.

A luz azulada chamejou e dançou em cores, e então voltou a se firmar devagar em seu estado anterior. Durante alguns instantes, houve apenas silêncio. Então a luz azulada falou com a voz suave e triste. "Adeus. Eu voltarei para você."

"Que esse dia chegue logo."

A luz azulada começou a coruscar de modo descontrolado agora. Ela ficou maior, mais radiante e bonita do que antes. Então ela se compactou devagar, até ficar quase do tamanho da esfera. Ela pareceu se demorar assim por alguns instantes. "Eu te amo", disse ela. No instante seguinte, ela explodiu em um esplendor vasto, precipitando-se para fora de si mesma com uma força impensável em um trilhão de cacos de energias de luz atordoantes e ruídos esmagadores.

Kinderman acordou com um pulo. Sentou-se ereto na cama e sentiu a testa. Estava banhada em suor. Ele ainda podia sentir a luz da explosão nas retinas. Ficou ali sentado pensando por algum tempo. Aquilo foi real? O sonho tinha passado essa impressão. Nem mesmo o sonho com Max tivera aquela textura. Ele não pensou na parte do sonho no cinema. O outro segmento a ofuscou.

Ele saiu da cama e desceu para a cozinha, onde acendeu a luz e se esforçou para ver as horas no relógio de pêndulo na parede. *Quatro e dez? Isso é loucura*, pensou. *Frank Sinatra está indo dormir agora.* Mesmo assim ele se sentia desperto e muito revigorado. Acendeu o fogo embaixo da chaleira e ficou esperando ao lado do fogão. Tinha que ficar de olho nela e tirá-la do fogo antes que começasse a apitar. Shirley poderia descer até lá. Enquanto esperava, pensou sobre o sonho com as luzes. Ele o tinha afetado profundamente. O que era aquela emoção que estava sentindo?, perguntou-se. Era algo como uma perda aguda e insuportável. Ele sentira a mesma coisa ao final de *Desencanto.* Refletiu acerca do livro sobre Satã que tinha lido, aquele escrito por teólogos católicos. A beleza e perfeição de Satã eram descritos como de tirar o fôlego. "Portador da Luz". "Estrela da Manhã". Deus deve tê-lo amado muito. Então como pôde condená-lo por toda a eternidade?

Ele tocou a chaleira. Um pouco morna. Mais alguns minutos. Pensou em Lúcifer de novo, aquele ser de esplendor inconcebível. Os católicos diziam que sua natureza era imutável. *E então?* Ele poderia mesmo ter trazido a doença e a morte para o mundo? Ser o autor da maldade e da crueldade atormentadoras? Não fazia sentido. Até mesmo o velho Rockefeller tinha doado umas moedinhas de vez em quando. Ele pensou nos Evangelhos, todas aquelas pessoas possuídas. Pelo quê? Não por anjos caídos, pensou. *Só um gói confunde diabos com* dybbuks.[3] *Isso é uma piada. Eram pessoas mortas tentando fazer uma volta grandiosa. Cassius Clay pode fazer isso infinitas vezes, mas o pobre alfaiate morto não?* Satã não perambulava por aí invadindo os corpos dos vivos; nem mesmo os Evangelhos afirmavam isso, refletiu Kinderman. *Oh, sim, Jesus fez uma piada sobre isso certa vez*, admitiu. Os apóstolos tinham acabado de ir até ele, esbaforidos e cheios de

3   No folclore judeu, espírito de uma pessoa
que procura possuir o corpo de um vivo. [NT]

si com seus sucessos em expulsar demônios. Jesus assentiu e manteve o semblante sério enquanto lhes dizia: "Sim, eu vi Satã caindo do céu como um raio". Isso foi uma ironia, uma piadinha. Mas por que como um raio?, perguntou-se Kinderman. Por que Cristo chamou Satã de "Príncipe deste mundo"?

Alguns minutos depois ele preparou uma xícara de chá e a levou para o escritório. Fechou a porta em silêncio, tateou até a mesa e então acendeu a luz e se sentou. Leu o arquivo.

Os assassinatos do Geminiano ficaram confinados a San Francisco e tinham se estendido ao longo de sete anos, entre 1964 e 1971, quando o assassino foi morto por uma saraivada de balas enquanto escalava uma viga da ponte Golden Gate, onde a polícia o tinha encurralado depois de inúmeras tentativas fracassadas. Durante sua vida, ele reivindicara a autoria de 26 assassinatos, cada um deles grotesco e envolvendo mutilações. As vítimas eram tanto homens quanto mulheres, de idades aleatórias, às vezes até mesmo crianças, e a cidade vivia amedrontada, embora a identidade do Geminiano fosse conhecida. O Geminiano a revelara por conta própria em uma carta ao *San Francisco Chronicle* logo após o primeiro de seus assassinatos. Ele era James Michael Vennamun, o filho de trinta anos de um célebre evangelista cujas reuniões tinham sido televisionadas nas noites de domingo às 22h. O Geminiano, apesar disso, não pôde ser encontrado, nem mesmo com a ajuda do evangelista, que se retirou da vida pública em 1967. Quando afinal foi morto, o corpo do Geminiano caiu no rio, e embora dias de dragagem tenham falhado em encontrá-lo, houve pouca dúvida sobre sua morte. Uma fuzilada de centenas de balas tinha atingido seu corpo. E depois disso os assassinatos tinham cessado.

Kinderman virou a página em silêncio. Essa sessão era sobre as mutilações. Ele parou de repente e fitou um parágrafo. O cabelo em sua nuca ficou arrepiado. *Seria possível?*, pensou. *Meu Deus, é impossível!* Mas mesmo assim ali estava. Ele olhou para cima, respirou fundo e pensou por alguns instantes. Então prosseguiu.

Chegou ao perfil psiquiátrico, baseado em grande parte nas cartas desconexas do Geminiano e no diário que ele manteve na juventude. O irmão do Geminiano, Thomas, era seu gêmeo. Ele era um retardado mental e vivia com um terror incapacitante do escuro, mesmo quando havia outras pessoas por perto. Ele dormia com a luz acesa. O pai, divorciado, cuidava pouco dos garotos, e era James que atuava como pai e cuidava de Thomas. Kinderman logo ficou absorto na história.

Com olhos vazios e dóceis, Thomas estava sentado a uma mesa enquanto James fazia panquecas para ele. Karl Vennamun entrou na cozinha vestindo apenas as calças do pijama. Ele estava bêbado. Segurava um copo e uma garrafa de uísque quase vazia. Olhou para James com olhos turvos.

"O que está fazendo?", perguntou severo.

"Preparando panquecas para Tommy", respondeu James. Ele estava passando pelo pai com um prato cheio de panquecas quando Vennamun o atingiu no rosto com um golpe furioso com as costas da mão que o derrubou.

"Dá para ver, seu desgraçado catarrento", rosnou Vennamun. "Eu disse nada de comida para ele hoje! Ele sujou as calças!"

"Ele não consegue evitar!", protestou James. Vennamun o chutou na barriga, depois avançou sobre Thomas, que estava tremendo de medo.

"E você! Eu mandei você não comer! Não me ouviu?" Havia pratos de comida sobre a mesa e Vennamun os varreu para o chão com a mão. "Seu macaco, você vai aprender a ser obediente e limpo, droga!" O evangelista agarrou o garoto e o forçou a ficar de pé, e o arrastou na direção de uma porta que dava para fora. Ao longo do caminho ele o esbofeteou. "Você é igualzinho à sua mãe! Seu imundo. Você é um desgraçado de um católico imundo."

Vennamun arrastou o garoto para fora até a porta do porão. O dia estava claro nas colinas arborizadas da península Reyes. Vennamun abriu a porta do porão.

"Você vai ficar no porão com os ratos, seu desgraçado!"

Thomas começou a tremer e seus grandes olhos de corça brilhavam de medo. Ele gritou: "Não! Não, não me coloque no escuro! Papai, por favor! Por favor...".

Vennamun lhe deu um tapa e o jogou escada abaixo.

Thomas gritou de medo: "Jim! Jim!".

A porta do porão foi fechada e trancada. "É, os ratos vão manter ele ocupado", rosnou Vennamun embriagado.

Os gritos aterrorizados começaram.

Mais tarde, Vennamun amarrou o filho James a uma cadeira, depois se sentou, assistiu à televisão e bebeu. Algum tempo depois, ele adormeceu. Mas James ouviu os berros a noite inteira.

Ao raiar do dia, havia silêncio. Vennamun acordou, desamarrou James e em seguida foi para fora e abriu a porta do porão. "Pode sair agora", gritou para dentro da escuridão. Não recebeu resposta. Vennamun observou enquanto James descia a escada. Então ouviu alguém chorando. Não era Thomas. Era James. Ele soube que a mente do irmão se fora.

Thomas foi permanentemente internado no Hospital Estadual de San Francisco para a Saúde Mental. James o via sempre que possível, e aos dezesseis anos fugiu de casa e foi trabalhar como empacotador em San Francisco. Ele ia visitar Thomas todas as noites. Segurava a mão do irmão e lia para ele histórias infantis. Ficava com o irmão até ele adormecer. As coisas continuaram assim até uma noite em 1964. Era um sábado. James estivera com Thomas o dia todo.

Eram nove da noite. Thomas estava na cama. James estava sentado em uma cadeira ao lado, perto dele, enquanto um médico auscultava o coração de Thomas. O doutor tirou o estetoscópio dos ouvidos e sorriu para James.

"Seu irmão está muito bem."

Uma enfermeira enfiou a cabeça pela porta e falou com James. "Senhor, sinto muito, mas o horário de visitas acabou."

O médico gesticulou para que James permanecesse na cadeira e então foi até a porta.

"Preciso dar uma palavrinha com você, srta. Keach. Não, aqui fora no corredor." Eles saíram do quarto. "É seu primeiro dia aqui, srta. Keach?"

"É, sim."

"Bem, espero que goste", disse o médico.

"Tenho certeza de que vou."

"O jovem com Tom Vennamun é irmão dele. Tenho certeza de que não pôde deixar de perceber."

"Sim, eu percebi", disse Keach.

"Ao longo de anos ele vem aqui religiosamente todas as noites. Nós deixamos que ele fique até o irmão adormecer. Às vezes ele permanece a noite toda. Não tem problema. É um caso especial", explicou o médico.

"Oh, entendi."

"E, olhe, o abajur neste quarto. O garoto morre de medo do escuro. É patológico. Nunca o desligue. Eu temo pelo coração dele. É fraco demais."

"Vou me lembrar disso", disse a enfermeira. Ela sorriu.

O médico devolveu o sorriso.

"Bem, vejo você amanhã, então. Boa noite."

"Boa noite, doutor." A enfermeira Keach o observou descer o corredor e de imediato seu sorriso se transformou em uma careta. Ela balançou a cabeça e murmurou: "Idiota".

No quarto, James segurava a mão do irmão. Ele estava com o livro de histórias à sua frente, mas sabia todas as palavras de cor; ele as pronunciara centenas de vezes antes.

"'Boa noite, casinha, e boa noite, ratinha. Boa noite, pente, e boa noite, escova. Boa noite, ninguém. Boa noite, mingau. E boa noite para a velhinha sussurrando 'tchau'. Boa noite, estrelas. Boa noite, ar. Boa noite, barulhos em cada lar.'"

James fechou os olhos por alguns instantes, cansado. Então os abriu para ver se Thomas estava dormindo. Não estava. Estava fitando o teto. James viu uma lágrima escorrendo de um olho.

Thomas gaguejou: "Eu t-t-t-t-te amo, J-J-J-James".

"Eu também te amo, Tom", disse o irmão, baixinho. Thomas fechou os olhos e logo adormeceu.

Depois de James deixar o hospital, a enfermeira Keach passou pelo quarto. Ela parou e voltou. Olhou para dentro. Viu Thomas sozinho e adormecido. Entrou no quarto, apagou o abajur e depois fechou a porta atrás de si quando saiu.

"Um caso especial", resmungou. Ela voltou para seu escritório e seus prontuários.

No meio da noite, um grito de terror ecoou pelo hospital. Thomas tinha acordado. Os gritos continuaram por incontáveis minutos. Então o silêncio foi abrupto. Thomas Vennamun tinha morrido.

E assim nascia o Assassino Geminiano.

Kinderman olhou pela janela. Estava amanhecendo. De uma maneira estranha, ele se sentia comovido pelo que tinha lido. Será que poderia sentir pena de um monstro daquele? Pensou de novo nas mutilações. A marca de Vennamun tinha sido o dedo de Deus tocando o de Adão; por conseguinte a amputação do dedo indicador. E sempre havia o *K* como inicial de um dos nomes das vítimas. Vennamun, Karl.

Ele terminou de ler o relatório: "Assassinatos subsequentes de vítimas com iniciais *K* demonstram a representação imaginária do assassinato do pai, cujo definitivo desaparecimento da vida pública sugere o motivo secundário do Geminiano, em especial a destruição da carreira e reputação do pai ao tê-lo ligado aos seus crimes".

Kinderman fitou a última página do arquivo. Ele tirou os óculos e olhou de novo. Piscou surpreso. Não soube como interpretar aquilo.

Pulou para o telefone assim que ele tocou.

"Sim, Kinderman falando", disse em voz baixa. Viu as horas e sentiu medo. Ouviu a voz de Atkins. Então não ouviu mais nada. Apenas zumbidos. Sentiu-se frio, entorpecido e doente até a alma.

O padre Dyer fora assassinado.

SEGUNDA PARTE

O evento mais importante na história da Terra, desenrolando-se agora, pode de fato ser a descoberta gradual, por aqueles que possuem olhos para ver, não apenas de Alguma Coisa, mas de Alguém no cume criado pela convergência do Universo evoluindo ao redor de si mesmo...

Há apenas um Mal: desunião.

PIERRE TEILHARD DE CHARDIN

QUARTA-FEIRA
16 DE MARÇO

9

Caro padre Dyer,

Em breve você poderá estar se perguntando: "Por que eu? Por que um estranho deposita este fardo em *minhas* mãos em vez de nas de seus colegas que são cientistas e com certeza mais adequados para esta tarefa?". Bem, eles não são mais adequados. A ciência se dedica a assuntos como este como uma criança se dedica à sua medicação. Acredito que até você se sentirá cético quanto a isso. "Outro maluco com uma estátua de Jesus que derrama lágrimas de verdade", é provável que diga. "Só porque sou um padre, ele deve achar que vou engolir qualquer velho sapo milagroso, e neste caso um roxo, ainda por cima." Bem, não acho isso de modo algum. Estou depositando isto em suas mãos porque posso confiar em você. Não em seu sacerdócio, padre — em *você*. Se estivesse planejando me trair, já o teria feito. Mas não o fez. Você manteve sua palavra. Isso é muito importante. Quando conversamos, não foi sob a proteção do confessionário. É provável que qualquer outro padre — qualquer outra pessoa — tivesse me denunciado. Contudo, antes de depositar meu fardo sobre seus ombros, eu o estudei. Sinto muito por sua recompensa ser mais uma obrigação. No entanto, sei que você vai até o fim. Essa é a beleza da coisa. Você o fará. Não está feliz por ter me conhecido, padre?

Não sei muito bem como fazer isto. É embaraçoso para diabos. Quero tanto que você confie em meu julgamento, que acredite em mim. Temo que não será fácil. O que direi vai fazer você se retrair de medo. Então vamos tratar do assunto da seguinte maneira, por favor; será melhor assim. Apenas afaste a curiosidade por algum tempo e não leia mais nada até ter seguido estas poucas instruções que estou prestes a lhe dar. Primeiro, arrume um gravador de rolo, um com controles que permitam repetição rápida. Melhor ainda, use o meu. Vou grudar uma chave da minha casa a esta carta com fita adesiva. Agora olhe o que tem dentro da caixa de papelão que lhe enviei. Ela contém algumas gravações em fita de rolo que fiz. Encontre uma marcada "9 de janeiro, 1982". Encaixe-a no gravador. O contador de gravação deve estar no zero quando a ponta da fita do rolo principal chegar ao eixo do capstan à esquerda. Quando isso estiver feito, avance até 383, então conecte os fones de ouvido, ajuste os controles de volume no máximo (não a saída, apenas o microfone e a linha) e ajuste a velocidade em baixa. Depois aperte o play e ouça. Você vai ouvir um silvo e uma estática amplificados em níveis desconfortáveis. Por favor, aguente-os. Depois de pouco tempo vai ouvir o som de alguém falando. Isso termina em 388 no contador. Continue tocando e retocando essa parte com a voz até ter certeza de que sabe o que está sendo dito. A voz está bem alta, mas a estática tende a deixar tudo ininteligível. Quando souber o que está sendo dito, ajuste a velocidade em alta — que é o dobro — e repita o procedimento. Isso mesmo. Quero que repita o procedimento. Esqueça o que ouviu da primeira vez. Ouça de novo. Por favor, siga essas instruções e não leia mais nada até ter feito isso.

Embora confie em você, isto continua em uma página separada. Todos nós precisamos da ajuda da providência divina de vez em quando.

Agora você já ouviu. O que ouviu na velocidade baixa, tenho certeza, é uma voz masculina distinta dizendo "Lacey". E na velocidade alta, a mesma informação na fita se transforma nas palavras igualmente distintas "Tenha esperança". Agora deve ter fé e abandonar o bom senso para compreender que eu não tenho nada a ganhar ao forjar o conteúdo da fita. E agora vou lhe contar como fiz essa gravação. Coloquei um carretel virgem — sem uso — no gravador, conectei um diodo (ele filtra todos os ruídos do cômodo ou do ambiente, e ainda funciona como um tipo de microfone), ajustei a velocidade em baixa, perguntei em voz alta "Deus existe?", ajustei o microfone e a linha nas configurações mais altas e depois apertei os botões de gravar. Ao longo dos três minutos seguintes, não fiz nada a não ser respirar e esperar. Então interrompi a gravação. Quando toquei a fita, a voz estava lá.

Enviei a fita para um amigo na Universidade Columbia. Ele a rodou em um espectrógrafo para mim. E me mandou uma carta e algumas cópias das leituras do espectrógrafo. Você as encontrará dentro da caixa. A carta diz que a análise do espectrógrafo concluiu que não é possível que a voz seja humana; que para conseguir esse efeito seria necessário construir uma laringe artificial e então programá-la para dizer aquelas palavras. Meu amigo diz que o espectrógrafo não pode estar errado. Além disso, ele não conseguiu entender como uma palavra como "Lacey" tenha se transmutado em "Tenha esperança" no dobro da velocidade. Observe também — e este é um comentário meu, não dele — que a resposta à minha pergunta é inconclusiva, se não completamente sem sentido, a não ser que seja tocada no dobro da velocidade da gravação original. Isso exclui qualquer tipo de recepção de rádio bizarra — que gravadores não conseguem captar, padre — que poderia ser usada como explicação, assim como coincidência. Sem dúvida você vai querer confirmar essas informações; na verdade, eu o encorajo a fazê-lo. Meu amigo na Columbia é o professor Cyril Harris. Ligue para ele. Melhor ainda, obtenha uma segunda opinião, outra análise espectrográfica, de preferência uma feita por outra pessoa. Tenho certeza de que descobrirá que o resultado será o mesmo.

Eu comecei a fazer essas gravações alguns meses depois da morte de Ann. Há um paciente no setor de psiquiatria do hospital, um esquizofrênico chamado Anton Lang. Por favor, não faça nenhuma pergunta sobre isso a ele; ele tem problemas muito sérios que vão apenas diminuir a credibilidade do fenômeno, junto com a minha, imagino. Lang reclamava de dores de cabeça crônicas, que foram a razão para eu ter entrado em contato com ele. Eu, é claro, li o histórico dele, e descobri que durante anos ele fizera gravações em fitas do que caracterizava apenas como "as vozes". Eu o questionei a respeito delas e ele me contou algumas coisas intrigantes e sugeriu que eu lesse um livro sobre o assunto. O título era *Breakthrough*. Foi escrito por um letão, Konstantīns Raudive, e está disponível em inglês por uma editora britânica. Eu encomendei uma cópia e a li. Está conseguindo me acompanhar até agora?

A maior parte do livro continha transcrições de gravações de vozes que ele fizera. O conteúdo das gravações não era incrivelmente encorajador, sinto dizer. Era trivial e fútil. Se aquelas eram as vozes dos mortos, como esse professor letão estava convencido, seria aquilo tudo o que tinham para nos dizer? "Kosti está cansado hoje." "Kosti trabalha." "Aqui há alfândega na fronteira." "Nós dormimos." Ele me faz lembrar o antigo *Livro Tibetano dos Mortos*. Você o conhece, padre? É uma obra interessante, um manual de instruções que prepara os moribundos para o que enfrentarão no outro lado. A primeira experiência, eles acreditavam, era um confronto decisivo e imediato com a transcendência, a qual eles chamavam de "a Clara Luz". O espírito recém-falecido poderia optar por se juntar a ela; mas poucos o faziam, porque a maioria não estava pronta, pois suas vidas terrenas não os tinham preparado de maneira apropriada; portanto, após esse confronto inicial, o falecido passava por estágios de deterioração conforme encolhia na direção de um eventual renascimento no mundo. Tal estado, me ocorreu, poderia produzir as futilidades e banalidades registradas não apenas no livro de Raudive, mas também na maior parte da literatura espírita. É uma coisa bem revoltante e desencorajadora. Portanto, para dizer o mínimo, não fiquei muito entusiasmado por *Breakthrough*. Contudo, havia um prefácio escrito por outro autor chamado Peter Bander, e esse eu acabei achando um tanto subestimado e verossímil. Assim como diversos depoimentos escritos por físicos, engenheiros e até mesmo por um arcebispo católico da Alemanha, que fizeram suas próprias gravações e não pareciam tão ansiosos em converter o leitor quanto estavam em especular sobre as origens das vozes, considerando, entre outras coisas, a possibilidade de que elas de algum modo tenham sido gravadas nas fitas pelo inconsciente do pesquisador.

Eu decidi tentar. Sejamos sinceros, eu estava doente de pesar pela morte da Ann. Eu tenho um pequeno gravador portátil da Sony. É pequeno o bastante para caber no bolso de um casaco, mas é possível rebobinar depressa e repetir a gravação com esse modelo, algo que logo vim a descobrir ser importante. Uma noite — era verão e ainda estava bem claro — eu me sentei na sala de estar com o Sony e convidei qualquer voz que pudesse me ouvir a se comunicar e se manifestar em fita. Então apertei o botão de gravar e deixei a fita virgem rodar do começo ao fim. Depois a toquei. Não ouvi nada a não ser alguns ruídos da rua, um pouco de estática e sons do amplificador. Então esqueci a coisa toda.

Um ou dois dias depois, decidi ouvir a fita outra vez. Em algum lugar lá pela metade da gravação ouvi algo anômalo, um pequeno *clique* e então um ruído fraco e esquisito que era quase inaudível; ele parecia incorporado ao chiado e à estática, ou então em algum nível sob esses sons. Mas me pareceu algo — bem — um pouco curioso. Então voltei àquele ponto e fiquei repetindo-o diversas vezes. A cada repetição, o som foi ficando mais alto e mais distinto até eu finalmente ouvir — ou pensei ter ouvido — uma nítida voz masculina gritar meu nome. "Amfortas." Só isso. Foi alto e distinto, e não foi uma voz que reconheci. Acho que meu coração começou a bater um pouco mais rápido. Ouvi o resto da fita e não percebi mais nada, então voltei ao ponto onde ouvira a voz. Agora, no entanto, eu não conseguia ouvi-la. Minhas esperanças despencaram como a carteira de um homem pobre rolando penhasco abaixo. Comecei a repetir a gravação daquele ponto inúmeras vezes e então ouvi de novo o ruído fraco e estranho. Por volta de três repetições depois disso, consegui ouvir a voz nítida outra vez.

Será que minha mente estava brincando comigo? Será que eu estava sobrepondo inteligibilidade sobre fragmentos de ruídos aleatórios? Toquei outras partes da fita e onde eu não tinha ouvido nada antes, uma outra voz se destacava para mim. Era uma mulher. Não, não era Ann. Apenas uma mulher. Ela estava falando uma frase um tanto longa, a primeira parte da qual, mesmo depois de muitas repetições, eu simplesmente não conseguia entender. A coisa toda tinha um tom e um ritmo muito estranhos, e as sílabas tônicas das palavras não estavam onde deveriam. As palavras também tinham um efeito cadenciado; elas caíam, depois ascendiam continuamente. Consegui entender apenas a última parte: "...continue nos escutando", a mulher estava dizendo, mas devido à cadência, aquilo soava como uma pergunta. Eu estava completamente atônito. Não havia dúvida alguma de que eu estava ouvindo aquilo. Porém, por que não a tinha ouvido antes? Decidi que era provável que meu cérebro tivesse se acomodado à sutileza da voz e às suas singularidades, e tivesse aprendido a atravessar o véu da estática e do chiado até chegar à voz logo abaixo dele.

Agora as dúvidas voltaram a me dominar. Será que meu gravador tinha só captado vozes da rua ou talvez do vizinho ao lado? Às vezes, eu conseguia ouvir meus vizinhos conversando. Um deles pode ter mencionado meu nome. Fui até a cozinha, que fica um pouco mais afastada da rua, e fiz uma nova gravação com outra fita. Pedi em voz alta a quem quer que estivesse se "comunicando" comigo que repetisse a palavra "Kirios", que era o nome de solteira de minha mãe. Entretanto, quando reproduzi a gravação não ouvi nada, apenas o costumeiro ruído esquisito aqui e ali. Um deles se parecia com a súbita freada de um automóvel. Sem dúvida vindo da rua, pensei. Eu estava cansado. Ouvir as gravações tinha exigido intensa concentração. Não fiz mais nenhuma gravação naquela noite.

Na manhã seguinte, enquanto esperava a água do café ferver, ouvi as duas fitas outra vez. "Continue nos escutando" e "Amfortas", eu ouvi com bastante clareza. Na segunda fita, me concentrei no barulho de freada, repetindo-o diversas vezes, e de repente meu cérebro fez um ajuste estranho, pois em vez do barulho, eu ouvi as palavras "Anna Kirios" faladas com a voz aguda de uma mulher e em uma velocidade incrível. Deixei a água do café ferver até evaporar. Eu estava aturdido.

Quando fui para o hospital naquele dia, levei comigo as fitas e o gravador, e durante a hora de almoço toquei as partes importantes para uma das enfermeiras, Emily Allerton. Ela não ouviu nada, segundo me disse. Mais tarde, experimentei com Amy Keating, uma das enfermeiras do posto de enfermagem da neurologia. Toquei uma parte da fita número um e ela segurou o alto-falante junto à orelha. Depois de reproduzir a gravação apenas uma vez, ela me devolveu o gravador e assentiu. "Sim, ouvi seu nome", disse, e então voltou a atenção ao que quer que estivesse fazendo. Decidi deixar o assunto para lá, pelo menos com as enfermeiras.

Ao longo das semanas seguintes, estive obcecado. Comprei um gravador de rolo, um pré-amplificador e fones de ouvido, e comecei a passar horas todas as noites gravando fitas. E então parecia que eu sempre conseguia obter algum resultado. Na verdade, as fitas estavam praticamente repletas de vozes em uma corrente quase contínua, até mesmo sobreposta. Algumas eram fracas demais para que eu me desse ao trabalho de tentar decifrar, enquanto outras tinham vários graus de clareza. Algumas falavam em uma velocidade normal, enquanto outras ficavam inteligíveis apenas quando eu diminuía a velocidade pela metade. Algumas sequer estavam aparentes até eu ter feito isso. Fiquei perguntando por Ann, mas nunca a ouvi. De vez em quando, eu ouvia a voz de uma mulher dizendo "Estou aqui" ou "Eu sou Ann". Mas não era. Não era a voz dela.

Em uma noite de outubro, eu estava ouvindo a reprodução de uma fita que tinha feito na semana anterior. Ela tinha um fragmento interessante, uma voz dizendo: "Controle terrestre". Depois de inúmeras repetições passei um pouco desse ponto, e então, de repente, prendi a respiração. Ouvi uma voz dizendo, "Vincent, aqui é Ann". Senti um arrepio da base da espinha até o pescoço. Não era apenas minha mente afirmando que aquela era a voz dela; era meu corpo e meu sangue, minhas lembranças, meu ser, minha mente inconsciente. Eu toquei e voltei a tocar, e a cada vez sentia o mesmo arrepio, como uma vibração. Eu até tentei reprimi-lo, mas não consegui. Era Ann.

Na manhã seguinte, minhas esperanças e dúvidas estavam inseparáveis. Aquela voz era uma projeção de meus desejos? Inteligibilidade sobreposta por ruídos aleatórios pertencentes à fita? Decidi então resolver essa questão de maneira decisiva.

Consultei Eddie Flanders, um instrutor no Instituto de Idiomas e Linguística, e um amigo que certa vez fora meu paciente. Só Deus sabe o que eu disse a ele, mas o convenci a ouvir a voz de Ann. Quando ele removeu os fones de ouvido, eu perguntei o que tinha ouvido. Ele respondeu: "Alguém está falando. Mas é muito baixo mesmo". Eu perguntei: "O que está sendo dito? Você consegue identificar?". Ele disse: "Soa como se fosse meu nome".

Peguei os fones das mãos de Ed e me certifiquei de que ele estivesse ouvindo a parte certa. Então fiz com que ele ouvisse outra vez. O resultado foi o mesmo. Fiquei completamente desorientado. "Mas é uma voz", perguntei a ele, "ou apenas barulho?" "Não, com certeza é uma voz", respondeu. "Não é sua?" "Você ouviu a voz de um homem?", perguntei. Ele disse: "Sim. Soa como você". Isso quase me fez desistir de minha pesquisa naquele dia. Todavia, na semana seguinte eu voltei. O instituto cuidava de seu próprio estúdio de gravação para a criação de fitas instrucionais. Eles tinham amplificadores potentes e gravadores Ampex profissionais. Também tinham um microfone instalado em uma cabine à prova de som. Persuadi Eddie a me ajudar a fazer uma gravação. Entrei na cabine e virei de costas para ele enquanto fazia meu pequeno discurso convidando as vozes a se manifestarem em fita. Também fiz duas perguntas diretas, solicitando como respostas as palavras "afirmativo" ou "negativo", já que seriam mais fáceis de detectar na gravação do que apenas um simples "sim" ou "não". Então saí da cabine e fechei a porta atrás de mim e sinalizei para Eddie acionar a fita e começar a gravar. Ele perguntou: "O que estamos gravando?". Eu respondi: "Moléculas de ar. Tem a ver com alguns estudos sobre o cérebro que estou fazendo". Eddie pareceu satisfeito e nós gravamos em volume máximo e na velocidade de $7\frac{1}{2}$ polegadas por segundo. Depois de mais ou menos três minutos, paramos e escutamos as gravações no volume máximo. Havia algo muito estranho na fita. Não era bem uma voz. Era mais como um som gorgolejante e quase dez vezes mais alto do que qualquer uma das vozes que pensei ter ouvido em minhas gravações caseiras. A duração aproximada foi de sete segundos. Não conseguimos ouvir mais nada na fita. "É normal captar esse tipo de ruído quando você está gravando?", perguntei. Estava pensando em propagação de som através de algo dentro do próprio equipamento. Ed respondeu que não, que era impossível. A confusão dele parecia genuína e ele me disse que aquele som não deveria estar ali. Sugeri um defeito na fita. Ele achou que isso poderia ter acontecido. Depois de minutos repetindo aquele som, pareceu que ele tinha algumas qualidades características de uma voz. Não chegamos nem perto de desvendar seu sentido. Encerramos os trabalhos do dia.

Prossegui com meus experimentos em casa e continuei a ouvir as vozes suaves e ligeiras respondendo às minhas perguntas ou seguindo minha deixa para tópicos de discussão, embora não tenha voltado a ouvir uma voz como a de Ann. De tudo isso, formei as seguintes impressões. Eu parecia estar em contato com personalidades em algum lugar ou em condição de transição. Elas não eram clarividentes. Não conheciam o futuro, por exemplo, mas seus conhecimentos ultrapassavam o escopo do meu. Por exemplo, elas eram capazes de me dar o nome da enfermeira de plantão em qualquer hora em algum setor com o qual eu não tinha nenhum contato ou familiaridade. Elas costumavam ter opiniões que eram incompatíveis umas com as outras. Às vezes, quando eu fazia uma pergunta factual, como a data de aniversário da minha mãe, elas davam diversas respostas, nenhuma delas correta, e me davam a impressão de que talvez não quisessem que eu perdesse o interesse nelas. Algumas de suas afirmações eram mentiras deslavadas de natureza perturbadora, ou destinadas a me chatear, acredito. Vim a reconhecer essas vozes e as ignorar, assim como fiz com aquela que falava obscenidades de tempos em tempos. Algumas vozes pediam ajuda, mas quando eu perguntava — e fiz isso diversas vezes — o que poderia fazer para ajudá-las, a resposta costumava ser algo como: "Felizes. Estamos bem". Algumas pediam que eu rezasse por elas e outras diziam que rezavam por mim. Não consegui evitar pensar na Comunhão dos Santos.

Um senso de humor estava em evidência. Logo no início dos experimentos, eu estava usando um roupão velho enquanto fazia gravações certa noite. Ele tinha listras de cores berrantes e um rasgo enorme no ombro direito. Ouvi uma voz dizendo: "Cobertor de cavalo". Nas inúmeras ocasiões em que perguntei: "Quem criou o universo material?", uma voz certa vez respondeu nitidamente: "Eu". E uma noite convidei um residente para se juntar a mim em um experimento. Ele expressara interesse em fenômenos psíquicos e eu me sentia confortável discutindo o assunto com ele. Ao longo da noite, ele me contou que não conseguia ouvir nada, embora, como sempre, eu sim. Eu ouvi: "Qual é o propósito?", e "Por que se dar o trabalho?", e "Vá jogar *Pac-Man*", entre outras coisas. Descobri algumas semanas depois que o residente sofria de uma terrível falta de audição, mas não queria que isso fosse de conhecimento de todos.

As vozes me ajudaram em certas ocasiões ao sugerir outras maneiras de realizar gravações. Uma delas foi o uso de um diodo e outra foi encontrar uma banda de "ruído branco" — o espaço entre estações — em um receptor de rádio e conectá-lo ao gravador. Este último eu nunca tentei já que aqui seria de se esperar que alguém recebesse e gravasse verdadeiras vozes de rádio de fontes comuns. O microfone funcionava melhor em um cômodo à prova de som ou silencioso ao extremo; mas finalmente optei por usar o diodo, pois este eliminava a interpretação errônea de ruídos comuns do ambiente ao redor.

Às vezes, as vozes criticavam minhas habilidades técnicas. Eu apertava o botão errado de vez em quando e poderia vir a captar uma voz dizendo: "Você não sabe o que está fazendo". (Esta em particular soava exasperada. Eu estava cansado e cometi erros ao longo da sessão.) Respostas como essa era o que me dava a impressão de estar lidando com personalidades altamente individuais e bastante comuns, assim como pessoas. Elas costumavam dizer "Boa noite" quando a fita estava chegando ao fim, e então eu percebia que estava cansado e ia para a cama. Certa vez houve muitas vozes diferentes dizendo "Valeu" e "Obrigado". Uma coisa curiosa. Em uma ocasião perguntei se era importante que eu tentasse promulgar esse fenômeno e a resposta foi bem clara: "Negativo". Isso me surpreendeu.

Em meados de 1982, decidi escrever a Peter Bander, o homem que escrevera o prefácio para *Breakthrough*. Ele é a pessoa que parecia tão verossímil. Eu lhe fiz uma grande quantidade de perguntas e ele me respondeu de imediato, indicando um livro que escrevera sobre o assunto (*Carry On Talking*). Em sua carta, ele parecia reticente, já que, como é inevitável, em especial na imprensa londrina, o assunto se tornara exagerado e um tanto lúgubre. Pessoas afirmavam ter conversado com John F. Kennedy e Freud e esse tipo de coisa. No entanto, ele me contou algo fascinante. Um grupo de neurologistas de Edimburgo, durante uma conferência de medicina em Londres, o tinha procurado e tocado para ele algumas de suas próprias gravações. Eles as tinham realizado na presença de pessoas em coma ou com ferimentos incapacitantes que os impediam de falar, e nas fitas estavam as vozes desses pacientes.

Pouco tempo depois disso, levei meu gravador portátil da Sony para o hospital. Eram duas ou três da madrugada e fui até a unidade dos problemáticos, onde fiz uma gravação de um paciente com um caso grave de catatonia, um amnésico internado na psiquiatria há anos. Nenhum de nós veio a descobrir sua verdadeira identidade. Por volta de 1970, a polícia o apanhou perambulando atordoado pela rua M, e ele não dissera uma única palavra desde então. Embora talvez tenha dito. No quarto dele, liguei o gravador depois de ter perguntado quem ele era e se podia me ouvir. Deixei a fita rodar toda a sua extensão. Assim que voltei para casa, ouvi a gravação. O resultado foi muito estranho. Primeiro, ao longo de toda a meia hora de gravação havia apenas dois fragmentos de fala que eu conseguia ouvir. Geralmente, a fita estaria cheia deles, embora a maioria pudesse ser quase inaudível. Dessa vez — exceto pelos dois fragmentos que mencionei — o silêncio era excepcional e muito esquisito. A outra coisa estranha — bem, eu diria que "misteriosa" seria mais adequado — era as vozes na fita. Ambas pertenciam à mesma pessoa, um homem, e eu tive toda a certeza de que estava ouvindo a voz do paciente catatônico. Achei tê-lo ouvido dizer: "Estou começando a lembrar". Essa foi a primeira coisa. Então ouvi o que presumi ser o nome do paciente em resposta à pergunta que eu fizera a esse respeito; algo parecido com "James Venamin", se lembro bem. Por alguma razão não gostei de como isso soou e não voltei a fazer o experimento.

Perto do fim do ano passado aconteceu um evento decisivo. Até então eu ainda duvidava do que estava ouvindo. Isso mudou bem depressa. Troquei meu gravador por um Revox com controlador embutido de timbres variáveis. Também arrumei um filtro passa-faixa, que exclui todas as frequências de som que não estiverem dentro da extensão da voz humana. Em um sábado, um rapaz da loja de som entregou o novo equipamento e o instalou. Quando ele terminou, tive uma ideia. Os jovens, em geral, têm uma audição bem melhor do que a nossa, e o negócio daquele jovem, afinal de contas, era o som. Portanto, peguei a fita com os ruídos bastante ressonantes e pedi a ele que ouvisse com os fones de ouvido. Depois de ele ter terminado, perguntei o que ele tinha ouvido. Ele respondeu de imediato: "Alguém falando". Isso me pegou de surpresa. "É a voz de um homem ou de uma mulher?", perguntei. Ele respondeu: "De um homem". "Você pode me dizer o que ele está falando?" Ele disse: "Não, está muito devagar". Outra surpresa. Eu estava acostumado com as vozes falando depressa demais. "Não, você quer dizer rápido demais", disse eu. "Não, devagar. Pelo menos eu *acho* que está muito devagar." Ele voltou a colocar os fones, rebobinou a fita até o ponto certo e então aumentou a velocidade da gravação manualmente enquanto ouvia a fita. Em seguida, retirou os fones e assentiu. "É, devagar demais." Ele me entregou os fones. "Aqui, ouça você", disse ele, "eu vou mostrar." Coloquei os fones e ouvi enquanto ele outra vez aumentava a velocidade. E eu ouvi a voz distinta e alta de um homem dizendo as palavras: "Afirmativo. Você consegue me ouvir?".

Essa experiência pareceu abrir uma porta, pois pouco depois disso comecei a captar vozes nítidas e altas em minhas fitas, talvez uma em cada três ou quatro sessões de gravação. "Lacey/Tenha esperança" foi a primeira delas. É provável que até mesmo aquele residente conseguisse ouvi-las.

Três delas eu mandei para meu amigo na Columbia, cujos resultados já lhe contei. Ouça-as. Depois tire as próprias gravações. Você pode falhar a princípio e captar apenas as vozes mais fracas e efêmeras. Se isso acontecer, e se você não aprendeu o truque de como ouvir, de como atravessar o véu de chiado e estática, pegue minhas gravações mais altas e construa um caso a partir delas. Elas precisam ser limpas primeiro. Existem equipamentos disponíveis que vão remover toda a estática e o chiado. Depois disso, passe-as por outra análise espectrográfica. Também existe uma maneira de determinar a velocidade original com a qual elas foram gravadas. Isso, como enfatizei, vai eliminar completamente recepções de rádio bizarras como uma possível explicação.

As vozes são reais. Acredito que elas pertençam aos mortos. Isso nunca poderá ser provado, mas que elas emanam de intelectos incorpóreos — pelo menos como nós os conhecemos — pode ser demonstrado de forma convincente e científica. A Igreja Católica possui os meios — e, Deus sabe, deveria ter o interesse — para desenvolver um conjunto de provas científicas que prove que essas vozes existem, que não vêm de uma fonte terrena, que desafiam uma explicação material e que podem ser reproduzidas repetidas vezes em um laboratório por máquinas e homens pragmáticos.

Houve aquela voz que disse que não era importante fazer isso. Mas não é importante para quem? Preciso me perguntar isso. Os homens na Terra protestam contra a morte e o terror da extinção e do esquecimento finais; eles choram durante a noite a cada perda de um ente querido. Será que a fé deve ser o bastante para nos livrar dessa angústia? Será que pode ser suficiente?

Essas fitas representam minhas orações por aqueles que estão de luto. Elas podem não provar nada mais do que uma mão ao lado de Cristo, insuficiente para superar a dúvida final, assim como a ressurreição de Lázaro fracassou em convencer até mesmo alguns daqueles que estavam lá e que testemunharam com os próprios olhos. Porém, o que foi que Jesus pediu que fizéssemos? Se nosso cálice para aqueles que sentem sede não estiver cheio até a borda, devemos então negá-lo? Se Deus não pode intervir, os homens podem. Com certeza é a intenção d'Ele que o façamos. Este é nosso mundo.

Obrigado por não me dizer que minha decisão é o pecado do desespero. Sei que não é. Não faço nada. Apenas aguardo. Talvez, em seu coração, você na verdade tenha pensado que isso foi um erro. Mas nada disse. Posso partir em paz.

Nos dias que estão por vir, você poderá ouvir algumas coisas muito estranhas ao meu respeito. Temo essa possibilidade, mas caso isso venha a acontecer, por favor, saiba que nunca quis prejudicar ninguém. Pense o melhor de mim, padre, pode fazer isso?

Há quanto tempo eu o conheço? Dois dias? Bem, sentirei saudade. Ainda assim, sei que vou vê-lo de novo algum dia. Quando estiver lendo isto, estarei com minha Ann. Por favor, fique feliz por mim.

Com respeito e afeição,
Vincent Amfortas

Amfortas revisou a carta. Fez algumas correções, então verificou as horas e decidiu que era melhor tomar uma injeção de esteroides. Ele aprendera que era melhor não esperar que as dores de cabeça começassem. Agora tomava seis miligramas a cada seis horas. Logo a medicação iria alterar sua mente. Ele tivera que escrever a carta naquele instante.

Subiu até o quarto, tomou a injeção e voltou a se sentar diante da máquina de escrever que repousava sobre a mesinha da copa. Consultou algumas anotações e então decidiu que deveria acrescentar um pós-escrito à carta:

P.S.: Ao longo dos muitos meses em que realizei essas gravações, fiz o seguinte pedido repetidas vezes: "Descreva sua condição, seu estado físico ou sua localização do modo mais conciso possível". Algumas vezes consegui extrair uma resposta, pelo menos uma resposta que fui capaz de ouvir, e já que perguntas substanciais como essa costumam ser evitadas pelas vozes, pensei que você fosse querer saber as respostas que obtive. Foram as seguintes:

Nós viemos primeiro para cá.

Aqui é onde se espera.

Limbo.

Morto.

É como um navio.

É como um hospital.

Médicos anjos.

Também perguntei: "O que nós, os vivos, deveríamos estar fazendo?", e uma resposta que ouvi muito claramente foi: "Boas ações". Parecia a voz de uma mulher.

Amfortas retirou o papel da máquina de escrever e colocou um envelope em seu lugar. Na frente ele datilografou:

Reverendo Joseph Dyer, S.J.
Universidade de Georgetown
Para ser entregue após minha morte.

1 0

Kinderman se aproximou da entrada do hospital, seu ritmo diminuindo a cada passo. Quando chegou às portas, virou-se e por alguns instantes olhou para o céu que chuviscava, procurando um alvorecer que ele, de alguma maneira, perdeu; mas havia apenas as luzes vermelhas das viaturas piscando implacáveis e silenciosas, salpicando as ruas escorregadias e escuras. Kinderman sentia como se estivesse caminhando em um sonho. Ele não conseguia sentir o corpo. O mundo se distanciara. Quando notou a equipe do noticiário da televisão, ele se virou depressa e entrou no hospital. Pegou o elevador até a neurologia e saiu para o caos silencioso. Jornalistas. Câmeras. Policiais uniformizados. No posto de enfermagem havia residentes e estagiários curiosos, a maior parte deles pertencente a outros setores. Nos corredores havia pacientes assustados vestindo roupões; algumas enfermeiras os tranquilizavam, acalmando-os e tentando fazer com que voltassem aos seus quartos.

Kinderman olhou ao redor. Do outro lado do posto de enfermagem, um policial uniformizado estava vigiando a porta do quarto de Dyer. Atkins estava lá. Ele ouvia enquanto jornalistas o enchiam de perguntas, suas vozes estridentes se transformando em barulho. Atkins apenas balançava a cabeça, sem dizer nada. Kinderman se aproximou dele. Atkins o viu chegando e o fitou nos olhos. O sargento parecia arrasado. Kinderman se inclinou para perto de sua orelha. "Atkins, leve esses repórteres para o lobby lá embaixo", disse. Então apertou o braço do sargento e por uma fração de segundo o fitou nos olhos, compartilhando sua dor por alguns instantes. Não se permitiu mais. Entrou no quarto de Dyer e fechou a porta.

O sargento acenou para um grupo de policiais.

"Levem essas pessoas lá para baixo!", gritou para eles em um tom ríspido. Um clamor de protestos se ergueu dos repórteres. "Vocês estão perturbando os pacientes", disse Atkins.

Houve alguns resmungos. Os policiais começaram a arrebanhar os repórteres para longe. Atkins andou até o posto de enfermagem e apoiou as costas nele. Cruzou os braços. O olhar preocupado fixo na porta do quarto de Dyer. Do outro lado se encontrava um horror inimaginável. Sua mente não era capaz de entendê-lo por completo.

Stedman e Ryan saíram do quarto. Estavam abatidos e pálidos. Os olhos de Ryan fitavam o chão e ele não chegou a olhar para cima enquanto se afastava depressa pelo corredor. Ele virou uma esquina depois do posto de enfermagem e logo sumiu de vista. Stedman estivera observando-o. Agora focou o olhar em Atkins.

"Kinderman quer ficar sozinho", disse ele. Sua voz soou oca.

Atkins assentiu.

"Você fuma?", perguntou Stedman.

"Não."

"Eu também não. Mas gostaria de um cigarro", disse Stedman. Ele virou a cabeça por alguns instantes, pensativo. Quando levou uma mão à frente dos olhos e a examinou, viu que estava tremendo. "Jesus Cristo", disse em voz baixa. A tremedeira ficou mais forte. De repente, enfiou a mão no bolso e se afastou depressa. Estava seguindo a mesma direção que Ryan tomara. Atkins ainda o ouvia murmurar baixinho: "Jesus! Jesus! Jesus Cristo!". Em algum lugar, uma campainha soou. Um paciente chamava uma enfermeira.

"Sargento?"

Atkins olhou na direção da voz. O policial diante da porta o fitava de um jeito estranho. "Sim, o que foi?", perguntou Atkins.

"O que diabos está acontecendo aqui?"

"Não sei."

Atkins ouviu vozes discutindo à sua direita. Virou-se e viu uma equipe de noticiário confrontando dois policiais perto dos elevadores. Atkins reconheceu o âncora do noticiário local das seis da tarde. Seu cabelo estava coberto de brilhantina e seus modos eram beligerantes e turbulentos. Os policiais aos poucos empurravam a equipe do noticiário na direção do conjunto de elevadores. Em determinado momento, o âncora tropeçou e cambaleou um pouco para trás, quase perdendo o equilíbrio; então ele xingou e, batendo um jornal enrolado na palma da mão, foi embora acompanhado dos outros.

"Você pode me dizer quem está no comando aqui, por favor? Eu cheguei a pensar que fosse eu."

Atkins olhou para a esquerda e viu um homem baixo e esguio vestindo um terno de flanela azul. Por trás de óculos de armação havia olhos pequenos e alertas.

"Você está no comando?", perguntou o homem.

"Sou o sargento Atkins, senhor. Como posso ajudar?"

"Sou o dr. Tench. Sou o chefe da equipe de funcionários deste hospital, acho", disse ele acalorado. "Temos uma grande quantidade de pacientes aqui em condições que variam de graves a críticas. Toda essa balbúrdia não os está ajudando, sabe."

"Compreendo, senhor."

"Não quero parecer insensível", disse Tench, "mas o quanto antes o falecido for removido, mais rápido eles vão se acalmar. Você acha que isso acontecerá em breve?"

"Sim, acredito que sim, senhor."

"Você entende minha posição."

"Entendo, sim."

"Obrigado." Tench se afastou a passos rápidos e autoritários.

Atkins percebeu que estava mais tranquilo agora. Olhou em volta e viu a equipe de televisão indo embora. Estavam quase fora de vista. O âncora irritado ainda golpeava a palma da mão com o jornal enrolado e estava entrando no elevador do qual Stedman e Ryan estavam saindo. Eles andaram na direção de Atkins com a cabeça abaixada. Nenhum deles disse uma palavra sequer. O âncora televisivo os observava.

"Ei, o que aconteceu lá dentro?", gritou ele.

A porta do elevador deslizou até fechar e ele desapareceu. Atkins ouviu a porta do quarto de Dyer abrir. Olhou e viu Kinderman aparecer. Os olhos do detetive estavam vermelhos e irritados. Ele parou e fitou Stedman e Ryan por alguns momentos. "Tudo bem, podem terminar", disse. Sua voz estava rouca e baixa.

"Tenente, sinto muito", disse Ryan com gentileza. Seu rosto e sua voz estavam dominados pela compaixão.

Kinderman assentiu, encarando o chão. Ele murmurou: "Obrigado, Ryan. Sim, obrigado". Então, sem olhar para cima, se afastou deles depressa. Estava seguindo para os elevadores. Atkins o alcançou com passos rápidos.

"Só estou saindo para uma caminhada, Atkins."

"Sim, senhor." O sargento continuou andando ao seu lado. Assim que chegaram aos elevadores, um deles abriu. Estava descendo. Atkins e Kinderman entraram e se viraram.

"Acho que pegamos o elevador certo, Chick", disse uma voz.

Atkins ouviu o mecanismo começar a funcionar. Ele virou a cabeça. O âncora televisivo sorria enquanto uma câmera filmava nas mãos de outro homem. "O padre foi decapitado", perguntou o âncora, "ou foi..."

O punho de Atkins arrebentou o queixo do âncora, e a cabeça dele atingiu a parede e ricocheteou devido à fúria do golpe. Sangue jorrou dos lábios e ele desmoronou no chão, onde caiu inconsciente. Atkins encarou o cinegrafista, que abaixou a câmera devagar. Em seguida, o sargento olhou para Kinderman. O detetive parecia alheio. Ele fitava o vazio, as mãos enfiadas nos bolsos do casaco. Atkins apertou um botão e o elevador parou no segundo andar. Ele segurou o braço do detetive e o guiou para fora.

"Atkins, o que está fazendo?", perguntou Kinderman aturdido. Ele parecia um velho confuso e desamparado. "Quero dar uma caminhada", disse.

"Sim, é isso o que vamos fazer, tenente. Por aqui."

Atkins o guiou através de outro setor do hospital e dali pegou um elevador que estava descendo. Ele queria evitar os repórteres no lobby. Cruzaram outros corredores e logo estavam parados do lado de fora do hospital, do lado que dava para o campus da universidade. Um pórtico estreito acima deles os abrigava da chuva; ela caía com força agora e eles observaram o aguaceiro em silêncio. Ao longe, estudantes com capas de chuva e casacos impermeáveis de cores vivas estavam indo tomar o café da manhã. Duas alunas riam enquanto saíam correndo de um dormitório, ambas segurando jornais acima da cabeça.

"O homem era um poema", disse Kinderman em voz baixa.

Atkins não disse nada. Ele fitava a chuva.

"Quero ficar sozinho, por favor, Atkins. Obrigado."

Atkins virou a cabeça para examinar o detetive. Ele tinha os olhos fixos à frente. "Tudo bem, senhor", disse o sargento. Ele se virou e voltou para dentro do hospital, retornando afinal ao setor de neurologia onde começou a interrogar possíveis testemunhas. Tinha sido pedido que todos os funcionários do turno da noite ficassem para aquele propósito, incluindo as enfermeiras, os médicos e as atendentes da psiquiatria. Alguns deles estavam aglomerados perto do posto de enfermagem. Enquanto Atkins conversava com a enfermeira-chefe que estava de plantão na neurologia na hora da morte de Dyer, um médico se aproximou dele e o interrompeu.

"Perdoe minha interrupção, por favor? Sinto muito." Atkins o olhou de cima a baixo. O homem parecia abalado. "Sou o dr. Amfortas", apresentou-se. "Estava cuidando do padre Dyer. É verdade?"

Atkins assentiu com uma expressão séria.

Amfortas ficou parado fitando-o por alguns instantes, sua pele ficando mais pálida, os olhos mais distantes. Depois de algum tempo ele disse: "Obrigado", e se afastou. Seus passos estavam instáveis.

Atkins o observou e depois se voltou para a enfermeira.

"Que horas ele começa o plantão?", perguntou a ela.

"Não começa", respondeu. "Ele não trabalha mais nas unidades." Ela estava lutando contra as lágrimas.

Atkins anotou algumas palavras em seu caderno. Estava prestes a voltar a olhar para a enfermeira quando viu Kinderman se aproximando. Seu chapéu e seu casaco estavam encharcados. Ele deve ter andando na chuva, pensou Atkins. Logo ele estava parado diante do sargento. Seus modos tinham mudado por completo. Os olhos estavam firmes, desanuviados e determinados.

"Tudo bem, Atkins, pare de ficar enrolando com as enfermeiras bonitas. Isso é trabalho, não *Jovens Detetives Apaixonados*."

"A enfermeira Keating foi a última que viu o padre vivo", disse Atkins.

"Quando foi isso?", perguntou o detetive a Keating.

"Por volta das 4h30", respondeu ela.

"Enfermeira Keating, podemos conversar a sós?", perguntou Kinderman. "Sinto muito, mas é necessário."

Ela assentiu e limpou o nariz com um lenço. Kinderman apontou para um escritório com paredes de vidro atrás do posto de enfermagem.

"Ali dentro, talvez?"

Ela voltou a assentir. Kinderman a seguiu para dentro do escritório. No lugar havia uma mesinha fixada à parede, duas cadeiras e estantes cheias de arquivos contendo diversos documentos. O detetive gesticulou para que a enfermeira se sentasse e depois fechou a porta. Pelo vidro ele viu Atkins observando em silêncio.

"Então você viu o padre Dyer por volta das 4h30", disse ele.

Ela confirmou: "Sim".

"E onde o viu?"

"No quarto dele."

"E o que você estava fazendo lá, por favor?"

"Bem, eu tinha voltado para lhe dizer que não tinha conseguido encontrar vinho."

"Você disse 'vinho'?"

"Sim, ele tinha tocado a campainha para me chamar pouco tempo antes e falou que precisava de um pouco de pão e vinho, e perguntou se tínhamos."

"Ele queria realizar a missa?"

"Sim, isso mesmo", respondeu a enfermeira. Ela corou um pouco e então deu de ombros. "Um ou dois funcionários — bem, eles guardam um pouco de bebida alcoólica por aqui às vezes."

"Entendo."

"Procurei nos lugares de costume", disse ela. "Depois voltei até ele e lhe pedi desculpas, mas eu não tinha conseguido encontrar nada. Porém, lhe dei um pouco de pão."

"E o que ele disse?"

"Não lembro."

"Poderia me informar seus horários de trabalho, srta. Keating?"

"Das 22h às 6h."

"Todas as noites?"

"Quando estou de plantão."

"E você trabalha em quais noites, por favor?"

"Fico de plantão de terça-feira a sábado", respondeu ela.

"O padre Dyer já tinha realizado a missa alguma vez?"

"Não sei."

"Mas ele nunca tinha pedido pão e vinho antes."

"Isso mesmo."

"Ele lhe contou por que queria realizar a missa hoje?"

"Não."

"Quando você falou a ele que não conseguiu encontrar vinho, ele disse alguma coisa?"

"Sim."

"O que ele disse, srta. Keating?"

Ela precisou usar o lenço de novo, depois fez uma pausa e pareceu se recompor.

"'Você bebeu tudo?'" A voz dela falhou e então seu rosto se contraiu em uma expressão de pesar. "Ele sempre fazia piadas", disse. Ela virou a cabeça e começou a chorar. Kinderman viu uma caixa de lenços de papel sobre uma prateleira, pegou um punhado e o entregou a ela; o lenço dela já tinha se transformado em uma bola amassada e molhada. Ela disse: "Obrigada", e então pegou os lenços. Kinderman esperou. "Sinto muito", disse Keating.

"Não se preocupe. O padre Dyer lhe disse mais alguma coisa naquela hora?"

A enfermeira balançou a cabeça.

"E quando foi a próxima vez que o viu?"

"Quando o encontrei."

"Quando foi isso?"

"Por volta de 5h50."

"Entre 4h30 e 5h50, você viu alguém entrar no quarto do padre Dyer?"

"Não, não vi."

"Você viu alguém saindo dele?"

"Não."

"E nessas horas, você ficou de frente para o quarto dele, neste posto."

"Isso mesmo. Estava escrevendo relatórios."

"Mas ficou aqui o tempo todo."

"Bem, exceto quando saí para distribuir as medicações."

"Quanto tempo você levou para distribuir as medicações?"

"Oh, alguns minutos de cada vez, acho."

"Em quais quartos?"

"No 417, 419 e 411."

"Você se afastou do posto de enfermagem três vezes?"

"Não, duas. Duas medicações eram na mesma hora."

"E em que horas você saiu para distribuí-las, por favor?"

"O sr. Bolger e a srta. Ryan receberam codeína às 4h45 e a srta. Freitz no quarto 411 recebeu heparina e dextrano por volta de uma hora depois."

"Esses quartos, eles ficam no mesmo corredor do quarto do padre Dyer?"

"Não, eles ficam logo depois da esquina."

"Então se mais alguém tivesse entrado no quarto do padre Dyer por volta das 4h45 você não teria visto, e o mesmo teria acontecido se alguém tivesse saído do quarto uma hora depois?"

"Sim, isso mesmo."

"Essas medicações são administradas todos os dias nesses mesmos horários?"

"Não, a heparina e o dextrano para a srta. Freitz são novos. Não os tinha visto nos registros até hoje."

"E quem os prescreveu, por favor? Você consegue se lembrar dessa informação?"

"Sim, o dr. Amfortas."

"Está certa disso? Gostaria de verificar os registros?"

"Não, tenho certeza."

"Por que tem certeza?"

"Bem, foi algo incomum. É o residente que costuma prescrever as medicações. Mas acho que ele meio que tem um interesse especial no caso dela."

O detetive pareceu confuso.

"Mas pensei que o dr. Amfortas não trabalhasse mais neste setor."

"Está certo. Desde a noite passada", informou a enfermeira.

"Mas ele esteve no quarto dessa garota?"

"Isso não é incomum. Ele a visita bastante."

"A uma hora dessas?"

Keating assentiu.

"A garota sofre de insônia. Ele também, acho."

"Por que diz isso? Quero dizer, por que acha isso?"

"Oh, já faz alguns meses que ele aparece de repente durante meu plantão e fica ali conversando comigo, ou meio que fica perambulando por aí. Aqui em cima a gente o chama de 'Fantasma'."

"Quando foi a última vez que ele conversou com a srta. Freitz a uma hora dessas? Se é que isso já aconteceu antes?"

"Sim, já aconteceu. Foi ontem."

"Que horas, por favor?"

"Talvez às 4h ou 5h. Depois ele foi até o quarto do padre Dyer e eles conversaram um pouco."

"Ele foi até o quarto do padre Dyer?"

"Sim."

"Você conseguiu ouvir algum fragmento da conversa deles?"

"Não, a porta estava fechada."

"Entendo." Kinderman pensou por alguns instantes. Ele estava fitando Atkins através da janela. O sargento estava debruçado sobre o balcão do posto de enfermagem, fitando-o de volta. Kinderman voltou a atenção para a enfermeira. "Quem mais você viu no setor por volta dessa mesma hora?"

"Você está se referindo a algum funcionário?"

"Estou me referindo a qualquer pessoa. Alguém andando pelo corredor."

"Bem, teve só a sra. Clelia."

"Quem é ela?"

"É uma paciente da psiquiatria."

"Ela estava andando pelo corredor?"

"Bem, não. Eu a encontrei estatelada no corredor."

"Você a encontrou estatelada?"

"Ela meio que estava em um estupor."

"Onde exatamente no corredor?"

"Logo depois da esquina, perto da entrada para a psiquiatria."

"E a que horas isso aconteceu, por favor?"

"Foi pouco antes de eu encontrar o padre Dyer. Chamei alguém da unidade aberta da psiquiatria e eles vieram buscá-la."

"A sra. Clelia é senil?"

"Não sei dizer ao certo. Acredito que sim. Não sei. Ela parecia um pouco catatônica, eu diria."

"Catatônica?"

"Só estou dando um palpite", disse Keating.

"Entendo." Kinderman pensou por alguns momentos, depois se levantou. "Obrigado, srta. Keating", disse.

"Sem problemas."

Kinderman lhe entrou outro lenço de papel, em seguida saiu do escritório apertado e foi falar com Atkins.

"Consiga o número do telefone do dr. Amfortas e o traga para interrogatório, Atkins. Enquanto isso, vou até a psiquiatria."

Pouco tempo depois Kinderman estava parado na unidade aberta. Os acontecimentos daquela manhã não tiveram nenhum efeito ali. O costumeiro aglomerado de pacientes silenciosos e de olhares fixos já estava reunido ao redor da televisão; todos os sonhadores estavam em suas cadeiras. Um idoso na casa dos setenta anos se aproximou do detetive.

"Quero cereal e figos hoje", disse ele. "Não se esqueça dos malditos figos. Eu quero figos." Um atendente se aproximava deles devagar. Kinderman procurou a enfermeira no posto de enfermagem. Ela tinha voltado para dentro do escritório, onde falava ao telefone. Seu rosto estava abatido e tenso. Kinderman começou a avançar na direção do posto. O idoso ficou para trás e continuou a falar com o espaço vazio onde o detetive estivera parado. "Não quero porcaria de figo nenhum", dizia ele.

De repente, Temple apareceu. Ele passou saltitando por uma porta e olhou em volta. Estava desgrenhado e apenas meio acordado; seus olhos ainda tinham olheiras de sono. Viu Kinderman e se juntou a ele no posto de enfermagem.

"Jesus Cristo!", exclamou ele. "Não acredito nisso. É verdade o modo como ele morreu?"

"Sim, é verdade."

"Eles me ligaram e me acordaram. Jesus Cristo. Não consigo acreditar."

Temple dardejou um olhar para a enfermeira com uma expressão azeda. Ela o viu e desligou o telefone depressa. O atendente estava guiando o idoso até uma cadeira.

"Gostaria de conversar com uma de suas pacientes", disse Kinderman. "A sra. Clelia. Onde eu poderia encontrá-la?"

Temple o encarou.

"Posso ver que andou se enturmando", disse. "O que quer com a sra. Clelia?"

"Gostaria de fazer algumas perguntas a ela. Uma ou duas. Não custa nada."

"A sra. *Clelia*?"

"Sim."

"Vai ser como conversar com uma parede", avisou Temple.

"Estou acostumado", assegurou-lhe Kinderman.

"O que quer dizer com isso?"

"Só estou tagarelando." Os ombros de Kinderman se ergueram e ele mostrou as palmas das mãos. "Minha boca abre, tudo sai antes de eu saber o que estou falando. É tudo um monte de *shtuss*. Para descobrir o significado disso nós iríamos precisar do *I Ching*."

Temple o avaliou com um olhar calculista, então se virou para a enfermeira. Ela estava atrás do balcão do posto de enfermagem, recolhendo alguns documentos e parecendo ocupada.

"Onde está a sra. Clelia, boneca?", perguntou Temple.

A enfermeira não olhou para ele.

"No quarto dela."

"Você faria a vontade de um velho e me deixaria vê-la?", pediu Kinderman.

"Claro, por que não?", disse Temple. "Vamos lá."

Kinderman o seguiu e pouco tempo depois estavam em um quarto estreito.

"Aí está sua garota", disse Temple.

Ele tinha gesticulado na direção de uma mulher idosa de cabelo grisalho sentada em uma poltrona ao lado de uma janela. Ela fitava as pantufas e agarrava as pontas de um xale de lã vermelho, prendendo-o com força em volta dos ombros. Não ergueu o olhar.

O detetive tirou o chapéu e o segurou pela aba.

"Sra. Clelia?"

A mulher lhe lançou um olhar vazio.

"Você é meu filho?", perguntou a Kinderman.

"Teria orgulho de dizer que sim", respondeu ele com gentileza.

Por alguns instantes a sra. Clelia o fitou nos olhos, mas depois desviou o olhar.

"Você não é meu filho", murmurou. "Você é de cera."

"Consegue se lembrar do que fez esta manhã, sra. Clelia?"

A idosa começou a cantarolar baixinho. A melodia era tão desafinada e dissonante que chegava a ser desagradável.

"Sra. Clelia?", incitou o detetive.

Ela não pareceu ter ouvido.

"Eu avisei", falou Temple. "É claro que eu poderia colocá-la sob o efeito para você."

"Sob o efeito?"

"Da hipnose. Quer que eu tente?", perguntou Temple.

"Com certeza."

Temple fechou a porta e então colocou uma cadeira diante da mulher.

"Você não deixa o quarto escuro primeiro?", disse Kinderman.

"Não, isso é besteira", respondeu Temple. "Uga-uga." De um bolso superior do jaleco, retirou um pequeno medalhão. Ele pendia de uma corrente curta e era triangular. "Sra. Clelia", disse Temple. Ela de imediato focou o olhar no psiquiatra. Ele levantou o medalhão e o deixou balançar devagar diante dos olhos dela. Em seguida, proferiu as palavras: "Hora de sonhar". No mesmo instante, a idosa fechou os olhos e pareceu se afundar na poltrona. As mãos caíram suaves sobre seu colo. Temple lançou um olhar de autossatisfação para o detetive. "O que devo perguntar?", perguntou. "A mesma coisa?" Kinderman assentiu.

Temple voltou-se para a mulher.

"Sra. Clelia", disse, "consegue se lembrar do que você fez esta amanhã?"

Eles esperaram, mas ela não deu nenhuma resposta. A mulher ficou sentada imóvel. Temple começou a parecer confuso.

"O que fez esta manhã?", repetiu.

Kinderman mudou um pouco de posição. Continuaram sem resposta.

"Ela está dormindo?", perguntou o detetive em voz baixa.

Temple balançou a cabeça.

"A senhora viu um padre hoje, sra. Clelia?", perguntou o psiquiatra.

De repente, a mulher quebrou o silêncio.

"Nãoooo", respondeu em um tom baixo e longo, como um gemido. Um som cheio de mistério.

"Você foi dar um passeio esta manhã?"

"Nãoooo."

"Alguém a levou para algum lugar?"

"Nãoooo."

"Merda", sussurrou Temple. Ele virou a cabeça e olhou para Kinderman.

O detetive disse: "Tudo bem. Já basta".

O médico se voltou para a sra. Clelia. Tocou a testa da mulher e disse: "Acorde".

Devagar, a idosa começou a se endireitar. Abriu os olhos e olhou para Temple. Então fitou o detetive. Seus olhos eram inocentes e inexpressivos.

"Você consertou meu rádio?", perguntou a ele.

"Vou consertá-lo amanhã, senhora", respondeu Kinderman.

"Isso é o que todos dizem", retrucou a sra. Clelia. Ela voltou a fitar as pantufas e a cantarolar.

Kinderman e Temple saíram para o corredor.

"Você gostou daquela questão sobre o padre?", perguntou Temple. "Quero dizer, por que ficar enrolando? É melhor ir direto ao ponto. E o que achou daquela sobre alguém *levá-la* até a neurologia? Achei que essa foi boa."

"Por que ela não conseguiu responder?", perguntou o detetive Kinderman.

"Sei lá. Para ser honesto, isso me deixou confuso."

"Você já tinha hipnotizado essa mulher antes?"

"Uma ou duas vezes."

"Ela ficou sob o efeito tão depressa", comentou.

"Eu sou bom", disse Temple. "Falei para você. Jesus Cristo, não consigo esquecer o que foi feito àquele padre. Quero dizer, como é possível, tenente?

"Vamos descobrir."

"E ele foi mutilado?", indagou Temple.

Kinderman o encarou com atenção.

"O dedo indicador direito foi decepado", disse, "e o assassino gravou um signo do zodíaco na palma esquerda. O signo de Gêmeos. O Geminiano", informou-lhe Kinderman. Seu olhar inabalável esquadrinhou os olhos de Temple. "O que acha disso?", perguntou.

"Sei lá", respondeu Temple. Seu rosto estava inexpressivo.

"Não, você não saberia", disse Kinderman. "Por que deveria? A propósito, vocês têm algum setor de patologia aqui em algum lugar?"

"Claro."

"Onde são feitas autópsias e coisas assim?"

Temple assentiu.

"Lá embaixo no Nível B. É só descer pelo elevador da neurologia e virar à esquerda. Você está indo para lá?"

"Sim."

"Não tem como se perder."

Kinderman se virou e se afastou.

"Em todo caso, o que você quer na patologia?", chamou Temple às suas costas.

Kinderman deu de ombros e seguiu andando. Temple resmungou um xingamento.

Atkins estava encostado no balcão do posto de enfermagem quando viu Kinderman descendo o corredor. Ele se afastou do balcão e avançou para encontrá-lo.

"Conseguiu entrar em contato com Amfortas?", perguntou-lhe o detetive.

"Não."

"Continue tentando."

"Stedman e Ryan já terminaram."

"Eu ainda não."

"Havia digitais nos frascos", informou Atkins. "Em todas as superfícies, na verdade, e muito nítidas."

"Exatamente, o assassino é audacioso. Ele está zombando de nós, Atkins."

"O padre Riley está lá embaixo. Disse que quer ver o corpo."

"Não, não deixe. Desça lá e converse com ele, Atkins. Seja vago. E diga para Ryan se apressar com as digitais. Quero comparações com as digitais que ele tirou no confessionário agora mesmo. Enquanto isso, estou indo até a patologia."

Atkins assentiu e os dois andaram até os elevadores e pegaram um que estava descendo. Quando Atkins saiu no lobby, o detetive teve um vislumbre do padre Riley. Ele estava sentado em um canto com a cabeça apoiada nas mãos. O detetive desviou o olhar e ficou satisfeito quando a porta do elevador fechou.

Kinderman encontrou o caminho até a patologia e até uma sala tranquila onde estudantes de medicina estavam dissecando cadáveres. Ele se esforçou para não os ver. Um médico em um escritório com paredes de vidro levantou o olhar da mesa onde estava trabalhando e viu o detetive perambulando por ali. Ele se levantou e saiu para confrontar Kinderman.

"Posso ajudá-lo?", perguntou.

"Talvez." Kinderman mostrou sua identificação. "Você tem algum tipo de instrumento usado em dissecações que se pareça com um par de tesouras de jardim? Estava curioso."

"Claro", respondeu o médico. Ele levou o detetive até uma parede onde diversos instrumentos estavam pendurados em estojos. Retirou um e o entregou a Kinderman. "Tome cuidado com isso", alertou.

"Vou tomar", disse Kinderman. Ele estava segurando um instrumento de corte brilhante feito de aço inoxidável. Ele se parecia com um par de tesouras de jardim. As lâminas se curvavam em um crescente afiado e quando Kinderman as virou, elas reluziram com o reflexo das luzes do teto. "Essas são lâminas e tanto", murmurou o detetive. O instrumento lhe dava uma sensação de pavor. "Como são chamadas?", perguntou.

"Tesouras."

"Sim, é claro. Na terra dos mortos não existem jargões."

"O que disse?"

"Nada." Com cuidado, Kinderman puxou os cabos em um esforço para separar as lâminas. Ele teve que fazer muita força. "Sou tão fraco", reclamou.

"Não, elas estão duras", disse o médico. "São novas."

Kinderman olhou para ele com as sobrancelhas erguidas. "Você disse 'novas'?"

"Acabamos de comprar." O médico estendeu a mão e descolou um adesivo de um dos cabos. "Ainda está com a etiqueta de preço", disse. Ele a amassou e a deixou cair em um bolso do jaleco.

"Vocês as trocam com frequência?", perguntou o detetive.

"Você deve estar de brincadeira. Essas coisas são caras. De qualquer maneira, não tem como danificá-las. Não sei por que compramos um par novo", disse o médico. Olhou para cima e examinou as fileiras de ganchos e estojos na parede. "Bom, o antigo par não está por aqui", disse afinal. "Talvez um dos estudantes o tenha afanado."

Kinderman devolveu-lhe as tesouras com muito cuidado. Disse:

"Muito obrigado, doutor — como você se chama?"

"Arnie Derwin. Isso é tudo?"

"É o bastante."

Quando Kinderman chegou ao posto da neurologia, um grupo de enfermeiras estava reunido enquanto Atkins e o chefe da equipe de funcionários, o dr. Tench, confrontavam-se cara a cara. Kinderman os alcançou a tempo de ouvir Tench dizendo: "Isto é um hospital, senhor, não um zoológico, e os pacientes vêm em primeiro lugar! Está me entendendo?".

"O que é todo esse *tsimmis*?", perguntou Kinderman.

"Este é o dr. Tench", informou Atkins.

Tench se virou e empinou o queixo na direção do detetive. "Sou o chefe da equipe de funcionários. Quem é você?", inquiriu ele.

"Um pobre tenente da polícia perseguindo fantasmas. Poderia fazer a gentileza de se afastar? Temos negócios a tratar", disse Kinderman.

"Jesus Cristo, você é muito cara de pau!"

O detetive já tinha se virado para Atkins.

"O assassino é alguém deste hospital", disse. "Ligue para a delegacia. Vamos precisar de mais homens."

"Agora, prestem *atenção*!", explodiu Tench.

O detetive o ignorou. "Quero dois homens em cada andar. Feche todas as saídas e coloque um homem em cada uma. Ninguém entra ou sai sem credenciais adequadas."

"Vocês não *podem* fazer isso!", exclamou Tench.

"Quem sair deve ser revistado. Estamos procurando um par de tesouras cirúrgicas. Também precisamos fazer uma busca pelo hospital."

Tench ficou roxo de raiva. "Será que podem prestar *atenção* em mim, por favor, mas que droga!"

Nesse instante o detetive se virou para ele com uma expressão ameaçadora. "Não, você é quem vai prestar atenção em *mim*", disse ríspido. Sua voz estava baixa, equilibrada e autoritária. "Quero que saiba com o que estamos lidando", disse. "Já ouviu falar do Assassino Geminiano?"

"O quê?" Tench continuou com uma atitude impertinente.

"Eu disse Assassino Geminiano", repetiu Kinderman.

"Sim, já ouvi falar dele. O que tem? Ele está morto."

"Você se lembra de algum relato publicado sobre seu *modus operandi*?", insistiu Kinderman.

"Olhe, aonde você quer chegar?"

"Você se lembra?"

"Mutilações?"

"Sim", disse Kinderman focado. Ele inclinou a cabeça para mais perto do médico. "O dedo médio da mão esquerda da vítima era sempre decepado. E nas costas da vítima ele gravava um signo do zodíaco — o de Gêmeos, os dois irmãos gêmeos. E o nome de cada vítima começava com *K*. Os detalhes voltando a você, dr. Tench? Bem, esqueça tudo. Tire tudo isso da sua mente agora mesmo. A verdade é que o dedo decepado era *este* aqui!" O detetive estendeu o dedo indicador direito. "Não o dedo médio, mas o *indicador*! Não da mão esquerda, mas da *direita*! E o signo de Gêmeos não era encontrado nas costas, ele era gravado na palma da mão esquerda! Apenas a Divisão de Homicídios de San Francisco sabia disso, mais ninguém. Porém, passaram informações falsas para a imprensa de propósito para que não fossem incomodados todos os dias por algum maluco se apresentando para confessar que era o Geminiano e então fazendo com que desperdiçassem tempo com as investigações, para que pudessem reconhecer o verdadeiro assassino quando o encontrassem." Kinderman aproximou o rosto ainda mais. "Mas *neste* caso, doutor, neste e em mais outros dois, nós temos o verdadeiro *modus operandi*!"

Tench pareceu aturdido. "Não posso acreditar", disse.

"Pois acredite. Além disso, quando o Geminiano escreveu as cartas para a imprensa, ele sempre dobrava o *l* de cada palavra, mesmo sabendo que estava errado. Isso lhe diz alguma coisa, doutor?"

"Meu Deus!"

"Você entende agora? Ficou claro?"

"Mas e o nome do padre Dyer? Ele não começa com *K*", disse Tench, confuso.

"O nome do meio dele era *Kevin*. E agora será que poderia nos deixar fazer nosso trabalho e tentar proteger você?"

Empalidecido, Tench assentiu em silêncio. "Sinto muito", disse em voz baixa. Ele foi embora.

Kinderman suspirou e olhou cansado para Atkins; então olhou para o posto de enfermagem. Uma das enfermeiras de outro setor estava parada com os braços cruzados, fitando o detetive com atenção. Quando seus olhares se encontraram ela pareceu estranhamente ansiosa. Kinderman voltou-se para Atkins. Ele o pegou pelo braço e o afastou alguns passos do balcão.

"Certo, providencie o que pedi", disse. "E Amfortas. Conseguiu entrar em contato com ele?"

"Não."

"Continue tentando. Ande. Vá." Ele o virou para o outro lado com gentileza, e então o observou enquanto ele andava até o telefone dentro do escritório. Então um peso enorme caiu sobre seus ombros e ele caminhou até a porta do quarto de Dyer. Evitou o olhar do policial de guarda, colocou a mão na maçaneta, abriu a porta e entrou.

Sentiu-se como se tivesse entrado em uma outra dimensão. Recostou-se contra a porta e olhou para Stedman. O patologista estava sentado em uma cadeira, fitando, entorpecido, o vazio. Atrás dele, a chuva salpicava a janela. Metade do quarto estava envolto em sombras e o cinza do lado de fora banhava o restante com uma luz pálida e espectral.

"Não tem uma mancha ou gota de sangue em lugar nenhum neste quarto", disse Stedman em voz baixa. Sua voz estava inexpressiva. "Nem mesmo nas bocas dos frascos", acrescentou.

Kinderman assentiu. Respirou fundo e olhou para o corpo deitado sobre a cama embaixo de um lençol branco. Ao lado dele, em uma bandeja em cima de um carrinho, havia vinte e dois frascos de amostras arrumados em perfeitas fileiras simétricas. Eles continham todo o suprimento de sangue do padre Dyer. O detetive mudou o olhar para a parede atrás da cama, onde o assassino escrevera algo com o sangue do padre Dyer:

A FELLICIDADE NÃO SE COMPRA

Conforme o pôr do sol se aproximava, o mistério se aprofundou além da razão. Sentados na sala da equipe, Ryan contou a Kinderman sobre os resultados das comparações das digitais. O detetive olhou para ele, estupefato. "Está me dizendo que duas pessoas diferentes cometeram esses assassinatos?"

As digitais dos painéis do confessionário não eram compatíveis com aquelas tiradas dos frascos.

QUINTA-FEIRA
17 DE MARÇO

11

O olho passa para o cérebro apenas uma centésima parte dos dados que recebe. A probabilidade de que o que ele transmita se dê por conta do acaso é de um bilionésimo de um bilionésimo de um bilionésimo de um por cento. Um dado recebido se parece com qualquer outro. O que decide o que deve ser transmitido ao cérebro?

Um homem decidiu mover a mão. Suas respostas motoras foram desencadeadas pelos neurônios, que, por sua vez, foram desencadeadas por outras que as levaram ao cérebro. Contudo, qual neurônio decidiu tomar aquela decisão? Presumindo que a cadeia de impulsos elétricos dos neurônios possa ser alongada pelos bilhões de neurônios no cérebro, quando se chega ao final dela, o que restou do que tinha desencadeado o livre-arbítrio do homem? Será que um neurônio poderia tomar decisões? Primeiro Neurônio Não Desencadeado? Primeiro Tomador de Decisões Não Decididas? Ou talvez todo o cérebro pudesse decidir. Isso daria ao todo o que nenhuma de suas partes individuais possuía? Será que zero multiplicado por bilhões poderia resultar em mais do que um zero? E o que tomava a decisão para o cérebro como um todo tomar uma decisão?

Os pensamentos de Kinderman retornaram à missa.

"'Que os anjos te conduzam ao Paraíso'", leu da Bíblia o padre Riley com a voz suave. "'Que o coro de anjos te receba, e com Lázaro, outrora pobre, tenhas um descanso eterno.'"

Kinderman assistiu com o coração partido enquanto Riley aspergia água benta sobre o caixão. A missa na capela Dahlgreen chegara ao fim e agora eles estavam em pé em um vale gramado do campus da Georgetown no começo da manhã. Uma cova nova tinha sido aberta no cemitério jesuíta. Os párocos da Santíssima Trindade estavam lá, assim como os jesuítas do campus, que eram poucos; a maior parte do corpo docente era formada por leigos naqueles dias. Não havia ninguém da família presente. Não houvera tempo. Enterros jesuítas eram realizados com rapidez. Kinderman estudou os homens trêmulos em suas batinas e casacos pretos amontoados perto da sepultura. Seus rostos estavam estoicos e ilegíveis. Será que estavam pensando nas próprias mortalidades?

"'Do alto nos visitará o sol nascente para iluminar aos que estão assentados em trevas e na sombra da morte.'"

Kinderman pensou no sonho com Max.

"'Eu sou a ressurreição e a vida'", orou Riley.

Kinderman olhou para os antigos prédios vermelhos de salas de aula elevando-se acima e ao redor deles, transformando-os em seres diminutos naquele vale silencioso. Assim como o mundo, eles seguiam com suas existências implacáveis. Como era possível que Dyer tivesse partido? Todo homem que já viveu almejou a felicidade perfeita, o detetive refletiu deprimido. *Mas como podemos alcançá-la quando sabemos que vamos morrer?* Cada alegria era obscurecida pelo fato de sabermos que ela terá um fim. E então a natureza incutira em nós um anseio por algo inatingível? *Não. Não é possível. Não faz sentido nenhum.* Cada esforço incutido em nós pela natureza tinha um objeto correspondente que não era um fantasma. Por que essa exceção?, o detetive meditou. Era como se a natureza criasse a fome quando não havia comida nenhuma. Nós continuamos. Nós seguimos em frente. Por conseguinte, a morte provava a vida.

Os sacerdotes começaram a se dispersar em silêncio. Apenas o padre Riley permaneceu. Ele ficou parado, imóvel, fitando a sepultura; então, baixinho, começou a recitar John Donne.

"'Não te orgulhes, ó Morte, embora te hão chamado
Poderosa e terrível, porque tal não és,
Já que quantos tu julgas ter pisado aos pés,
Não morrem, nem de ti eu posso ser tocado.

Do sono e paz que sempre a teu retrato é dado
Muito maior prazer se tira em teu revés,
Pois que o justo ao deitar-se com tua nudez
Ossos te deita e não seu espírito libertado.

Escrava és de suicidas, e de Reis, da Sorte;
Venenos, guerras, doenças são teus companheiros;
Magias nos dão sonos bem mais verdadeiros,
Melhores do que o teu golpe. Porque te inchas, Morte?
Despertamos no Eterno um breve adormecer,
E a morte não será, que Morte hás de morrer.'"[1]

O padre aguardou e então secou as lágrimas com a manga da batina. Kinderman andou até ele.

"Sinto muitíssimo, padre Riley", disse ele.

O sacerdote assentiu, fitando a sepultura. Depois de algum tempo olhou para cima e encontrou o olhar de Kinderman, os olhos cheios de angústia, dor e perda. "Encontre-o", disse impiedoso. "Encontre o desgraçado que fez isso e corte fora as bolas dele." Ele se virou e se afastou pelo vale. Kinderman o observou.

Os homens também almejavam justiça.

Quando o jesuíta finalmente saiu de seu campo de visão, o detetive caminhou até uma lápide e leu a inscrição:

---

1   *Sonetos Sacros*, de John Donne. Trad. Jorge Sena. Disponível em \<https://escamandro.wordpress.com/tag/john-donne/\>. Acesso em 17 maio 2017. [NE]

DAMIEN KARRAS, S.J.
1928-1971

Kinderman manteve os olhos fixos na lápide. A inscrição estava lhe dizendo alguma coisa. O quê? Seria a data? Ele não conseguia juntar as peças. Nada mais fazia sentido, pensou mal-humorado. A lógica tinha fugido junto com a comparação das digitais. O caos governava aquele canto da Terra. O que fazer? Ele não sabia. Olhou para o campus. Para o prédio da administração.

Kinderman foi até o escritório de Riley. Tirou o chapéu. A secretária de Riley inclinou a cabeça. "Como posso ajudar?", perguntou ela.

"O padre Riley. Ele está? Seria possível vê-lo?"

"Bem, duvido que ele queira falar com alguém agora", suspirou. "Sei que não está recebendo nenhuma ligação. Mas qual é seu nome, por favor?"

Kinderman lhe disse.

"Ah, sim", disse ela. Pegou o telefone e ligou para o escritório interno. Quando terminou de falar com Riley, ela devolveu o telefone ao gancho e disse a Kinderman: "Ele vai ver o senhor. Pode entrar, por favor". Ela gesticulou na direção da porta.

"Obrigado, senhorita."

Kinderman entrou em um escritório espaçoso. Os móveis eram quase todos de madeira escura encerada e nas paredes havia litografias e quadros de jesuítas proeminentes do passado da Georgetown. Santo Inácio de Loyola, o fundador da Ordem dos Jesuítas, fitava tudo com um olhar benigno de uma pintura a óleo em uma moldura de carvalho enorme.

"O que tem em mente, tenente? Aceita uma bebida?"

"Não, obrigado, padre."

"Por favor, sente-se." Riley acenou para uma cadeira diante de sua mesa.

"Obrigado, padre." Kinderman se acomodou. Ele foi dominado por uma sensação de segurança naquela sala. Tradição. Ordem. Era disso que ele precisava.

Riley engoliu uma dose de uísque. O copo emitiu um som abafado quando o padre o colocou de volta sobre o couro polido que cobria a mesa.

"Deus é grandioso e misterioso, tenente. O que deseja?"

"Dois padres e um menino crucificado", disse Kinderman. "Está claro que existe alguma ligação religiosa. Mas qual? Não sei o que estou procurando, padre; estou tateando às cegas. Contudo, além de serem padres, o que mais Bermingham e Dyer poderiam ter tido em comum? Que elo de ligação poderia existir entre eles? Você sabe?"

"Claro que sei", respondeu Riley. "Você não?"

"Não, não sei. Qual é?"

"Você. E isso vale para o menino Kintry também. Você conhecia todos eles. Não tinha pensado nisso?"

"Sim, tinha", admitiu o detetive. "Mas isso com certeza é uma coincidência", disse. "A crucificação de Thomas Kintry — isso foi uma declaração sem qualquer relação comigo." Ele abriu as mãos em um gesto retórico.

"Sim, tem razão", concordou Riley. Ele virara de lado e estava olhando pela janela. As aulas do dia tinham chegado ao fim e os alunos se encaminhavam para seus próximos compromissos. "Poderia ser aquele exorcismo", murmurou.

"Que exorcismo, padre? Não entendo."

Riley virou a cabeça para fitá-lo.

"Vamos, você sabe *alguma coisa* a respeito, tenente."

"Bem, um pouco."

"Imagino que sim."

"O padre Karras esteve envolvido de algum modo."

"Se quiser chamar morrer de se envolver", disse Riley. Ele voltou a olhar pela janela. "Damien foi um dos exorcistas. Joe Dyer conhecia a família da vítima. E Ken Bermingham deu a Damien permissão para investigar e depois ajudou a escolher o outro exorcista. Não sei o que isso pode significar, mas com certeza é algum tipo de conexão, não acha?"

"Sim, é claro", respondeu Kinderman. "É muito estranho. Mas isso nos deixa Kintry."

Riley se voltou para ele.

"É mesmo? A mãe dele ensina idiomas no Instituto de Idiomas e Linguística. Damien lhes levara uma gravação para que eles analisassem. Ele queria saber se os sons na fita eram algum idioma ou apenas um monte de sons inarticulados. Ele queria provas de que a vítima estava falando algum tipo de idioma que nunca aprendera."

"E estava?"

"Não. Era inglês ao contrário. No entanto, a pessoa que descobriu isso foi a mãe de Kintry."

Kinderman perdeu a sensação de segurança. Aquele fio conectivo levava à escuridão.

"Esse caso de possessão, padre — você acredita que foi verdadeiro?"

"Não me preocupo com o bicho-papão", disse Riley. "'Pois os pobres vocês sempre terão consigo'. Pensar nisso já é o bastante para mim, na maioria dos dias." Ele pegou o copo e brincou distraído com ele, virando-o e girando-o com os dedos. "Como foi feito, tenente?", perguntou baixinho.

Kinderman hesitou antes de responder. Então respondeu em voz baixa:

"Com um cateter."

Riley continuou a virar o copo.

"Talvez *devesse* estar procurando um demônio", murmurou.

"Um médico vai servir", respondeu Kinderman.

O detetive deixou o escritório e logo estava respirando de modo superficial e descompassado conforme atravessava, cansado, o portão principal. Desceu a rua 36. A chuva parara há pouco tempo e as calçadas de tijolos vermelhos brilhavam molhadas. Na esquina, dobrou à direita e seguiu direto para a casa estreita de Amfortas. Notou que todas as cortinas estavam fechadas. Subiu os degraus e tocou a campainha. Um minuto se passou. Tocou a campainha de novo, mas ninguém saiu para atender. Kinderman desistiu. Afastou-se da porta e andou depressa na direção do hospital, perdido em um labirinto, mas movendo-se com pressa, como se esperasse que a caminhada fosse gerar ideias.

No hospital, Kinderman não conseguiu encontrar Atkins. Nenhum dos policiais sabia onde ele estava. O detetive foi até o posto de enfermagem da neurologia e falou com a enfermeira de plantão, Jane Hargaden. O detetive inquiriu a respeito de Amfortas.

"Você sabe onde posso encontrá-lo, por favor?", perguntou.

"Não. Ele não faz mais rondas", explicou Hargaden.

"Sim, eu sei, mas ele às vezes vem aqui. Você o viu?"

"Não, não vi. Deixe-me verificar o laboratório dele", disse a enfermeira. Ela pegou o telefone e discou o ramal. Ninguém atendeu. Ela desligou e disse: "Sinto muito".

"Será que ele talvez tenha ido viajar?", perguntou Kinderman.

"Não sei dizer ao certo. Temos recados para ele. Deixe-me ver." Hargaden foi até um escaninho e dele retirou um maço de mensagens. Ela as folheou e então as entregou a Kinderman. "Você mesmo pode ler estas, se quiser."

"Obrigado." Kinderman examinou as mensagens. Uma era de um distribuidor de equipamentos médicos a respeito de um pedido de uma sonda laser. Todas as outras eram ligações da mesma pessoa, um tal de dr. Edward Coffey. Kinderman mostrou uma mensagem à enfermeira. "Esta é igual às outras", disse. "Posso ficar com ela?"

"Sim", respondeu ela.

Kinderman enfiou a mensagem no bolso e devolveu as outras à enfermeira.

"Muito agradecido", disse ele. "Enquanto isso, caso veja o dr. Amfortas, ou se ele entrar em contato, será que poderia pedir para ele me ligar, por favor?" Ele lhe entregou um cartão de visitas. "Neste número." Ele apontou.

"É claro, senhor."

"Obrigado."

Kinderman se virou e andou até os elevadores. Apertou o botão marcado "descer". Um elevador chegou e depois que uma enfermeira saiu, ele entrou. Então a enfermeira voltou a entrar. Kinderman se lembrava dela. Era a mesma que o fitara de modo tão estranho na manhã anterior.

"Tenente?", chamou ela. Ela tinha o rosto franzido e seus modos eram hesitantes. Ela cruzou os braços sobre a bolsa de couro branco que carregava.

Kinderman tirou o chapéu.

"Como posso ajudar?"

A enfermeira desviou o olhar. Ela parecia incerta.

"Não sei. Parece loucura", disse. "Não sei."

Eles chegaram ao lobby.

"Vamos, vamos encontrar um lugar para conversar", encorajou o detetive.

"Me sinto tão tola. É só uma coisa..." Ela deu de ombros. "Bom, não sei."

A porta do elevador se abriu. Eles saíram e o detetive guiou a enfermeira até um canto do lobby, onde se sentaram em cadeiras de couro sintético azul.

"Isso é uma besteira tão grande", disse a enfermeira.

"Nada é besteira", assegurou-lhe o detetive. "Se alguém me dissesse agora: 'O mundo é uma laranja', eu perguntaria de que tipo, e depois disso quem sabe o que mais? Não, sério. Quem sabe o que é o que hoje em dia?" Ele relanceou o olhar para o crachá dela: CHRISTINE CHARLES. "Então o que foi, srta. Charles?"

Ela soltou o ar por entre os lábios.

"Está tudo bem", tranquilizou-a o detetive. "Agora me diga qual é o problema?"

Ela levantou a cabeça e o olhou nos olhos.

"Eu trabalho na psiquiatria", disse. "Na unidade dos problemáticos. Temos um paciente." Ela deu de ombros. "Eu não trabalhava lá quando ele deu entrada. Isso foi há muitos anos", disse. "Dez ou doze. Fiz uma busca no arquivo dele." Ela estava remexendo na bolsa e retirou um maço de cigarros. Ela pegou um e então riscou um fósforo. Precisou de diversas tentativas até conseguir acender o fósforo. Ela virou a cabeça e soprou fumaça em uma coluna espessa e cinzenta. "Desculpe", disse.

"Continue, por favor."

"Bom, esse homem. A polícia o tinha encontrado na rua M. Ele estava perambulando por ali em algum tipo de torpor. Ele não conseguia falar, acho, e não tinha nenhum documento. Bom, de qualquer maneira, ele finalmente acabou aqui com a gente." Ela deu um trago nervoso e rápido no cigarro. "Ele foi diagnosticado como catatônico, embora quem diabos pudesse saber de verdade. Estou sendo honesta. Enfim, o homem nunca disse nada em todos esses anos e nós o deixamos na unidade aberta. Até pouco tempo atrás. Vou chegar nisso tudo em um segundo. Esse homem não tinha nome, então nós inventamos um. Nós o chamamos de Tommy Girassol. Na sala de recreação, ele ficava o dia inteiro indo de cadeira em cadeira, seguindo a luz do sol. Ele nunca se sentava na sombra se pudesse evitar." Ela voltou a dar de ombros. "Havia algo de amável nele. Mas então tudo mudou, como eu disse antes. Por volta do primeiro dia do ano, ele começou — bem — a sair de seu isolamento, acho. E então, pouco a pouco, começou a emitir sons que soavam como se ele quisesse falar. Estava claro na cabeça dele, acredito, mas ele não usava seu equipamento vocal há tanto tempo que, no começo, tudo saía na forma de grunhidos e gemidos." Ela se esticou até um cinzeiro e apagou o cigarro com movimentos rápidos e fortes. "Deus, estou transformando uma coisinha de nada em uma história enorme." Voltou a olhar para o detetive. "Resumindo, ele finalmente se tornou violento e nós o isolamos. Camisa de força. Cela acolchoada. A coisa toda. Ele está lá desde fevereiro, tenente, então não tem como ele estar envolvido. Mas ele diz ser o Assassino Geminiano."

"Como é?"

"Ele insiste que é o Assassino Geminiano, tenente."

"Mas você disse que ele está trancafiado?"

"Sim, isso mesmo. Quero dizer, é por isso que hesitei em lhe contar. Ele poderia muito bem ter dito que é o Jack, o Estripador. Sabe? E daí? Mas é só que..." A voz dela foi sumindo e os olhos ficaram perturbados e um pouco distantes. "Bom, acho que foi o que eu o ouvi falando semana passada", continuou, "um dia enquanto lhe dava clorpromazina."

"E o que ele disse, por favor?"

"'O padre.'"

A entrada para a unidade dos problemáticos era controlada por uma enfermeira a postos em uma cabine circular feita de vidro. A cabine ficava no centro de um amplo espaço quadrado que formava a confluência de três corredores. A enfermeira pressionou um botão e uma porta de metal deslizou até abrir. Temple e Kinderman entraram na unidade e a porta deslizou silenciosa até fechar atrás deles.

"Simplesmente não tem *como* sair daqui", disse Temple. Seus modos eram bruscos e irritados. "Ou ela vê você através da janela da porta e aperta um botão para o deixar entrar, ou você precisa digitar uma combinação de quatro dígitos que é trocada a cada semana. Você *ainda* o quer ver?", indagou ele.

"Não custa nada."

Temple o encarou sem acreditar.

"A cela do homem está trancada. Ele está em uma camisa de força. As pernas estão contidas."

O detetive deu de ombro.

"Só vou olhar."

"A decisão é sua, tenente", disse o psiquiatra irritado. Ele começou a andar e Kinderman o seguiu até o corredor mal iluminado. "Eles vivem trocando essas malditas lâmpadas", resmungou Temple, "e elas continuam queimando."

"No mundo todo."

Temple pescou dentro de um bolso e retirou um chaveiro pesado de muitas chaves.

"Ele está aqui", anunciou. "Cela Doze."

Kinderman vislumbrou através de um espelho falso um quarto acolchoado equipado de modo simples com uma cadeira de encosto reto, uma pia, uma privada e um bebedouro. Em uma cama estreita presa à parede dos fundos do quarto sentava-se um homem em uma camisa de força. Kinderman não conseguia ver seu rosto. A cabeça do homem estava curvada até encostar no peito e o longo cabelo preto pendia em fios oleosos e emaranhados. Temple destrancou e abriu a porta. Acenou para dentro. "Fique à vontade", disse. "Quando terminar, aperte a campainha ao lado da porta. Ela vai chamar uma enfermeira. Eu estarei em meu escritório", disse. "Vou deixar a porta destrancada." Lançou um olhar de aversão ao detetive e então se afastou saltitando pelo corredor.

Kinderman entrou na cela e fechou a porta atrás de si em silêncio. Uma lâmpada desprotegida pendia de um fio no centro do teto. Os filamentos estavam fracos e a lâmpada lançava um brilho alaranjado ao redor do quarto. Kinderman relanceou o olhar para a pia branca. Uma torneira estava pingando, uma gota lenta de cada vez. No silêncio, o barulho das gotas era pesado e distinto. Kinderman andou na direção da cama e então parou.

"Você demorou um bom tempo para chegar aqui", disse uma voz. Sardônica, era baixa e sussurrante nas beiradas.

Kinderman ficou confuso. A voz parecia familiar. Onde a tinha ouvido antes?, perguntou-se. "Sr. Girassol?", indagou.

O homem levantou a cabeça e quando Kinderman viu as feições escuras e marcadas, ele cambaleou um passo para trás, chocado. "Meu Deus!", arquejou. Seu coração começou a bater disparado.

A boca do paciente estava fendida em um sorriso irônico. "A felicidade não se compra", disse, malicioso, "não acha?"

Kinderman recuou às cegas até a porta, tropeçou, virou-se, apertou a campainha para chamar a enfermeira e então disparou para fora do quarto com o rosto desprovido de cor. Correu até o escritório de Freeman Temple.

"Ei, amigo, qual é o problema?", perguntou Temple com o rosto franzido quando Kinderman irrompeu em seu escritório. Sentado à mesa, ele colocou de lado um antigo periódico psiquiátrico e avaliou o detetive que suava e arfava. "Sente-se. Você não está com uma aparência muito boa. O que houve?"

Kinderman afundou em uma cadeira. Ele não conseguia falar nem focar os pensamentos. O psiquiatra se levantou e se inclinou sobre ele, examinando seu rosto e seus olhos.

"Você está bem?"

Ele fechou os olhos e aquiesceu.

"Será que poderia me dar um pouco de água, por favor?", pediu. Colocou a mão no peito e sentiu o coração. Ainda batia acelerado.

Temple serviu água gelada de um jarro em um copo de plástico que estava em cima da mesa. Pegou-o e o entregou a Kinderman.

"Tome, beba."

"Obrigado. Sim." Kinderman pegou o copo da mão do psiquiatra. Tomou um gole de água, depois outro e então esperou em silêncio até o coração começar a desacelerar. "Sim, assim está melhor", suspirou afinal. "Muito melhor." Logo a respiração de Kinderman tinha normalizado e ele focou o olhar no ansioso Temple. "Girassol", disse. "Quero ver o arquivo dele."

"Para quê?"

Eu quero ver o arquivo!", gritou o detetive.

Assustado, o psiquiatra recuou um passo. "Tudo bem, ok, homem. Vá com calma. Vou pegá-lo." Temple saltitou depressa para fora do escritório, trombando com Atkins conforme o sargento passava pela porta.

"Tenente?", chamou Atkins.

Kinderman o fitou inexpressivo.

"Onde você esteve?", perguntou ele.

"Escolhendo alianças de casamento, tenente."

"Isso é bom. É normal. Ótimo, Atkins. Fique por perto." Kinderman focou o olhar em uma parede. Atkins não sabia o que pensar disso ou do que o detetive dissera. Franziu o rosto e andou até o balcão do posto de enfermagem, onde se recostou, observou e esperou. Nunca vira Kinderman com aquela aparência.

Temple voltou e colocou o arquivo nas mãos de Kinderman. O detetive começou a ler enquanto Temple se sentava e o observava. O psiquiatra acendeu uma cigarrilha e estudou o rosto de Kinderman com cuidado. Olhou para as mãos que viravam as páginas do arquivo com tanta rapidez. Estavam tremendo.

Kinderman levantou os olhos do arquivo. "Você estava aqui quando esse homem foi internado?", perguntou bruscamente.

"Sim."

"Tente refrescar a memória, por favor, dr. Temple. O que ele estava vestindo?"

"Jesus Cristo, isso foi há tanto tempo."

"Consegue lembrar?"

"Não."

"Havia sinais de ferimentos? Equimoses? Lacerações?

"Isso estaria no arquivo", respondeu Temple.

"Isso *não* está no arquivo! *Não* está!" O detetive bateu o arquivo na mesa a cada "não".

"Ei, se acalme."

Kinderman se levantou. "Você ou alguma enfermeira contaram ao homem na Cela Doze sobre o assassinato do padre Dyer?"

"*Eu* não contei. Por que diabos contaríamos isso a ele?"

"Pergunte para as enfermeiras", ordenou Kinderman, de maneira ameaçadora. "Pergunte a elas. Quero ter uma resposta até amanhã de manhã."

Kinderman se virou e saiu da sala. Andou até Atkins.

"Quero que verifique com a Universidade de Georgetown", disse. "Havia um padre lá, o padre Damien Karras. Veja se eles ainda têm os históricos médicos dele, e os históricos dentais também. Além disso, ligue para o padre Riley. Quero que ele venha para cá agora mesmo."

Atkins fitou os olhos preocupados de Kinderman com uma expressão interrogativa. O detetive respondeu à pergunta não proferida. "O padre Karras era uma pessoa que eu conhecia", explicou Kinderman. "Doze anos atrás ele morreu. Despencou pela Escadaria de Hitchcock. Eu fui ao enterro dele", disse. "E acabei de vê-lo. Ele está aqui nesta unidade em uma camisa de força."

12

Na Midnight Mission[1] do centro de Washington, D.C., Karl Vennamun distribuía sopa para os necessitados sentados ao longo da mesa comunal. Quando eles lhe agradeciam, ele dizia "Deus te abençoe" em um tom baixo e caloroso. A fundadora da organização, a sra. Tremley, o seguia, distribuindo grossas fatias de pão.

Enquanto os necessitados comiam com as mãos trêmulas, o velho Vennamun se posicionou atrás de um pequeno pódio de madeira e leu em voz alta passagens das Escrituras. Depois disso, enquanto café e bolo eram consumidos, ele fez comentários sobre o trecho lido, os olhos inflamados de fervor. Sua voz era forte, e seus intervalos e suas cadências eram hipnóticos. A sala estava em suas mãos. A sra. Tremley olhou em volta para os rostos dos necessitados. Um ou dois deles estavam cochilando, vencidos pela comida e pelo calor da sala, mas os outros estavam encantados e os rostos brilhavam. Um homem chorava.

Depois do jantar, a sra. Tremley estava sentada sozinha com Vennamun na ponta da mesa vazia. Ela assoprava sua caneca de café quente. Fios de vapor elevavam-se em caracol. Tomou um gole. As mãos de Vennamun estavam abertas sobre a mesa e ele as fitava em um silêncio pensativo.

---

1   Organização humanitária que ajuda moradores de rua com o intuito de reintroduzi-los como membros ativos da sociedade. [NT]

"Karl, você prega de um jeito maravilhoso", disse a sra. Tremley. "Tem um talento tão grande."

Vennamun não disse nada.

A sra. Tremley pousou a caneca na mesa.

"Você deveria pensar em compartilhar isso com o mundo outra vez", disse ela. "Eles já esqueceram de tudo aquilo, toda aquela terrível tragédia; está acabado. Devia começar a exercer seu sacerdócio em público outra vez."

Durante algum tempo, o velho Vennamun não se mexeu. Quando afinal ergueu o olhar e fitou a sra. Tremley nos olhos, ele disse baixinho: "Estive pensando em fazer exatamente isso".

**SEXTA-FEIRA
18 DE MARÇO**

13

Dizia-se que todo homem tinha um duplo, uma duplicata física idêntica que existia em algum lugar do mundo. Essa poderia ser a resposta para o mistério?, perguntou-se. Ele olhou para os austeros coveiros cavando, exumando o caixão de Damien Karras. O psiquiatra jesuíta não tivera irmãos, nenhum membro da família que pudesse explicar a semelhança surpreendente entre o padre e o homem na unidade dos problemáticos do hospital. Não havia nenhum histórico médico ou dental disponível; eles foram descartados após a morte de Karras. Não havia nada a ser feito agora, pensou Kinderman, exceto isto, e ele ficou ao lado da sepultura com Atkins e Stedman, rezando para que o corpo no caixão fosse o de Karras. A alternativa era um horror quase impensável, um deslocamento do eixo da mente. *Não. Não pode ser*, pensou Kinderman. *Impossível.* Mesmo assim, até mesmo o padre Riley pensou que Girassol fosse Karras.

"Você mencionou luz", ponderou o detetive. Atkins não tinha mencionado nada, mas prestou atenção, abotoando a gola da jaqueta de couro. Era meio-dia, mas ainda assim o vento estava cortante e mordaz. Stedman permanecia atento à escavação. "O que vemos é apenas parte do espectro", meditou Kinderman, "uma fresta minúscula entre os raios gamas e as ondas de rádio, uma pequena fração da luz que existe." Ele forçou a vista contra o disco prateado do sol, as bordas luminosas e resplandecentes por trás de uma nuvem. "Então quando Deus disse: 'Que haja luz'", ponderou, "pode ser que na verdade Ele estivesse dizendo 'Que haja realidade'."

Atkins não soube o que dizer.

"Eles terminaram", anunciou Stedman. Olhou para Kinderman. "Devemos abrir?"

"Sim, abra."

Stedman passou a instrução aos coveiros e eles abriram com cuidado a tampa do caixão com uma alavanca. Kinderman, Stedman e Atkins olharam. O vento estava ficando mais forte e as bainhas de seus casacos esvoaçaram.

"Descubram quem é", disse Kinderman depois de algum tempo.

Não era o padre Karras.

Kinderman e Atkins entraram na unidade dos problemáticos. "Quero ver o paciente na Cela Doze", disse Kinderman. Ele se sentia como um homem em um sonho que não sabia ao certo quem era ou onde estava. Ele duvidava do fato mais simples, como a própria respiração.

Spencer, a enfermeira-chefe, verificou seu documento de identidade. Quando encontrou seu olhar, os olhos dela demonstravam ansiedade e a sombra de algo como medo. Kinderman vira aquela expressão em todos os funcionários. Um silêncio geral caíra sobre o hospital. Figuras vestidas de branco se moviam como fantasmas em um navio assombrado. "Tudo certo", disse ela relutante. Ela pegou as chaves de cima da mesa e começou a andar. Kinderman a seguiu e pouco depois, ela estava destrancando a Cela Doze. Kinderman olhou para o teto do corredor. Enquanto olhava, outra lâmpada piscou e apagou.

"Pode entrar."

Kinderman fitou a enfermeira.

"Devo trancar a porta depois de você entrar?", perguntou ela.

"Não."

Ela o encarou por alguns instantes, depois foi embora. A enfermeira estava usando sapatos novos e as grossas solas de crepe guinchavam alto contra o ladrilho do corredor silencioso. O detetive a observou por algum tempo, depois deu um passo para dentro do quarto e fechou a porta. Olhou para a cama. Girassol o observava, o rosto desprovido de expressão. O gotejar na pia vinha em intervalos regulares; cada *plop* era separado por diversos batimentos cardíacos. Ao olhar dentro daqueles olhos, o detetive sentiu um pavor palpitar no peito. Ele andou até a cadeira de encosto reto encostada na parede e sentiu-se completamente ciente do som de seus passos. Girassol o seguiu com os olhos. Seu olhar era inteligente e inexpressivo. Kinderman se sentou e o encarou de volta. Por um instante seu olhar dardejou para a cicatriz acima do olho direito do paciente, depois voltou a fitar aquele olhar inquietante e imóvel. Kinderman ainda não conseguia acreditar no que estava vendo.

"Quem é você?", perguntou ele.

No quartinho acolchoado, o som de suas palavras tinha uma estranha clareza. Ele quase se perguntou quem as tinha proferido.

Tommy Girassol não respondeu. Ele continuou encarando.

Plop. Silêncio. Em seguida outro *plop.*

Uma sensação de pânico esgueirou-se por dentro do detetive Kinderman.

"Quem é você?", repetiu.

"Eu sou alguém."

Os olhos de Kinderman se arregalaram. Ele ficou aturdido. A boca de Girassol se curvou em um sorriso e havia um brilho zombeteiro e malevolente nos olhos.

"Sim, é claro que você é alguém", reagiu Kinderman, lutando para manter o autocontrole. "Mas quem? Você é Damien Karras?"

"Não."

"Então quem é você? Qual é o seu nome?"

"Me chame de 'Legião', porque somos muitos."

Um arrepio irracional percorreu o corpo de Kinderman. Ele queria estar longe daquele quarto. Não conseguia se mover. De repente, Girassol jogou a cabeça para trás e cantou como um galo; depois relinchou como um cavalo. Os sons eram autênticos, não soavam nem um pouco como imitações, e Kinderman se sobressaltou por dentro com a atuação.

A risada de Girassol soou como um xarope espesso e amargo cascateando.

"Sim, faço boas imitações, não acha? Afinal de contas, aprendi com um mestre", ronronou ele. "E além disso, tive muito tempo para aperfeiçoá-las. Praticar, praticar! Ah, sim, essa é a chave. Esse é o segredo para minha carnificina tão habilidosa, tenente."

"Por que está me chamando de 'tenente'?", perguntou Kinderman.

"Não banque o espertinho." As palavras saíram como um rosnado.

"Você sabe meu nome?", indagou Kinderman.

"Sim."

"Qual é?"

"Não me apresse", sibilou Girassol. "Vou demonstrar meus poderes em breve."

"Seus poderes?"

"Você me deixa entediado."

"Quem é você?"

"Você sabe quem eu sou."

"Não, não sei."

"Sabe sim."

"Então me diga."

"Seu tolo, sou o Geminiano."

Kinderman hesitou por alguns instantes. Ouviu o gotejar da torneira. Enfim disse: "Prove".

Girassol jogou a cabeça para trás e zurrou como um burro. O detetive sentiu os pelos das mãos arrepiarem. Girassol baixou o olhar e falou impassível: "Costuma ser bom mudar de assunto de vez em quando, não acha?". Ele suspirou e fitou o chão. "Sim, eu tive uma vida muito divertida. Tanta diversão." Fechou os olhos e uma expressão de felicidade tomou conta de seu rosto, como se ele estivesse inalando uma fragrância deliciosa. "Ah, Karen", sussurrou. "A encantadora Karen. Fitinhas, fitinhas amarelas no cabelo. Ele cheirava a Houbigant Chantilly. Quase posso sentir o aroma agora."

Kinderman ergueu as sobrancelhas em um movimento involuntário e o sangue fugiu de seu rosto. Girassol o encarou. Seus olhos leram a expressão no rosto de Kinderman. "Sim, eu a matei", disse Girassol. "Afinal de contas, foi inevitável, não foi? É claro. Uma divindade molda o fim de nossas vidas e tudo o mais. Eu a peguei em Sausalito e depois a deixei no lixão da cidade. Pelo menos partes dela. Eu guardei outros pedaços para mim. Sou um sentimentalista completo. É um defeito, mas quem é perfeito, tenente? Em minha defesa, guardei o peito dela no meu congelador por algum tempo. Sou um acumulador. Ela estava usando um vestido lindo. Uma blusinha camponesa rosa e branca com babados. Ainda a ouço de vez em quando. Gritando. Acho que os mortos deveriam ficar calados a não ser que tivessem algo a dizer." Ele assumiu uma expressão zangada, depois jogou a cabeça para trás e mugiu como um bezerro. O som foi perturbador de tão real. Ele se interrompeu de repente e voltou a olhar para Kinderman. "Precisa ser aprimorado", disse com o rosto franzido. Ficou em silêncio por algum tempo, estudando Kinderman com um olhar fixo e imóvel. "Fique calmo", disse em um tom morto e monótono. "Consigo ouvir seu medo tiquetaqueando como um relógio."

Kinderman engoliu em seco e ouviu o gotejar, incapaz de afastar o olhar.

"Sim, eu também matei aquele menino negro perto do rio", disse Girassol. "Aquilo foi divertido. Todos são. Exceto os padres. Os padres foram diferentes. Não é meu estilo. Eu mato a esmo. Assim é mais emocionante. Sem motivos. Essa é a diversão. Contudo, os padres foram diferentes. Oh, é claro que os nomes deles começavam com K. Sim, consegui insistir pelo menos nisso, afinal. Temos que continuar matando o papai, não é mesmo? Ainda assim, os padres foram diferentes. Não é meu estilo. Não foi aleatório. Fui obrigado — bem, obrigado a acertar uma rixa em nome de — um amigo." Ele ficou em silêncio e continuou a encarar. Aguardando.

"Que amigo?", perguntou Kinderman depois de algum tempo.

"Você sabe, um amigo daqui. Do outro lado."

"Você está do outro lado?"

Uma estranha mudança tomou conta de Girassol. O ar de zombaria distante desapareceu e foi substituído por uma postura de preocupação e medo.

"Não queira dar uma de espertinho, tenente. Existe sofrimento aqui. Não é fácil. Não, não é fácil. Eles, às vezes, podem ser cruéis. Muito cruéis."

"Quem são 'eles'?"

"Deixa para lá. Não posso contar. É proibido."

Kinderman pensou por alguns instantes. Inclinou-se para a frente.

"Você sabe meu nome?", perguntou.

"Seu nome é Max."

"Não, não é", disse Kinderman.

"Se você diz."

"Por que achou que era Max?"

"Não sei. Você me lembra meu irmão, suponho."

"Você tem um irmão chamado Max?"

"Alguém tem."

Kinderman sondou aqueles olhos inexpressivos. Será que havia algo sardônico neles? Algo provocador? De repente, Girassol mugiu como um bezerro outra vez. Quando terminou, pareceu satisfeito. "Está ficando melhor!", exclamou. Depois arrotou.

"Qual é o nome de seu irmão?", perguntou Kinderman.

"Deixe meu irmão fora disso", rugiu Girassol. Um instante depois, sua postura se tornou expansiva. "Sabia que está conversando com um artista?", perguntou. "Às vezes, faço coisas especiais com minhas vítimas. Coisas criativas. Mas é claro que eles ficam sabendo e se orgulham da obra de alguém. Você sabia, por exemplo, que cabeças decapitadas podem continuar enxergando por — oh, possivelmente vinte segundos? Então quando fico como uma de olhos esbugalhados, eu a seguro no alto para que possa ver o próprio corpo. É um extra que acrescento sem custo adicional. Tenho que admitir que me faz rir todas as vezes. Porém, por que eu deveria ficar com toda a diversão? Gosto de compartilhar. Mas é claro que não recebi nenhum crédito por isso na mídia. Eles só quiseram divulgar todas as coisas ruins sobre mim. Isso é justo?"

Kinderman de repente exclamou de modo ríspido: *"Damien!"*.

"Por favor, não grite", pediu Girassol. "Há pessoas doentes aqui. Obedeça às regras ou terei que fazer com que seja expulso. A propósito, quem é esse tal de Damien que você insiste ser eu?"

"Você não sabe?"

"Eu pondero de vez em quando."

"Sobre o quê?"

"Sobre o preço do queijo e como papai está se saindo. Eles estão chamando esses crimes de assassinatos do Geminiano nos jornais? É importante, tenente! Você precisa fazer com que façam isso! Meu querido papai precisa saber. Essa é a questão. Esse é meu motivo. Fico tão feliz por termos tido essa oportunidade de bater um papinho para convencer você."

"O Geminiano está morto", disse Kinderman.

Girassol o congelou com um olhar ameaçador. "Estou vivo", sibilou. "Eu perduro! Certifique-se de que isso se torne conhecido ou eu vou punir você, balofo!"

"E como vai me punir?"

Os modos de Girassol se tornaram amigáveis de repente. "Dançar é divertido", disse. "Você dança?"

"Se você é o Geminiano, prove", insistiu Kinderman.

"De novo? Cristo, eu já dei todas as provas de que você precisa, porra", rosnou Girassol. Seus olhos brilhavam cheios de raiva e veneno.

"Você não pode ter matado os padres e o menino."

"Fui eu."

"Qual era o nome do menino?"

"Era Kintry, aquele negrinho desgraçado!"

"Como conseguiu sair daqui para cometer os assassinatos?"

"Eles me deixam sair", respondeu Girassol.

"O quê?"

"Eles me deixam sair. Eles me tiram da camisa de força, abrem a porta e então me mandam para perambular pelo mundo. Todos os médicos e todas as enfermeiras. Todos estão envolvidos nisso comigo. Às vezes, trago pizza ou um exemplar do *Washington Post* para eles. Outras vezes eles só me pedem para cantar. Eu canto bem." Ele jogou a cabeça para trás e começou a cantar "Drink to Me Only with Thine Eyes" sem desafinar e em um falsete agudo.

Girassol terminou e sorriu para o detetive. "Gostou? Acho que sou muito bom. Você não acha? Sou multifacetado, como dizem. A vida é divertida. A vida é *maravilhosa*, na verdade. Para alguns. Que chato o que aconteceu com o pobre padre Dyer."

Kinderman o encarou.

"Você sabe que eu o matei", disse Girassol baixinho. "Um problema interessante. Mas funcionou. Primeiro, um pouco do bom e velho suxametônio que me permite trabalhar sem nenhuma distração incômoda; depois um cateter de noventa centímetros introduzido diretamente na veia cava inferior — ou, na verdade, na veia cava superior. É uma questão de gosto, não acha? Então o tubo avança pela veia até a dobra do braço, e depois até a veia que leva ao coração. Em seguida, você levanta as pernas e bombeia o sangue manualmente dos braços e das pernas. Não é perfeito; sobra um pouco de sangue no corpo, infelizmente, mas independentemente disso, o efeito geral é espantoso, e não é isso que conta de verdade no fim das contas?"

Kinderman ficou aturdido.

Girassol riu. "Sim, é claro. Um ótimo entretenimento, tenente. O efeito. Tudo feito sem derramar uma só gota de sangue. Eu chamo isso de espetáculo, tenente. É claro que ninguém notou. É como dar pérolas aos..."

Girassol não terminou. Kinderman tinha se levantado, corrido até a cama e golpeado o rosto de Girassol com uma furiosa e devastadora bofetada com as costas da mão. Agora ele pairava sobre Girassol, o corpo tremendo. Sangue começou a escorrer da boca e do nariz de Girassol. Ele fitou Kinderman com um olhar malicioso.

"Algumas vaias do público, estou vendo. Tudo bem. Sim, está tudo bem. Compreendo. Fui maçante. Bom, devo animar um pouco as coisas para você."

Kinderman pareceu confuso. As palavras de Girassol estavam ficando arrastadas, as pálpebras pesadas com uma sonolência súbita. A cabeça começou a tombar. Ele estava sussurrando alguma coisa. Kinderman se inclinou para ouvir as palavras.

"Boa noite, lua. Boa noite, vaquinha — pulando por cima — da lua. Boa noite — Amy. Queridinha..."

Algo extraordinário aconteceu. Embora os lábios de Girassol mal estivessem se movendo, outra voz surgiu de sua boca. Era a voz mais jovem e suave de um homem, e ele parecia estar gritando ao longe. "F-f-f-faça ele parar!", gaguejou a voz em um grito. "N-n-n-não deixe ele..."

"Amy", sussurrou a voz de Girassol.

"N-n-n-não!", gritou a voz distante. "J-J-J-ames! N-n-n-não! N-n-ão d-d-d..."

A voz sumiu. A cabeça de Girassol tombou para a frente e ele pareceu ficar inconsciente. Kinderman o fitou assombrado, sem entender. "Girassol", chamou ele. Não houve resposta.

Kinderman se virou e andou até a porta. Tocou a campainha para chamar a enfermeira e depois saiu do quarto. Esperou a enfermeira se aproximar dele correndo.

"Ele desmaiou", informou o detetive.

"De novo?"

Kinderman a observou entrar apressada na cela, as sobrancelhas franzidas em uma expressão interrogativa. Quando a enfermeira se aproximou de Girassol, o detetive se virou depressa e começou a descer o corredor a passos rápidos. Ele sentiu vergonha e arrependimento quando ouviu a enfermeira gritar: "O maldito nariz dele está quebrado!".

Kinderman andou depressa até o posto de enfermagem onde Atkins o esperava com alguns papéis. Ele os entregou ao detetive.

"Stedman disse que você iria querer isso imediatamente", disse o sargento.

"O que é?", perguntou Kinderman.

"O relatório patológico do homem dentro do caixão", respondeu Atkins.

Kinderman enfiou os papéis em um bolso. "Quero um policial de guarda no corredor diante da Cela Doze", disse a Atkins com urgência. "Diga a ele para não ir embora esta noite antes de eu falar com ele. Número dois, encontre o pai do Geminiano. O nome dele é Karl Vennamun. Tente conseguir acesso ao sistema nacional de computadores. Preciso dele aqui depressa. Vá cuidar disso, por favor, Atkins. É importante."

Atkins disse: "Sim, senhor", e se afastou depressa. Kinderman se recostou no balcão do posto de enfermagem e tirou os papéis do bolso. Passou os olhos apressado pelo que estava escrito, mas então voltou e releu uma parte. Aquilo lhe deu um susto. Ele ouviu passos guinchando em sua direção e levantou o olhar. A enfermeira Spencer estava parada diante dele com uma postura acusadora.

"Você bateu nele?", perguntou ela.

"Posso conversar com você em particular?"

"Qual é o problema com sua mão?", indagou. Estava olhando para ela. "Está inchada."

"Deixa para lá, está tudo bem", disse o detetive. "Podemos ir até seu escritório, por favor?"

"Vá na frente", disse. "Preciso pegar uma coisa." Ela se afastou e dobrou uma esquina. Kinderman entrou no pequeno escritório e se sentou à mesa. Enquanto esperava, estudou o relatório outra vez. Já se sentindo abalado, ele mergulhou ainda mais em dúvidas e confusões.

"Ok, me deixe ver essa mão."

A enfermeira tinha voltado com alguns suprimentos. Kinderman estendeu a mão e ela começou a cobri-la com gaze e depois a enfaixou.

"Isso foi muita gentileza sua", agradeceu ele.

"Disponha."

"Quando lhe disse que o sr. Girassol tinha desmaiado, você falou 'de novo'", disse Kinderman.

"É mesmo?"

"Sim."

"Bem, já aconteceu antes."

O detetive fez uma careta devido à pressão na mão.

"É isso que acontece quando você bate nas pessoas", disse a enfermeira.

"Com que frequência ele caiu inconsciente no passado?"

"Bem, na verdade, apenas esta semana. Acho que a primeira vez foi no domingo."

"Domingo?"

"Sim, acho que foi", confirmou Spencer. "Depois aconteceu de novo no dia seguinte. Se quiser as horas exatas, posso verificar no prontuário."

"Não, não, não, ainda não. Mais alguma vez?", indagou.

"Bem..." A enfermeira Spencer pareceu desconfortável. "Por volta das 4h de quarta-feira. Quero dizer, pouco antes de encontrarmos..." Ela se interrompeu e ficou agitada.

"Tudo bem", disse Kinderman. "Você é muito sensível. Agradeço pela ajuda. Entretanto, quando isso acontece, é como se ele estivesse dormindo normalmente?"

"De jeito nenhum", respondeu Spencer, cortando o rolo de atadura com uma tesoura. Ela prendeu a ponta solta com esparadrapo. "O sistema nervoso autônomo dele diminui as atividades para quase nada: batimentos cardíacos, temperatura, respiração. É como uma hibernação. Mas acontece o oposto com as atividades cerebrais. Elas aumentam como loucas."

Kinderman a fitou em silêncio.

"Isso significa alguma coisa?", perguntou Spencer.

"Alguém mencionou ao sr. Girassol o que aconteceu com o padre Dyer?"

"Não sei. *Eu* não contei nada."

"O dr. Temple?"

"Não sei."

"Ele passa muito tempo tratando Girassol?"

"Está se referindo a Temple?"

"Sim, Temple."

"É, acho que sim. Acho que ele o encara como um desafio."

"Ele usa hipnose nele?"

"Sim."

"Com muita frequência?"

"Não sei. Não tenho certeza. Não tenho como saber ao certo."

"E quando foi a última vez que você viu Temple fazendo isso, por favor?"

"Na quarta-feira."

"A que horas?"

"Por volta das 3h. Eu estava cobrindo o turno de uma garota que está de férias. Mexa um pouco os dedos."

Kinderman mexeu a mão inchada.

"Está tudo bem?", perguntou ela. "Não está muito apertado?"

"Não, está ótimo, senhorita. Obrigado. E obrigado por conversar comigo." Ele se levantou. "Mais uma coisinha", disse. "Será que poderia manter essa nossa conversa só entre nós?"

"Claro. E o nariz quebrado também."

"Ele está bem agora, o sr. Girassol?"

Ela assentiu.

"Eles estão fazendo um EEG nele agora mesmo."

"Você pode me avisar se os resultados derem o de sempre?"

"Sim. Tenente?"

"Pois não?"

"Tudo isso é muito estranho", disse.

Kinderman a fitou nos olhos em silêncio. Então disse: "Obrigado", e saiu do escritório. Andou apressado pelos corredores e encontrou o escritório de Temple. A porta estava fechada. Ele levantou a mão enfaixada para bater, então se lembrou do ferimento e bateu com a outra mão.

Ele ouviu Temple dizer: "Entre". Kinderman entrou.

"Oh, é você", disse Temple. Ele estava sentado à mesa, seu jaleco manchado de cinzas. A língua umidificava a ponta de uma nova cigarrilha. Apontou para uma cadeira. "Sente-se. Qual é o problema? Ei, o que aconteceu com sua mão?"

"Um pequeno arranhão", respondeu o detetive. Ele se acomodou na cadeira.

"Grande arranhão", comentou Temple. "Então o que posso fazer por você, tenente?"

"Você tem o direito de permanecer calado", disse-lhe Kinderman, falando em um tom monótono e mortal. "Se abrir mão desse direito, qualquer coisa que disser pode e será usado contra você no tribunal. Você tem o direito de falar com um advogado e ter o advogado presente durante o interrogatório. Se assim desejar, e não puder pagar um, um advogado lhe será designado sem nenhum custo antes do interrogatório. Você entende cada um desses direitos que acabei de explicar?"

Temple pareceu estupefato.

"Do que diabos você está falando?"

"Fiz uma pergunta", vociferou Kinderman. "Responda."

"Sim."

"Você entende seus direitos?"

O psiquiatra pareceu intimidado.

"Sim, entendo", disse baixinho.

"O sr. Girassol na unidade dos problemáticos, doutor — você o tratou?"

"Sim."

"Você o fez pessoalmente?"

"Sim."

"Você usou hipnose?"

"Sim."

"Com que frequência?"

"Uma ou duas vezes por semana, talvez."

"Há quanto tempo?"

"Alguns anos."

"E com que propósito?"

"Para fazer com que falasse, a princípio, e depois para descobrir quem ele é."

"E você descobriu?"

"Não."

"Não descobriu?"

"Não."

Kinderman o encarou em um silêncio determinado. O psiquiatra se remexeu na cadeira.

"Bem, ele disse que é o Assassino Geminiano", disparou Temple. "Isso é loucura."

"Por quê?"

"O Geminiano está morto."

"Doutor, através do uso de hipnose, você implantou no sr. Girassol a convicção de que ele é o Geminiano?"

O rosto do psiquiatra começou a enrubescer. Ele balançou a cabeça uma vez em um movimento vigoroso e disse: "Não".

"Não fez isso?"

"Não, não fiz."

"Contou ao sr. Girassol como o padre Dyer foi assassinado?"

"Não."

"Você contou a ele meu nome e posto?"

"Não."

"Você falsificou um formulário de pedido envolvendo Martina Lazlo?"

Temple o fitou em silêncio, corando, depois disse: "Não".

"Tem certeza?"

"Sim."

"Dr. Temple, o senhor trabalhou com a equipe que investigava o Geminiano em San Francisco como consultor-chefe psiquiátrico do caso?"

Temple pareceu perturbado.

"Sim ou não?", perguntou Kinderman, ríspido.

"Sim", respondeu o psiquiatra com uma voz baixa e rouca.

"O sr. Girassol sabe de informações específicas conhecidas apenas pela equipe de investigação do Geminiano a respeito do assassinato de uma mulher chamada Karen Jacobs, assassinada pelo Geminiano em 1968. Você passou essas informações ao sr. Girassol?"

"Não."

"Não passou?"

"Não, não passei! Juro!"

"Através da hipnose, você implantou no homem da Cela Doze a convicção de que ele é o Assassino Geminiano?"

"Já disse que *não!*"

"Você deseja mudar alguma parte de seu testemunho agora?"

"Sim."

"Qual parte?"

"Sobre o formulário de pedido", disse Temple, baixinho.

O detetive fez uma concha com a mão e a levou ao ouvido.

"O formulário de pedido", disse Temple, falando mais alto.

"Você o falsificou?"

"Sim."

"Para causar problemas ao dr. Amfortas?"

"Sim."

"Para que ele se tornasse um suspeito?"

"Não. Não foi por isso."

"Então por quê?"

"Eu não gosto dele."

"Por que não?"

Temple pareceu hesitar. Depois de algum tempo disse: "A postura dele".

"A postura dele?"

"Tão superior", disse Temple.

"E por causa disso você falsificou um formulário de pedido, doutor?"

Temple o encarou.

"Quando conversei com você na quarta-feira a respeito do padre Dyer, eu descrevi o verdadeiro *modus operandi* do Geminiano. Ainda assim, você não fez nenhum comentário. Por que fez isso? Por que escondeu seu passado, doutor?"

"Eu não o escondi."

"Por que não o revelou?"

"Estava com medo."

"Estava com o quê?"

"Com medo. Sabia que você iria suspeitar de mim."

"Você conquistou grande notoriedade durante o caso Geminiano e desde então foi relegado à obscuridade. Não tem interesse em ressuscitar os assassinatos do Geminiano?"

"Não."

Kinderman perfurou os olhos do psiquiatra com um olhar mortal, sombrio e fixo. Ele não falou e não mexeu um músculo sequer. Finalmente, o rosto de Temple empalideceu e ele disse com uma voz trêmula: "Você não vai me prender, vai?".

"Intensa aversão", disse o detetive com a voz firme, "não é uma causa provável para realizar uma prisão. Você é um homem terrível e indecente, dr. Temple, mas por enquanto a única restrição que vou impor a você é que se afaste do sr. Girassol. Você não vai tratá-lo nem entrará na cela dele até receber outras ordens. E fique longe de minha vista", disse Kinderman ríspido. Ele se levantou e saiu do escritório de Temple, batendo com força a porta atrás de si.

Durante grande parte do restante da tarde, Kinderman perambulou pela unidade dos problemáticos, esperando que o homem da Cela Doze recobrasse a consciência. Esperou em vão. Por volta das 17h30, ele deixou o hospital. As ruas de paralelepípedos estavam escorregadias devido à chuva enquanto ele dobrava a esquina da rua O e entrava na rua 36, e caminhava para o sul na direção da estreita casa de madeira de Amfortas. Chegando lá, tocou a campainha e bateu na porta repetidas vezes. Ninguém atendeu e ele foi embora depois de algum tempo. Subiu a rua O e passou pelos portões da universidade. Foi até o escritório do padre Riley. A salinha de recepção estava vazia; a secretária não estava à mesa. Kinderman começou a olhar para o relógio quando ouviu o padre Riley chamando-o com gentileza do escritório interior.

"Estou aqui, amigo. Pode entrar."

O jesuíta estava sentado à mesa, as mãos cruzadas atrás da cabeça. Ele parecia cansado e deprimido. "Sente-se e relaxe", disse ao detetive.

Kinderman aquiesceu e se sentou em uma cadeira diante da mesa. "Está passando bem, padre?"

"Sim, graças a Deus. E você?"

Kinderman olhou para baixo e assentiu; então se lembrou de tirar o chapéu.

"Sinto muito", murmurou.

"O que posso fazer por você, tenente?"

"O padre Karras", disse o detetive. "A partir do momento que ele foi levado na ambulância, o que aconteceu, padre? Você saberia me dizer? Quero dizer exatamente, padre — a sequência de eventos desde o instante em que ele morreu até ser enterrado."

Riley lhe contou o que sabia e, quando terminou, os dois homens ficaram em silêncio por algum tempo. No campus, o vento chacoalhava as vidraças na escuridão da noite invernal. Então a tampa da garrafa de uísque emitiu um som metálico conforme o jesuíta a desenroscava devagar. Ele serviu dois dedos em um copo e então bebericou e fez uma careta.

"Não sei", disse, baixinho. Fitou as luzes da cidade através da janela. "Já não sei de mais nada."

Kinderman assentiu em uma concordância silenciosa. Ele se reclinou na cadeira, as mãos cruzadas, e tateou à procura de uma linha de raciocínio que pudesse seguir na direção da razão. "Ele foi enterrado na manhã seguinte", disse, recapitulando o que Riley lhe contara. "Caixão fechado. Como é normal em seus enterros. Mas qual pessoa foi a última a vê-lo, padre Riley? Você sabe? Você lembra? Quero dizer, quem foi a última pessoa a vê-lo no caixão?"

Riley girou o uísque dentro do copo com um movimento leve do punho, fitando pensativo o líquido âmbar. Então: "Fain", murmurou. "O irmão Fain." Fez uma pausa como se estivesse verificando a memória, depois ergueu os olhos e assentiu. "Sim, é isso mesmo. Ele foi deixado como responsável para vestir o corpo e selar o caixão. Depois disso, ninguém mais o viu."

"Como disse?"

"Eu falei que ninguém mais o viu." Riley deu de ombros e balançou a cabeça. "Um caso triste", suspirou. "Ele sempre reclamara sobre a Ordem não o tratar bem. Ele tinha família no Kentucky e vivia pedindo que fosse transferido para algum lugar perto deles. Conforme o fim se aproximava, ele..."

"Conforme o fim se aproximava?", interrompeu o detetive Kinderman.

"Ele era idoso; tinha oitenta — 81. Sempre dizia que quando morresse, iria se certificar de que morresse em casa. Acreditamos que ele deu no pé porque sentiu que sua hora estava chegando. Ele já tinha tido dois infartos bem graves."

"Dois infartos exatamente?"

"Sim", respondeu Riley.

Kinderman sentiu um arrepio. "O homem dentro do caixão de Damien", disse, entorpecido. "Você lembra se ele estava vestido como um padre?"

Riley aquiesceu.

"A autópsia", disse Kinderman, fazendo uma pequena pausa. "O homem era um idoso e mostrava cicatrizes de três ataques cardíacos graves: dois antes e o terceiro, que o matou."

Os dois homens se encararam em silêncio. O padre Riley esperou pelo que estava por vir. Kinderman fitou seus olhos e lhe disse: "Temos todos os indícios de que ele morreu de susto".

O homem da Cela Doze não recobrou a consciência até aproximadamente às 6h, alguns minutos antes de a enfermeira Amy Keating ser encontrada em um quarto vazio na neurologia. Seu torso fora cortado ao meio, os órgãos removidos e o corpo — antes de ser costurado — tinha sido preenchido com interruptores.

14

Ele estava sentado em um espaço entre o medo e a saudade, um gravador portátil apertado em uma das mãos enquanto ouvia as fitas cassete com gravações das músicas que tinham compartilhado. Era dia ou noite lá fora? Ele não sabia. O mundo além da sala de estar era um véu, e a luz dos abajures parecia opaca. Ele não conseguia lembrar quanto tempo estivera sentado ali. Fazia horas ou apenas alguns minutos? A realidade dançava para dentro e para fora de seu foco em uma arlequinada silenciosa e desorientadora. Ele dobrara a dosagem de esteroide, lembrava-se; a dor diminuíra até se tornar um latejar agourento, um preço que seu cérebro cobrara por sua ruína, pois a droga devorava suas conexões vitais. Ele fitou o sofá e o observou encolher até metade de seu tamanho. Quando o viu sorrir, fechou os olhos e se entregou por completo à "Memory", uma canção emotiva de um espetáculo que tinham visto juntos no Kennedy Center chamado *Cats*:

Touch me. It's so easy to leave me...

A canção transpassou sua alma e a preencheu. Ele queria ouvi-la mais alto e tateou à procura do botão de volume no gravador quando ouviu uma fita cassete cair no chão com um baque suave. Quando tateou o chão para pegá-la, mais duas fitas deslizaram de seu colo. Ele abriu os olhos e viu o homem. Estava encarando seu duplo.

A figura estava acocorada em pleno ar como se estivesse sentada, imitando a exata postura de Amfortas. Vestida com as mesmas calças jeans e o mesmo suéter azul, a figura o encarava de volta com igual espanto.

Amfortas se reclinou; a figura se reclinou. Amfortas levou uma mão ao rosto; a figura fez o mesmo. Amfortas disse "Olá"; ela disse "Olá". Amfortas sentiu o coração começar a bater mais rápido. "O duplo" era uma alucinação relatada com frequência em casos graves de desordem no lobo temporal, mas fitar aqueles olhos e aquele rosto era inquietante ao extremo, quase assustador. O médico fechou os olhos e começou a respirar fundo e aos poucos sua frequência cardíaca começou a diminuir. O duplo estaria ali quando voltasse a abrir os olhos?, perguntou-se. Olhou. Ele ainda estava ali. Agora Amfortas ficou fascinado. Nenhum neurologista jamais vira "o duplo". Os relatos sobre seu comportamento eram vagos e contraditórios. Um interesse clínico o dominou. Ele segurou os pés e os puxou para cima. O duplo fez o mesmo. Ele abaixou os pés. O duplo o acompanhou. Em seguida Amfortas começou a cruzar e descruzar os pés a intervalos que tentou tornar aleatórios e inesperados, mas o duplo igualou os movimentos simultaneamente sem falhas ou variações.

Amfortas parou e pensou por alguns instantes. Então levantou o gravador que tinha em mãos. Enquanto o duplo imitava o movimento, sua mão estava vazia, agarrando o ar. Amfortas se perguntou por que a ilusão não incluía o gravador. O duplo estava usando roupas, afinal de contas. Ele não conseguiu pensar em uma explicação para aquilo.

Amfortas olhou para os tênis do duplo. Como os dele, os do duplo eram Nike com listras azuis e brancas. Olhou para os pés e os virou para dentro, certificando-se de que não conseguisse ver se o duplo o estava igualando. Será que ele o imitaria se não estivesse observando o movimento enquanto este era feito? Ele olhou para os pés do duplo. Já estavam virados para dentro. Amfortas estava pensando no que experimentar a seguir quando notou que a ponta de cadarço do pé esquerdo do duplo tinha alguma coisa parecida com uma mancha de tinta ou um arranhão. Quando verificou os próprios tênis, viu que a ponta do seu cadarço estava igual. Ele achou aquilo estranho. Não achava que sabia da existência daquela mancha até aquele momento. Como a tinha visto no duplo? Talvez seu inconsciente soubesse, decidiu.

Amfortas fitou o duplo nos olhos. Estavam abatidos e ardentes. Amfortas se aproximou mais; pensou ter visto a luz do abajur refletida neles. Como era possível?, perguntou-se o neurologista. Ele voltou a experimentar uma sensação de inquietação. O duplo o encarava atento. Amfortas ouviu vozes vindo da rua, estudantes gritando uns para os outros; então as vozes desvaneceram até silenciarem por completo, e ele achou que conseguia ouvir seus batimentos cardíacos quando de repente o duplo apertou a têmpora e arquejou de dor, e Amfortas foi incapaz de distinguir o movimento do duplo do dele conforme as pinças ardentes apertavam seu cérebro. Ele se levantou cambaleante e o gravador e as fitas caíram no chão. Amfortas disparou às cegas na direção da escada, derrubando um aparador e um abajur. Gemendo, ele andou aos tropeços até o quarto, abriu sua valise sobre a cama e tateou à procura da seringa e da medicação. A dor era insuportável. Ele se deixou cair na beirada da cama e, com as mãos trêmulas, encheu a seringa. Ele mal conseguia enxergar. Espetou a seringa através do tecido das calças e injetou doze miligramas de esteroide na coxa. Ele fez isso com tanta rapidez que a droga atingiu o músculo como um martelo; mas em pouco tempo, sentiu um alívio na dor de cabeça, calma e clareza de pensamento. Ele soltou o ar em uma exalação longa e trêmula e deixou que a seringa descartável deslizasse pelos dedos e caísse no chão. Ela rolou pela madeira e então parou contra uma parede.

Quando olhou para cima, Amfortas se viu encarando o duplo. Estava sentado em pleno ar, fitando-o nos olhos com uma expressão calma. Amfortas viu um sorriso nos lábios dele, seu próprio sorriso.

"Eu tinha perdido você de vista", disseram em perfeito uníssono. Agora Amfortas começou a se sentir tonto. "Você sabe cantar?", perguntaram; então juntos cantarolaram uma parte do *Adagio* do *Concerto em Dó Menor*, de Rachmaninoff. Quando terminaram, ambos riram contentes. "Que companhia excelente você é!", exclamaram. Amfortas relanceou o olhar para a mesinha de cabeceira e para o pato de cerâmica verde e branco com a inscrição BUZINE SE VOCÊ ME ACHA ADORÁVEL. Ele o pegou e o segurou com ternura enquanto seus olhos passeavam por ele, rememorando. "Comprei isso para Ann enquanto ainda estávamos namorando", disseram. "No Mamma Leone's, em Nova York. A comida era horrível, mas o pato foi um sucesso. Ann adorava essa coisinha de nada." Ele ergueu os olhos para o duplo. Eles sorriram com afeto. "Ela disse que era romântico", disseram Amfortas e o duplo. "Como aquelas flores em Bora Bora. Ela disse que tinha um quadro com elas pintado no coração."

Amfortas franziu o rosto e o duplo franziu o dele em resposta. Sua voz duplicada tinha de repente começado a irritar o neurologista. Ele teve a sensação estranha de estar flutuando, de se tornar desligado de seu ambiente. Um cheiro horrível o atingiu. "Vá embora", ordenou ao duplo. Ele persistiu, repetindo suas palavras ao mesmo tempo. Amfortas se levantou e andou cambaleante até a escada. Ele podia ver o duplo ao seu lado, uma imagem espelhada de seus movimentos.

No instante seguinte, Amfortas se viu sentado na poltrona da sala. Não sabia como tinha chegado até ali. Estava segurando o pato no colo. Sua mente parecia desanuviada e tranquila de novo, embora ele sentisse que estava sofrendo de alguma maneira além de suas percepções. Conseguia ouvir um latejar amortecido dentro da cabeça, mas não o sentia. Olhou para o duplo com aversão. Ele o encarava, sentado no ar com o rosto franzido. Amfortas fechou os olhos para fugir da visão.

"Você se importa se eu fumar?"

Por alguns instantes, ele não registrou a voz; então Amfortas abriu os olhos e fitou. O duplo estava sentado no sofá, uma perna esticada em cima das almofadas em uma posição confortável. Ele acendeu um cigarro e exalou fumaça.

"Deus sabe que estou tentando parar", disse o duplo. "Oh, bom, pelo menos diminuí a quantidade."

Amfortas ficou aturdido.

"Eu o deixei chateado?", perguntou o duplo. Ele franziu o rosto como se sentisse compaixão. "Sinto muitíssimo." Ele deu de ombros. "Falando honestamente, eu não deveria estar relaxando assim, mas pelo amor de Deus, estou cansado. Só isso. Preciso de um descanso. E neste caso, qual é o problema? Sabe o que quero dizer?" Encarava Amfortas com um ar de expectativa, mas o neurologista ainda estava sem palavras. "Eu entendo", disse o duplo algum tempo depois. "Demora um pouco para se acostumar, suponho. Nunca aprendi a fazer uma entrada sutil. Suponho que eu deveria ter experimentado um pouquinho de cada vez." Deu de ombros como se estivesse se rendendo e então disse: "Retrospectiva. De qualquer maneira, aqui estou, e peço desculpas. Estive ciente de você durante todos esses anos, é claro, mas você nunca soube nada a meu respeito. Uma pena. Houve momentos em que eu quis chacoalhar você, por assim dizer; para endireitá-lo. Bom, suponho que eu não possa fazer isso, nem mesmo agora. Regras idiotas. Mas pelo menos podemos bater um papo". Ele de repente pareceu solícito. "Está se sentindo melhor? Não. Vejo que o gato ainda está com sua língua. Deixa para lá, vou continuar falando até você se acostumar comigo." Um pouco de cinzas do cigarro caiu em seu suéter. O duplo olhou para baixo e a limpou com a mão e murmurou: "Desleixado".

Amfortas começou a dar risadinhas.

"Ele está vivo!", exclamou o duplo. "Que bom." Ficou olhando conforme Amfortas continuava rindo. "Bom até certo ponto", disse o duplo, sério. "Quer que eu comece a imitar você de novo?"

Amfortas balançou a cabeça, ainda rindo. Então notou que a mesinha e o abajur que ele derrubara estavam de volta em seus lugares. Ele olhou espantando, parecendo confuso.

"Sim, eu os peguei", explicou o duplo. "Sou real."

Amfortas voltou a olhar para o duplo. "Você está em minha mente", disse.

"Cinco palavras. Muito bem. Está progredindo. Estou me referindo ao formato", explicou o duplo, "não ao conteúdo."

"Você é uma alucinação."

"E o abajur e a mesinha também?"

"Sofri um lapso ao descer a escada. Eu os peguei e depois esqueci."

O duplo exalou fumaça em um suspiro.

"Almas terrenas", murmurou, balançando a cabeça. "Ajudaria a convencê-lo se eu tocasse você? Se pudesse me sentir?"

"Talvez", respondeu Amfortas.

"Bem, isso não pode ser feito", disse o duplo. "Está fora de cogitação."

"Porque eu estou alucinando."

"Se você disser isso de novo vou vomitar. Ouça, com quem você acha que está conversando?"

"Comigo mesmo."

"Bem, isso está parcialmente correto. Parabéns. Sim. Sou sua outra alma", disse o duplo. "Diga: 'Prazer em conhecê-lo', ou algo do tipo, será que é possível? Olhe os modos. Oh, isso me faz lembrar de uma história. Sobre apresentações e tal. É adorável." O duplo ficou sentado ereto por alguns instantes, sorrindo. "Foi o duplo do Noel Coward que me contou, e o próprio Coward diz que é verdade, que isso aconteceu mesmo. Parece que ele estava parado na fila de uma recepção no palácio real. Estava bem ao lado da rainha e do outro lado estava Nicol Williamson. Bem, um homem chamado Chuck Connors se aproximou. Um ator norte-americano. Conhece? É claro. Bem, ele estendeu a mão para cumprimentar Noel e disse: 'Sr. Coward, eu sou Chuck Connors!'. E

Noel de imediato diz em um tom tranquilizador e reconfortante, 'Ora, meu caro rapaz, é *claro* que é'. Isso não é adorável?" O duplo se recostou no sofá. "Que figura, esse Coward. Uma pena ele já ter atravessado a fronteira. Bom para ele, é claro. Uma pena para nós." O duplo lançou um olhar significativo para Amfortas. "Bons conversadores são tão raros", disse. "Sacou o que estou querendo dizer ou não?" Ele jogou a bituca do cigarro no chão. "Não se preocupe. Não vai queimar", tranquilizou-o.

Amfortas sentiu um misto de dúvida e entusiasmo. Havia um toque de realidade no duplo, uma sugestão de vida que não era sua.

"Por que você não prova que não estou alucinando?", indagou ele.

O duplo pareceu confuso.

"Provar?"

"Sim."

"Como?"

"Conte alguma coisa que eu não saiba."

"Não posso ficar aqui para sempre", retrucou o duplo.

"Algum fato que eu não conheça, mas que possa confirmar."

"Você conhecia aquela historinha sobre Noel Coward?"

"Eu a inventei. Não é um fato."

"Você é completamente insaciável", reclamou o duplo. "Você acha que tem a perspicácia para inventar aquilo?"

"Meu inconsciente tem", rebateu Amfortas.

"Mais uma vez você chegou perto da verdade", disse o duplo. "Seu inconsciente é sua outra alma. Mas não exatamente do jeito que supõe."

"Por favor, explique isso."

"Preveniente", disse o duplo.

"O quê?"

"Esse é um fato que você não conhece. Acabou de me ocorrer. 'Preveniente.' Essa palavra existe. Eu a ouvi de Noel. Pronto. Está satisfeito?"

"Conheço a raiz latina da palavra."

"Isso é absolutamente enlouquecedor, se não insuportável!", exclamou o duplo. "Desisto. Você está alucinando. E suponho que agora me dirá que não cometeu aqueles assassinatos. Falando de fatos que você não conhece, meu velho."

Amfortas congelou. O duplo lhe lançou um olhar astuto.

"Estou vendo que não está negando."

A língua do neurologista parecia inchada dentro da boca. "Que assassinatos?", perguntou.

"Você sabe. Dos padres. Daquele garoto."

"Não." Amfortas balançou a cabeça.

"Ah, não seja teimoso. Sim, eu sei, você não estava completamente consciente. Mesmo assim." O duplo deu de ombros. "Você sabia. Você sabia."

"Não tive nenhum envolvimento naqueles assassinatos."

O duplo assumiu uma expressão irritada e desconfiada. Sentou-se ereto.

"Oh, suponho que agora você vai colocar a culpa em *mim*. Bem, eu não tenho um corpo, então isso me deixa de fora. Além disso, nós não interferimos. Entende? Foi você e a *sua* raiva que cometeram aqueles assassinatos. Sim, sua raiva por Deus ter tirado Ann de você. Admita. Essa é a razão de você estar se deixando morrer. É a culpa. A propósito, essa é uma ideia idiota. É a escapatória de um covarde. É prematuro."

Amfortas olhou para o pato de cerâmica. Ele o estava apertando, balançando a cabeça.

"Eu quero estar com Ann", disse.

"Ela não está lá."

Amfortas levantou o olhar.

"Vejo que conquistei sua atenção", disse o duplo. Ele voltou a se recostar no sofá. "Sim, você está morrendo, acho, porque quer ficar junto de Ann. Bem, não vou discutir isso agora. Você é teimoso demais. Mas é inútil. Ann já passou para outra ala. Com todo esse sangue em sua alma, duvido muito que vai conseguir alcançá-la. Sinto muitíssimo por estar lhe contando isso, mas não estou aqui para enchê-lo de mentiras. Não posso me dar esse luxo. Já tenho bastante problemas do jeito que as coisas estão."

"Onde Ann está?" O coração do neurologista estava batendo mais rápido, a dor se aproximando mais de sua área de consciência.

"Ann está sendo tratada", explicou o duplo. "Como o restante de nós." Ele de repente assumiu uma expressão astuta. "Agora você sabe de onde venho?"

Amfortas virou a cabeça e fitou, entorpecido, o gravador em um canto, e depois voltou a olhar para o duplo.

"Incrível. Um marco na história do aprendizado. Sim, você ouviu minha voz antes, em suas fitas. Venho de lá. Você gostaria de saber tudo a respeito?"

Amfortas estava mesmerizado. Ele assentiu.

"Temo não poder lhe contar", disse o duplo. "Desculpe. Existem regras e regulamentos. Digamos apenas que é um lugar de transição. Quanto a Ann, como disse antes, ela seguiu em frente. Isso é excelente. Mais cedo ou mais tarde, você iria descobrir sobre ela e Temple."

O neurologista prendeu a respiração e o encarou. O latejar em sua cabeça estava ficando mais alto, a dor mais presente e insistente.

"O que quer dizer?", perguntou, a voz falhando.

O duplo deu de ombros e desviou o olhar.

"Você gostaria de ouvir uma boa definição para inveja? É o sentimento que você tem quando alguém que você odeia está se divertindo à beça sem você. Pode haver uma pontinha de verdade nisso. Pense a respeito."

"Você não é real", disse Amfortas com a voz rouca. Sua vista estava ficando borrada. O corpo do duplo estava ondulando no sofá.

"Cristo, meus cigarros acabaram."

"Você não é real." A luz estava ficando opaca.

O duplo era apenas uma voz entre movimentos difusos.

"Ah, não sou? Bem, por Deus, vou quebrar outra regra. Não, sério. Minha paciência chegou ao limite. Tem uma enfermeira que se juntou ao seu quadro de funcionários hoje. O nome dela é Cecily Woods. Não é possível que você soubesse disso. Ela está trabalhando neste instante. Vamos, pegue o telefone e veja se estou certo ou não. Você quer um fato que não conhecia? Aí está. Vá em frente. Ligue para a neurologia e pergunte pela enfermeira Woods."

"Você não é real."

"Ligue para ela agora."

"Você não é *real*!" Amfortas estava gritando. Ele se levantou da poltrona, o pato de cerâmica na mão, o corpo tremendo, a dor forçando caminho para cima, rasgando e esmagando e fazendo-o gritar: "Deus! Oh, meu Deus!". Ele andou às cegas na direção do sofá, cambaleando, soluçando, e quando a sala começou a girar, ele tropeçou e caiu para a frente, batendo a cabeça na quina da mesinha de centro com tanta força que abriu um ferimento escarlate. Ele despencou no chão e a cerâmica verde e branca que tinha apertada na mão estilhaçou em pedacinhos. Em pouco tempo o sangue que escorria de sua têmpora banhava os cacos e manchava os dedos que ainda agarravam com força uma parte serrilhada do pato de cerâmica. Havia a palavra ADORÁVEL nela. O sangue logo cobriu a inscrição. Amfortas sussurrou: "Ann".

SÁBADO
19 DE MARÇO

15

O nome do idoso era Perkins e ele era um paciente da unidade aberta. Fora encontrado inconsciente no quarto 400, onde o corpo de Keating fora descoberto pela enfermeira-chefe ao iniciar seu plantão às 6h. O quarto ficava além da esquina passando o posto de enfermagem e fora da vista dos policiais uniformizados posicionados nas escadas e diante do conjunto de elevadores. O idoso tinha sangue nas mãos.

"Você vai me responder?", perguntou o detetive Kinderman ao homem.

O olhar do idoso estava vazio. Ele estava sentado em uma cadeira.

"Gosto de jantar", disse.

"É só isso que ele diz", contou a enfermeira Lorenzo a Kinderman. Ela era a enfermeira da unidade aberta. A enfermeira-chefe da neurologia que encontrara o corpo estava parada ao lado de uma janela, tentando controlar o pavor. Aquele era apenas seu segundo dia naquela unidade.

"Gosto de jantar", repetiu o idoso entorpecido. Ele estalou os lábios por cima de gengivas desdentadas.

Kinderman se voltou para a enfermeira da neurologia, estudando a rigidez do pescoço e do rosto dela. Seu olhar dardejou para seu crachá. "Obrigado, srta. Woods", disse. "Pode ir agora." Ela saiu apressada e fechou a porta atrás de si. Kinderman se virou para a srta. Lorenzo. "Poderia ajudar este senhor a entrar no banheiro, por favor?"

A enfermeira Lorenzo hesitou alguns instantes, então ajudou o idoso a se levantar e o guiou na direção da porta do banheiro. O detetive estava parado do lado de dentro. A enfermeira e o idoso pararam na soleira e Kinderman apontou para um espelho na porta do armário de medicamentos acima da pia onde uma mensagem fora rabiscada em sangue.

"Você escreveu isso?", indagou o detetive. Com uma das mãos ele virou a cabeça do velho para que seu olhar fitasse o espelho. "Alguém o obrigou a escrever isso?"

"Gosto de jantar", babou o paciente.

Kinderman o encarou inexpressivo, então abaixou a cabeça e disse à enfermeira: "Leve-o de volta".

A enfermeira Lorenzo assentiu e ajudou o velho senil a sair do quarto. Kinderman prestou atenção em seus passos hesitantes. Quando ouviu a porta do quarto fechar com suavidade, ele levantou devagar os olhos para a inscrição no espelho. Molhou os lábios secos conforme lia a mensagem:

MEU NOME É LEGIÃO, PORQUE SOMOS MUITOS

Kinderman saiu depressa do quarto e se aproximou de Atkins no posto de enfermagem. "Venha comigo, Nemo", mandou o detetive, sem diminuir o passo conforme passava pelo sargento. Atkins seguiu na sua esteira até afinal estarem parados no setor de isolamento diante da porta da Cela Doze. Kinderman espiou através da janela de observação. O homem na cela estava acordado, sentado na beirada da cama em sua camisa de força, sorrindo para Kinderman, os olhos zombeteiros. Seus lábios começaram a se mexer e parecia que ele estava dizendo alguma coisa, mas Kinderman não conseguia ouvi-lo. O detetive se virou e questionou o policial parado ao lado da porta.

"Há quanto tempo está aqui?", perguntou.

"Desde a meia-noite", respondeu o policial.

"Alguém entrou no quarto desde então?"

"Apenas a enfermeira algumas vezes."

"Nenhum médico?"

"Não. Só a enfermeira."

Kinderman pensou nisso por alguns instantes, depois se virou para Atkins.

"Diga a Ryan que quero que ele tire as digitais de todos os funcionários deste hospital", disse. "Começando com Temple, depois de todos que trabalham na neurologia e em seguida os da psiquiatria. Vamos ver o que acontece depois disso. Peça ajuda extra para tirar as digitais e depois as compare com as digitais das cenas dos assassinatos. Consiga o maior número de homens possível. Quero que isso seja feito depressa. Vá logo, Atkins. Rápido. E diga a enfermeira para vir aqui com as chaves dela."

Kinderman o observou se afastar ligeiro. Quando ele dobrou a esquina, o detetive permaneceu prestando atenção aos seus passos como se eles fossem o som evanescente da realidade. Eles diminuíram até se transformarem em silêncio e outra vez houve escuridão na alma de Kinderman. Ele levantou o olhar para as lâmpadas no teto. Três delas ainda estavam queimadas. O corredor estava escuro. Passos. A enfermeira se aproximava. Ele aguardou. Ela o alcançou e ele apontou para a porta da Cela Doze. A enfermeira sondou os olhos dele com um olhar incerto, então destrancou a porta. Ele entrou. O nariz de Girassol recebera um curativo e seus olhos estavam fixos nos de Kinderman, seguindo-o firmes e resolutos enquanto ele andava até a cadeira e se sentava. O silêncio era pesado e claustrofóbico. Girassol estava completamente imóvel, uma imagem congelada com olhos arregalados. Ele era como uma estátua em um museu de cera. Kinderman ergueu o olhar para a lâmpada pendurada no teto. Ela piscou. Agora ficou estável. Ele ouviu uma risada.

"Sim, que haja luz", disse a voz de Girassol.

Kinderman fitou os olhos de Girassol. Estavam arregalados e vazios.

"Você recebeu minha mensagem, tenente?", perguntou. "Deixei com Keating. Garota legal. De bom coração. A propósito, estou encantado que você esteja chamando meu pai. Uma coisinha, no entanto. Um favor. Será que poderia chamar a United Press e se certificar de que meu pai seja fotografado junto com Keating? É por isso que eu mato, sabe — para desgraçá-lo. Me ajude. Vou fazer com que valha a pena. A morte vai tirar uma folga. Só dessa vez. Por um dia. Eu lhe garanto, você ficará agradecido. Enquanto isso, eu poderia falar com meus amigos aqui ao seu respeito. Falar coisas boas sobre você. Eles não gostam de você, sabe. Não me pergunte por quê. Eles vivem mencionando que seu nome começa com *K*, mas eu os ignoro. Isso não é uma coisa boa de minha parte? E corajosa. Eles são tão caprichosos quando se trata de suas irritações." Ele pareceu estar pensando em alguma coisa e então estremeceu. "Deixa para lá. Não vamos falar sobre eles agora. Vamos seguir em frente. Eu represento um problema interessante para você, não é, tenente? Quero dizer, supondo que agora você esteja convencido de que eu sou mesmo o Geminiano." Seu rosto se transformou em uma máscara ameaçadora. "*Você está convencido?*"

"Não", respondeu Kinderman.

"Está sendo um tolo", disse Girassol com a voz carregada de ameaça. "E está mandando um convite para dançar muito óbvio."

"Não sei o que você quer dizer com isso", disse Kinderman.

"Nem eu", rebateu Girassol, inexpressivo. Seu rosto demonstrava ingenuidade. "Eu sou louco."

Kinderman o fitou e prestou atenção no gotejar. Depois de algum tempo, falou: "Se você é o Geminiano, como consegue sair daqui?".

"Você gosta de ópera?", perguntou Girassol. Ele começou a cantar um trecho de *La Bohème* com uma voz profunda e potente, então parou de repente e olhou para Kinderman. "Gosto mais de peças teatrais", disse. "*Titus Andronicus* é minha favorita. Tão doce." Ele deu uma risada baixa. "Como está seu amigo Amfortas?", perguntou. "Fiquei sabendo que ele recebeu uma visitinha recentemente." Girassol começou a grasnar como um pato, depois caiu em silêncio. Desviou o olhar. "Precisa melhorar", resmungou. Voltou-se para Kinderman, fitando-o com atenção. "Você quer saber como eu saio?", indagou.

"Sim, me diga."

"Amigos. Velhos amigos."

"Que amigos?"

"Não, isso é chato. Vamos falar de outra coisa."

Kinderman aguardou, prendendo seu olhar.

"Foi errado da sua parte me bater", disse Girassol com a voz calma. "Eu não consigo me controlar. Sou insano."

Kinderman prestou atenção no gotejar da torneira.

"A srta. Keating comeu atum", disse Girassol. "Deu para sentir o cheiro. Maldita comida de hospital. É nojenta."

"Como você sai daqui?", repetiu Kinderman.

Girassol inclinou a cabeça para trás e soltou uma gargalhada. Então fixou o olhar cintilante em Kinderman. "Existem tantas possibilidades. Penso muito nelas. Tento compreendê-las. Você acha que isso pode ser verdade? Acho que é possível que eu *seja* seu amigo, o padre Karras. Talvez eles tenham me declarado morto, mas eu não estava. Mais tarde, eu talvez tenha ressuscitado em — bem — um momento embaraçoso e depois tenha perambulado pelas ruas sem saber quem eu era. Eu ainda não sei, falando nisso. E nem preciso dizer, claro, que sou simples e irremediavelmente maluco. Tenho sonhos recorrentes onde caio por um longo lance de escada. Isso é uma coisa que realmente aconteceu? Se sim, então devo ter danificado meu cérebro. Isso aconteceu, tenente?"

Kinderman se manteve em silêncio.

"Outras vezes sonho que sou alguém chamado Vennamun", continuou Girassol. "Esses sonhos são muito agradáveis. Eu mato pessoas. Mas não consigo distinguir os sonhos da realidade. Sou insano. Você é muito sábio para ser cético, eu diria. Mesmo assim, é um detetive de homicídios. Então é óbvio que pessoas estão sendo assassinadas. Isso faz sentido. Sabe o que eu acho? É o dr. Temple. Será que ele não poderia ter hipnotizado seus pacientes para — bem — realizarem certas atividades que são inaceitáveis aos olhos da sociedade nos dias de hoje? Ah, os tempos, eles continuam mudando para pior, não acha? Enquanto isso, talvez eu seja um telepata ou tenha habilidades psíquicas que me dão todo o conhecimento a respeito dos crimes do Geminiano. É uma ideia, não é? Sim, posso ver que está considerando isso. Bom para você. Enquanto isso, pense a respeito. Você ainda não avaliou isso." Os olhos de Girassol brilharam cheios de provocação e ele inclinou o corpo um pouco para a frente. "E se o Geminiano tivesse um cúmplice?"

"Quem matou o padre Bermingham?"

"Quem é esse?", perguntou Girassol inocente. Suas sobrancelhas estavam franzidas em uma expressão confusa.

"Você não sabe?", perguntou o detetive.

"Não posso estar em todos os lugares ao mesmo tempo."

"Quem matou a enfermeira Keating?"

"'Apague a luz e depois apague a luz.'"

"Quem matou a enfermeira Keating?"

"A lua invejosa." Girassol jogou a cabeça para trás e mugiu como um bezerro. Voltou a olhar para Kinderman. "Acho que estou quase lá", disse. "Está bem parecido. Diga à imprensa que eu sou o Geminiano, tenente. Último aviso."

Ele fitava Kinderman com uma expressão ameaçadora. Os segundos tiquetaquearam em silêncio.

"O padre Dyer era um tolo", disse Girassol depois de um tempo. "Uma pessoa tola. Como está a mão, a propósito? Ainda inchada?"

"Quem matou a enfermeira Keating?"

"Encrenqueiros. Pessoas desconhecidas e incultas, sem dúvida alguma."

"Se foi você, o que aconteceu com os órgãos vitais dela?", perguntou Kinderman. "Você saberia a resposta para isso. O que aconteceu com eles? Diga."

"Gosto de jantar", disse Girassol em um tom monótono.

Kinderman fitou aqueles olhos inexpressivos. *"Velhos amigos."* O coração do detetive deu um salto.

"Papai precisa saber", disse Girassol depois de algum tempo. Seu olhar se afastou de Kinderman e fitou o vazio. "Estou cansado", disse baixinho. "Parece que meu trabalho nunca chega ao fim. Estou cansado." Ele pareceu estranhamente desamparado por alguns instantes. Em seguida, pareceu ficar sonolento. Sua cabeça tombou. "Tommy não entende", murmurou. "Eu digo a ele para seguir em frente sem mim, mas ele não vai. Ele tem medo. Tommy está... bravo... comigo."

Kinderman se levantou e se inclinou para perto. Aproximou a orelha da boca de Girassol para conseguir ouvir as palavras.

"Pequeno... Jack Horner. Brincadeira... de criança."

Kinderman esperou, mas não aconteceu mais nada. Girassol mergulhou na inconsciência.

O detetive saiu depressa do quarto. Teve um terrível pressentimento. Enquanto saía tocou a campainha para chamar a enfermeira. Quando ela chegou, ele voltou para o setor de neurologia e procurou Atkins. O sargento estava no posto de enfermagem, falando ao telefone. Quando viu o detetive ao seu lado, ele se apressou para terminar a conversa.

Uma criança estava sendo internada na neurologia, um menino de seis anos. Um atendente do hospital tinha acabado de empurrá-lo até o posto de enfermagem em uma cadeira de rodas. "Aqui está um rapazinho muito legal para você", disse o atendente à enfermeira-chefe.

Ela sorriu para o menino e disse: "Oi".

A atenção de Kinderman estava focada em Atkins.

"Sobrenome?", perguntou a enfermeira.

O atendente respondeu: "Korner. Vincent P.".

"Vincent *Paul*", disse o menino.

"É com *C* ou *K*?", perguntou a enfermeira ao atendente. Ele lhe entregou alguns papéis.

"*K*."

"Atkins, anda logo", pediu Kinderman com urgência.

Atkins encerrou a conversa depois de alguns segundos e o menino foi levado na cadeira de rodas para um quarto na neurologia. Atkins desligou o telefone.

"Coloque um homem na entrada da unidade aberta da psiquiatria", disse-lhe Kinderman. "Quero alguém ali dia e noite. Nenhum paciente sai, aconteça o que acontecer. Aconteça o que *acontecer!*"

Atkins esticou a mão para o telefone e Kinderman agarrou seu pulso. "Ligue mais tarde. Arrume alguém agora mesmo", insistiu.

Atkins acenou para um policial uniformizado posicionado diante dos elevadores. Ele se aproximou. "Venha comigo", ordenou Kinderman. "Atkins, estou deixando você. Adeus."

Kinderman e o policial andaram depressa na direção da unidade aberta. Quando chegaram à entrada, Kinderman parou e instruiu o policial. "Nenhum paciente sai daqui. Apenas funcionários. Entendeu?"

"Tudo bem, senhor."

"Não deixe seu posto por motivo nenhum, a não ser que seja rendido. Nem mesmo vá ao banheiro."

"Sim, senhor."

Kinderman o deixou e entrou na unidade. Logo estava parado na sala de recreação, poucos metros à direita do posto de enfermagem. Olhou ao redor devagar, verificando cada rosto com um senso de cautela e uma crescente sensação de pavor. E ainda assim tudo parecia em ordem. O que havia de errado? Então ele notou o silêncio. Olhou na direção do grupo em volta da televisão. Piscou e se aproximou mais, de repente, porém, parou a alguns metros do grupo. Fascinados e fixos, seus olhos estavam cravados em uma tela de televisão que nada exibia. O aparelho não estava ligado.

Kinderman olhou em volta da sala e pela primeira vez percebeu que não havia nenhuma enfermeira e nenhum atendente por perto. Ele forçou a vista para o posto de enfermagem. Não havia ninguém ali. Olhou para o grupo silencioso em volta do aparelho de televisão. Seu coração começou a bater disparado. O detetive andou depressa na direção do posto de enfermagem, deu a volta e abriu a porta do pequeno escritório. Ele recuou um passo devido ao choque: uma enfermeira e um atendente estavam estatelados no chão, inconscientes, sangue escorrendo de ferimentos nas cabeças. A enfermeira estava nua. Nenhuma peça de seu uniforme estava à vista.

Brincadeira de criança! Vincent Korner!

As palavras atingiram a mente de Kinderman como um golpe. Ele se virou depressa e correu para fora do escritório, apenas para congelar no lugar diante do que viu. Todos os pacientes na sala estavam caminhando em sua direção, se aproximando em uma linha que ia estreitando, o farfalhar das pantufas o único som naquele silêncio terrível e assustador. Eles o olhavam cheios de malícia, os olhos cintilantes fixos nele, e de pontos separados da sala vinham suas vozes, ascendentes, titubeantes e agradáveis de uma maneira misteriosa:

"Olá."

"Olá."

"É tão bom ver você, querido."

Eles começaram a sussurrar coisas ininteligíveis. Kinderman gritou pedindo ajuda.

O menino tinha sido medicado e estava dormindo. As venezianas na janela foram fechadas e a escuridão do quarto era iluminada pela luz opaca e vacilante dos desenhos que passavam na televisão sem som. A porta abriu em silêncio e uma mulher em um uniforme de enfermeira entrou. Ela carregava uma sacola de compras. Fechou a porta com suavidade, colocou a sacola de compras no chão e tirou algo de dentro dela. Ela fitou o menino com atenção e então se aproximou dele devagar e em silêncio. O menino começou a se mexer. Ele estava deitado de costas e abriu os olhos sonolentos com uma careta. Conforme se debruçava sobre o garoto, a mulher levantou as mãos devagar.

"Olhe o que eu trouxe para você, queridinho", cantarolou.

De repente, Kinderman irrompeu no quarto. Gritando com a voz rouca, *"Não!"*, ele agarrou a mulher por trás com um golpe desesperado de estrangulamento. Ela emitiu sons roucos e sufocados, agitando sem força os braços para trás enquanto o menino se sentava, gritando de medo quando Atkins e um policial uniformizado irromperam no quarto.

"Eu peguei ela!", crocitou Kinderman. "A luz! Acenda a luz! Acenda a luz!"

"Mamãe! Mamãe!"

A luz foi acesa.

"Você está me sufocando!", engasgou a enfermeira. Um ursinho de pelúcia caiu das mãos dela. Kinderman o olhou, surpreso, e devagar soltou seu aperto frenético. A enfermeira girou nos calcanhares e massageou o pescoço. "Jesus *Cristo*!", exclamou. "Qual é o seu *problema*, droga? Você é *louco*?"

"Eu quero a mamãe!", choramingou o menino.

A enfermeira o abraçou, puxando-o para perto.

"Você quase quebrou meu pescoço!", guinchou ela para Kinderman.

O detetive lutava para recuperar o fôlego.

"Sinto muito", arquejou ele, "sinto muito mesmo." Ele pegou um lenço e o levou à bochecha, onde um arranhão longo e profundo continuava a sangrar. "Peço desculpas."

Atkins pegou a sacola de compras e olhou seu interior.

"Brinquedos", disse.

"Que brinquedos?", perguntou o menino. Ele ficou calmo de repente e se afastou da enfermeira.

"Faça uma busca pelo hospital!", instruiu Kinderman. "Ela está atrás de alguém! Encontre ela!"

"Que brinquedos?", repetiu o menino.

Mais policiais apareceram na porta, mas Atkins os manteve do lado de fora e lhes deu novas ordens. O policial no quarto saiu e se juntou a eles. A enfermeira levou a sacola de compras para o menino.

"Você é inacreditável", ralhou a enfermeira com Kinderman. Ela derramou o conteúdo da sacola em cima da cama. "Você trata sua própria família desse jeito?", indagou ela.

"Minha família?" A mente de Kinderman começou a funcionar depressa. De repente, ele viu o crachá da enfermeira: JULIE FANTOZZI.

"... *um convite para dançar.*"

"Julie! *Meu Deus!*"

Ele saiu correndo do quarto.

Mary Kinderman e a mãe estavam na cozinha preparando o almoço. Julie estava sentada à mesa da cozinha lendo um romance. O telefone tocou. Julie era a que estava mais longe do aparelho, mas o atendeu.

"Alô?... Oh, oi, pai... Claro. A mamãe está aqui."

Ela estendeu o telefone para a mãe. Mary o pegou enquanto Julie voltava para sua leitura.

"Oi, querido. Está vindo almoçar em casa?" Mary ouviu por alguns instantes. "Oh, é mesmo?", disse. "Por quê?" Ela ouviu mais um pouco. Por fim, falou: "Claro, querido, se você diz. Enquanto isso, almoço ou não?". Ela ouviu. "Ok, querido. Vou guardar um prato quente. Mas se apresse. Estou com saudade." Ela desligou o telefone e voltou para o pão que estava assando.

"*Nu?*", perguntou a mãe.

"Não é nada", respondeu Mary. "Uma enfermeira está vindo entregar um pacote."

O telefone voltou a tocar.

"Agora vão cancelar", resmungou a mãe de Mary.

Julie pulou para atender o telefone de novo, mas sua mãe a impediu com um aceno.

"Não, não atenda", disse. "Seu pai quer que a linha fique livre. Se ele ligar, ele dará um sinal: dois toques."

Kinderman estava em pé no posto de enfermagem, a ansiedade aumentando a cada toque não atendido do telefone enquanto pressionava o fone contra a orelha. *Alguém atende! Atende!*, pensou em um frenesi. Deixou o telefone tocar mais um minuto, bateu o fone no gancho e correu para uma escadaria. Ele nem sequer pensou em esperar por um elevador.

Arquejando, chegou ao lobby e correu esbaforido para a rua. Apressou-se até uma viatura, entrou e bateu a porta. Um policial de capacete estava sentado atrás do volante.

"Estrada Foxhall, 2.078, *depressa!*", ofegou Kinderman. "A sirene! Infrinja leis! Depressa, depressa!"

Eles partiram cantando pneus, a sirene da viatura berrando estridente, e em pouco tempo dispararam pela estrada Reservoir e em seguida subiram a Foxhall na direção da casa de Kinderman. O detetive estava rezando, os olhos fechados com força ao longo do percurso. Quando a viatura parou com um solavanco brusco, abriu os olhos. Estava em sua entrada para carros. "Dê a volta! Até a porta dos fundos!", gritou para o policial, que pulou para fora do carro e começou a correr, sacando um revólver de cano curto do coldre. Kinderman se espremeu para fora do carro, sacou a arma e tirou as chaves de casa de um dos bolsos enquanto corria até a porta. Estava tentando enfiar uma chave na fechadura com uma mão trêmula quando a porta foi aberta de supetão.

Julie olhou para a arma e então gritou para o interior da casa: "Mãe, o papai chegou!".

No instante seguinte, Mary apareceu na porta. Ela olhou para a arma e depois para Kinderman com uma expressão severa.

"A carpa já morreu. O que acha que está fazendo?", perguntou Mary.

Kinderman abaixou a arma e avançou depressa, abraçando Julie.

"Graças a Deus", sussurrou ele.

A mãe de Mary apareceu.

"Tem um *storm trooper* lá nos fundos", disse ela. "Está começando. O que devo dizer a ele?"

"Bill, quero uma explicação", disse Mary.

O detetive beijou o rosto de Julie e enfiou a arma no bolso.

"Estou ficando louco. Só isso. Isso explica tudo."

"Vou dizer a ele que somos os Febré", resmungou a mãe de Mary. Ela voltou para dentro da casa. O telefone tocou e Julie correu até a sala para atender.

Kinderman entrou e andou até os fundos.

"Vou contar ao policial", disse.

"Contar a ele o quê?", exigiu Mary. Ela começou a segui-lo até a cozinha. "Bill, o que está *acontecendo* aqui? Será que dá para conversar comigo, por favor?"

Kinderman congelou no lugar. Encostada na parede ao lado da porta da cozinha ele viu uma sacola de compras. Ele correu para pegá-la quando ouviu a voz idosa e alegre de uma mulher na cozinha dizer "Olá". Kinderman sacou a arma no mesmo instante, entrou na cozinha e mirou na direção da mesa onde uma mulher idosa em um uniforme de enfermeira estava sentada, fitando-o inexpressiva.

"Bill!", vociferou Mary para o marido, alarmada.

"Oh, céus, estou tão cansada", disse a mulher.

Mary pousou as mãos no braço de Kinderman e o empurrou para baixo.

"Não quero nenhuma *arma* dentro desta casa, você está me ouvindo?"

O policial irrompeu na cozinha, arma em mãos e apontada para a frente.

"Abaixe essa arma!", gritou Mary.

"Será que dá para falar mais baixo?", berrou Julie da sala. "*Estou falando ao telefone!*"

"Gói", resmungou a mãe de Mary e continuou a mexer uma panela de molho em cima do fogão.

O policial olhou para Kinderman.

"Tenente?"

Os olhos do detetive estavam grudados na mulher. No rosto dela havia uma expressão confusa e cansada. "Abaixe a arma, Frank", disse Kinderman. "Está tudo bem. Pode voltar. Pode voltar para o hospital."

"Ok, senhor." O policial devolveu a arma para o coldre e saiu.

"Quantas pessoas vão ficar para o almoço?", perguntou a mãe de Mary. "Preciso saber."

"Que confusão toda é essa, Bill?", exigiu Mary. Ela acenou para a mulher. "Que tipo de enfermeira é essa que você me mandou? Eu abro a porta para a mulher e ela desmaia. Desmorona. Ela joga a cabeça para trás e grita alguma loucura, e depois desmaia. Meu Deus, ela é *velha* demais para ser enfermeira. Ela é..."

Kinderman gesticulou para que ela ficasse quieta. A mulher o fitava nos olhos como uma expressão inocente. "Está na hora de ir para cama?", perguntou ela.

O detetive sentou-se devagar à mesa. Tirou o chapéu e o colocou em cima de uma cadeira.

"Sim, está quase na hora de ir dormir", disse com gentileza.

"Estou tão cansada."

Kinderman sondou seus olhos. Eram honestos e meigos. Ele olhou para Mary, que estava parada ao lado com um misto de confusão e irritação estampado no rosto.

"Você disse que ela gritou alguma coisa", perguntou o detetive Kinderman.

"O quê?" Mary franziu o rosto.

"Você disse que ela gritou alguma coisa. O que foi?"

"Não lembro. Agora, o que está acontecendo?"

"Por favor, tente lembrar. O que ela gritou?"

"'Acabado'", resmungou a mãe de Mary diante do fogão.

"Sim, isso mesmo", disse Mary. "Agora lembrei. Ela gritou: 'Ele está acabado', e depois desmaiou."

"'*Ele está acabado*' ou '*Acabado*'?", pressionou Kinderman. "Qual?"

"*Ele está acabado*'", respondeu Mary. "Deus, ela soou como se fosse um lobisomem ou algo assim. Qual é o problema dessa mulher? Quem é ela?"

A cabeça de Kinderman estava virada para o outro lado.

"'Ele está acabado'", murmurou pensativo.

Julie entrou na cozinha. "Então, o que está acontecendo?", perguntou. "O que está pegando?"

O telefone tocou de novo. Mary atendeu de imediato. "Alô?"

"É para mim?", perguntou Julie.

Mary estendeu o telefone para Kinderman.

"É para você", disse. "Acho que vou dar um pouco de sopa para a pobrezinha."

O detetive pegou o fone. Disse: "Kinderman".

Era Atkins.

"Tenente, ele está chamando você", disse o sargento.

"Quem?"

"Girassol. Ele está berrando a plenos pulmões. Só seu nome."

"Estou indo para aí agora mesmo", disse Kinderman. Desligou o telefone em silêncio.

"Bill, o que é isso?", perguntou Mary atrás dele. "Estava dentro da sacola de compras dela. Este era o pacote?"

Kinderman se virou e prendeu a respiração. Mary segurava um enorme e cintilante par de tesouras cirúrgicas para dissecação.

"Precisamos disso?", perguntou ela.

"Não."

Kinderman pediu outra viatura e levou a idosa de volta ao hospital, onde ela foi reconhecida como uma paciente da unidade aberta da psiquiatria. Ela foi transferida no mesmo instante para a unidade dos problemáticos para ficar sob observação. A enfermeira e o atendente feridos, Kinderman descobriu, não tinham sofrido danos permanentes e imaginava-se que estariam de volta ao trabalho algum dia da semana seguinte. Satisfeito, o detetive saiu daquela área e foi até o setor de isolamento onde Atkins aguardava no corredor. Ele estava parado no lado oposto ao da porta da Cela Doze, que estava aberta. Com as costas encostadas na parede, os braços cruzados, ele observou o tenente se aproximar em silêncio. Seus olhos pareciam preocupados e distantes. Kinderman parou e o fitou nos olhos.

"O que há de errado com você?", perguntou o detetive. "Alguma coisa errada?"

Atkins balançou a cabeça. Kinderman o estudou por alguns instantes.

"Ele acabou de dizer que você estava aqui", respondeu Atkins distante.

"Quando?"

"Um minuto atrás."

A enfermeira Spencer emergiu da cela.

"Você vai entrar?", perguntou ao detetive.

Kinderman aquiesceu, então se virou e entrou devagar na cela. Fechou a porta sem fazer barulho, foi até a cadeira de encosto reto e se sentou. Girassol o observava, os olhos brilhando. O que havia de diferente nele?, perguntou-se o detetive.

"Bem, eu simplesmente tinha que ver você", disse Girassol. "Você me dá sorte. Estou lhe devendo alguma coisa, detetive. Além disso, quero que minha história seja contada do jeito que aconteceu."

"E como aconteceu?", perguntou Kinderman.

"Julie escapou por pouco, não acha?"

Kinderman esperou. Ele ouviu o gotejar na pia.

De repente, Girassol jogou a cabeça para trás e gargalhou, depois fixou o detetive com um olhar radiante. "Você já não adivinhou, tenente? Ora, é claro que já. Você finalmente juntou todas as peças — como meus preciosos substitutos fazem meu trabalho, meus queridos recipientes velhinhos, meigos e vazios. Bem, eles são os hospedeiros perfeitos, claro. Eles não estão aqui. Suas próprias personalidades estão destruídas. Então é aí que eu entro. Por pouco tempo. Só por pouco tempo."

Kinderman o encarou.

"Ah, sim. Sim, é claro. Sobre este corpo. Amigo seu, tenente?" Girassol jogou a cabeça para trás e soltou uma gargalhada ondulante que se transformou no zurro estridente de um asno. Kinderman sentiu algo gelado na nuca. De súbito, Girassol interrompeu a imitação e o encarou inexpressivo. "Bom, lá estava eu, terrivelmente morto", contou. "Não gostei daquilo. Quem gostaria? É perturbador. Sim, eu me senti muito mal. Sabe — à deriva. Tanto trabalho ainda por fazer e nenhum corpo. Não era justo. Mas então chegou — bem, um amigo. Sabe. Um *deles*. Ele achava que meu trabalho deveria continuar. Mas neste corpo. Neste corpo em particular, na verdade."

O detetive estava mesmerizado. Perguntou: "Por quê?".

Girassol deu de ombros.

"Vamos chamar de rancor. Vingança. Uma brincadeirinha. A questão de um certo exorcismo, acho, no qual seu amigo, o padre Karras, tinha participado e — bem — tinha expulsado um certo indivíduo do corpo de uma criança. Esse certo indivíduo não ficou contente, para dizer o mínimo. Não, nem um pouco feliz." Por alguns momentos, o olhar de Girassol ficou distante e preocupado. Ele estremeceu um pouco, depois voltou a olhar para Kinderman. "Então ele pensou nessa brincadeira como uma maneira de dar o troco: usar este corpo devoto e heroico como instrumento de..." Girassol deu de ombros. "Bom, você sabe. De meu lance. De meu trabalho. Meu amigo foi muito compreensivo. Ele me levou até nosso amigo em comum, o padre Karras. Ele não estava muito bem na época, sinto dizer. Estava morrendo. Moribundo, como dizemos. Então conforme ele saía, meu amigo prestativo me ajudou a entrar. Navios que passam um pelo outro à noite e tudo mais. Oh, houve uma pequena confusão perto da escadaria quando a equipe da ambulância declarou Karras morto, claro. Bem, ele *estava* morto, tecnicamente falando. Quero dizer, no sentido espiritual. Ele tinha saído. Mas eu entrei. Um pouco traumatizado, verdade. E por que não? O cérebro dele tinha virado gelatina. Falta de oxigênio. Desastre. Estar morto não é fácil. Mas deixa pra lá. Eu dei um jeito. Sim, um esforço enorme que pelo menos me tirou daquele caixão. Então no último instante houve um pouco de comédia e alívio cômico quando o velho irmão Fain me viu saindo. Aquilo ajudou. São os sorrisos que nos ajudam a seguir em frente às vezes, aqueles momentos inesperados de alegria. Porém, depois disso foi tudo ladeira abaixo por algum tempo. Algum tempo? Doze anos. Tantas células cerebrais danificadas, entende. Tantas células perdidas. Mas o cérebro tem poderes extraordinários, tenente. Pergunte ao seu amigo, o bom dr. Amfortas. Oh. Não, suponho que eu deva perguntar a ele por você."

Girassol ficou quieto por algum tempo.

"Nenhuma reação do público", disse, afinal. "Não acredita em mim, tenente?"

"Não."

A zombaria desapareceu e Girassol pareceu chocado. Em um instante suas feições tinham se transformado em uma careta de desamparo.

"Não acredita?", perguntou com a voz trêmula.

"Não."

Os olhos de Girassol estavam suplicantes e temerosos.

"Tommy diz que não vai me perdoar a não ser que você conheça a verdade", disse.

"Que verdade?"

Girassol virou a cara. Disse baixinho: "Eles vão me punir por isso". Ele parecia estar fitando algum terror distante.

"Que verdade?", perguntou o detetive outra vez.

Girassol estremeceu e voltou a olhar para Kinderman. Havia uma súplica urgente em seu rosto. "Eu não sou Karras", sussurrou com a voz rouca. "Tommy quer que você saiba disso. *Eu não sou Karras!* Por favor, acredite em mim. Se não acreditar, Tommy diz que não vai partir. Ele vai simplesmente ficar aqui. Não posso deixar meu irmão sozinho. Por favor, me ajude. *Não posso ir sem meu irmão!*"

As sobrancelhas de Kinderman estavam franzidas em confusão. Ele inclinou a cabeça para o lado. "Ir para onde?"

"Estou tão cansado. Quero seguir em frente. Não tem nenhuma necessidade de eu ficar agora. Quero seguir em frente. Seu amigo Karras não teve nada a ver com os assassinatos." Quando Girassol se inclinou para a frente, Kinderman ficou surpreso ao ver o desespero nos olhos dele. "Diga a Tommy que você acredita nisso!", implorou. *"Diga!"*

Kinderman prendeu a respiração. Ele sentiu a importância daquele momento de uma maneira que não conseguiu explicar. O que era aquilo? Por que teve aquela sensação? Será que acreditava no que Girassol estava dizendo? Não importava, decidiu. Ele sabia que devia dizê-lo.

"Eu acredito em você", disse com firmeza.

Girassol caiu de costas contra a parede e seus olhos rolaram para cima enquanto que de sua boca saíam aqueles sons gaguejantes, aquela outra voz: "Eu a-a-a-amo você, J-J--J-Jimmy". Os olhos de Girassol ficaram pesados e sonolentos, e sua cabeça afundou no peito. Então os olhos fecharam.

Kinderman levantou-se rápido da cadeira. Alarmado, avançou depressa até a cama e aproximou a orelha da boca de Girassol. Contudo, Girassol não disse mais nada. Kinderman correu até a campainha e a apertou. Em seguida, saiu apressadamente para o corredor. Encontrou o olhar de Atkins e disse: "Está começando".

Kinderman disparou até o telefone no posto de enfermagem. Ligou para casa. Mary atendeu. "Querida, não saia de casa", disse o detetive com urgência. "Não deixe ninguém sair de casa! Tranque as janelas e as portas e não deixe ninguém entrar até eu chegar aí!"

Quando Mary protestou, ele repetiu as instruções e em seguida desligou o telefone. Voltou para o corredor do lado de fora da Cela Doze. "Quero homens na minha casa agora mesmo", disse a Atkins.

A enfermeira Spencer saiu da cela. Ela olhou para o detetive e disse: "Ele está morto".

Kinderman a encarou, sem expressão.

"O quê?"

Ela repetiu: "Ele está morto. O coração dele simplesmente parou".

Kinderman olhou para além dela. A porta estava aberta e Girassol estava deitado de costas na cama. "Atkins, espere aqui", murmurou o detetive. "Não precisa mais ligar. Esqueça. Apenas espere", pediu.

Kinderman entrou devagar na cela. Ele pôde ouvir a enfermeira Spencer entrar atrás dele. Os passos dela pararam, mas ele avançou um pouco mais até estar perto da cama. Olhou para Girassol. As amarras e a camisa de força tinham sido removidas. Os olhos estavam fechados e, na morte, suas feições pareciam ter suavizado: em seu rosto havia uma expressão que lembrava paz, o fim de uma jornada há muito esperado. Kinderman vira aquela expressão antes. Ele tentou colocar os pensamentos em ordem por alguns instantes. Então falou sem se virar.

"Ele esteve perguntando por mim mais cedo?"

O detetive ouviu Spencer responder atrás dele.

"Sim."

"Só isso?"

"Não sei o que você está querendo dizer", respondeu Spencer. Ela foi até o lado dele.

Kinderman virou a cabeça para encará-la. "Você ouviu ele dizer alguma outra coisa?"

Ela cruzou os braços. "Bem, na verdade, não."

"Na verdade, não? O que quer dizer com isso?"

Os olhos dela pareciam escuros na luz opaca do quarto.

"Teve aquela gagueira toda", disse ela. "Uma voz esquisita que ele usa às vezes. Ela gagueja."

"Ele usou palavras?"

"Não tenho certeza." A enfermeira deu de ombros. "Não sei. Foi pouco antes de ele começar a chamar você. Achei que ele ainda estava inconsciente. Eu tinha vindo aqui para verificar o pulso dele. Então ouvi aquele tipo de gagueira. Foi algo como — bem, não tenho certeza —, mas soou como 'pai'."

"'Pai'?"

Ela deu de ombros.

"Algo parecido com isso, acho."

"E ele ainda estava inconsciente quando isso aconteceu?"

Ela respondeu: "Sim. Depois ele pareceu voltar a si e — ah, sim, agora me lembrei de outra coisa. Ele gritou: 'Ele está acabado'".

Kinderman piscou surpreso. "'Ele está acabado'?"

"Isso foi pouco antes de ele começar a gritar seu nome."

Kinderman a encarou por alguns instantes; depois se virou e olhou para o corpo.

"'Ele está acabado'", murmurou.

"Que coisa estranha", disse a enfermeira Spencer. "Ele pareceu feliz no fim. Por um segundo, abriu os olhos e pareceu feliz. Quase como uma criança." A voz dela tinha um estranho toque de tristeza. "Eu sentia pena dele", disse. "Que pessoa terrível, psicótica ou não. No entanto, havia algo nele que me fazia sentir pena."

"Ele faz parte do Anjo", murmurou Kinderman baixinho. Seus olhos ainda estavam fixos no rosto de Girassol.

"Não ouvi o que você disse."

Kinderman ouviu uma gota da torneira cair na pia.

"Pode ir agora, srta. Spencer", disse, "obrigado." Ele a ouviu sair e, quando ela não estava mais ali, abaixou a mão e tocou o rosto de Girassol. Ele manteve a mão ali com delicadeza por alguns momentos; então se virou e andou devagar até o corredor. Algo parecia diferente, pensou. O que era?

"O que está aborrecendo você, Atkins?", perguntou. "Por favor, me diga."

Os olhos do sargento pareciam preocupados. "Não sei", disse. Deu de ombros. "Mas tenho uma informação para você, tenente. O pai do Geminiano", disse. "Nós o encontramos."

"É mesmo?"

Atkins assentiu.

"Onde ele está?", perguntou Kinderman.

Os olhos de Atkins pareciam mais verdes do que nunca, sem piscar e rodopiando ao redor de íris que eram apenas pontinhos. "Ele está morto", respondeu. "Ele teve um derrame."

"Quando?"

"Hoje de manhã."

Kinderman o encarou.

"O que diabos está acontecendo, tenente?", perguntou o sargento Atkins.

Kinderman compreendeu o que estava diferente. Olhou para o teto do corredor. Todas as luzes estavam brilhando com intensidade.

"Acho que está acabado", murmurou baixinho. Ele aquiesceu. "Sim. Acho que sim." Kinderman voltou a olhar para Atkins e disse: "Acabou".

Então ele parou e acrescentou: "Eu acredito nele".

No momento seguinte, o terror e a perda o inundaram, o alívio e a dor, e seu rosto começou a se contorcer. Ele afundou contra uma parede e começou a soluçar descontrolado. Atkins foi pego de surpresa e por um instante não soube o que fazer; então deu um passo para a frente e abraçou o detetive.

"Está tudo bem, senhor", repetiu ele diversas vezes enquanto os soluços e o choro continuavam. Quando Atkins começou a temer que o choro não fosse parar, ele foi diminuindo; mas o sargento não afrouxou o abraço.

"Só estou cansado", sussurrou Kinderman depois de algum tempo. "Sinto muito. Não tem motivo nenhum. Nenhum motivo mesmo. Só estou cansado."

Atkins o levou para casa.

**DOMINGO
20 DE MARÇO**

16

Qual era o mundo real, Kinderman se perguntou, o mundo do além ou o mundo no qual ele vivia? Eles tinham se interpenetrado. Sóis silenciosos colidiam em ambos.

"Deve ser um golpe e tanto para você", murmurou Riley.

O padre e o detetive estavam sozinhos ao lado da sepultura, fitando o caixão do homem que poderia ser Karras. As orações tinham chegado ao fim e os homens permaneciam ali com a alvorada, os próprios pensamentos e a terra quieta.

Kinderman levantou os olhos para Riley. O padre estava ao seu lado.

"Por que diz isso?"

"Você o perdeu duas vezes."

Kinderman o fitou em silêncio por alguns instantes, depois virou a cabeça devagar de volta para o caixão.

"Não era ele", o detetive disse em voz baixa. Ele balançou a cabeça. "Não, padre. Não era ele em nenhum momento."

Riley o encarou.

"Posso lhe pagar uma bebida?"

"Não faria mal."

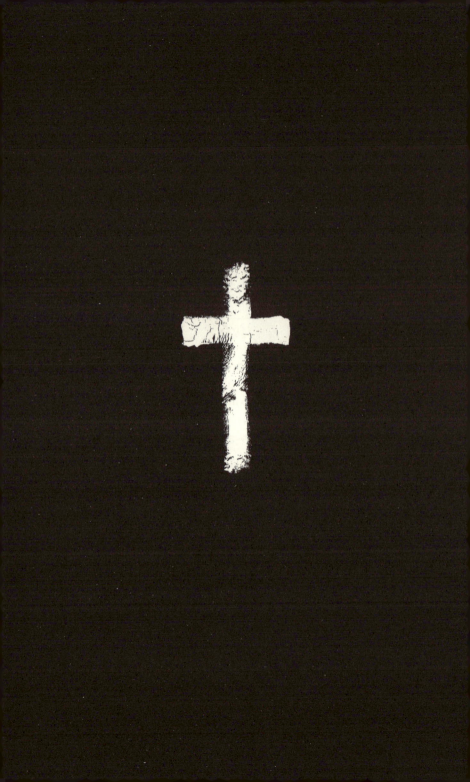

EPÍLOGO

Kinderman estava parado na calçada diante do Biograph Cinema. Estava esperando o sargento Atkins. Com as mãos nos bolsos do casaco, ele estava suando, olhando ansiosamente de um lado para outro da rua M. Era quase meio-dia e a data era domingo, 12 de junho.

No dia 23 de março, fora determinado que as digitais encontradas nas três cenas de crime eram compatíveis com as de três pacientes da unidade aberta. Todos estavam agora na unidade dos problemáticos, aguardando os resultados de uma investigação mais detalhada.

Bem cedo, na manhã do dia 25 de março, Kinderman fora até a casa de Amfortas acompanhado do dr. Edward Coffey, um amigo de Amfortas e um neurologista do District Hospital; ele fizera o pedido da tomografia computadorizada que revelara a lesão fatal de Amfortas. Foi por insistência de Coffey que a fechadura da porta da frente da casa foi forçada e Amfortas foi encontrado morto na sala de estar. Mais tarde, a morte foi classificada como acidental, pois Amfortas morrera devido a uma hemorragia subdural causada pela batida na cabeça quando ele caiu, embora Coffey tenha dito a Kinderman que, de qualquer modo, ele teria morrido dentro de duas semanas devido à lesão deliberadamente não tratada. Quando Kinderman lhe perguntara por que Amfortas teria se deixado morrer, a única resposta do doutor Coffey foi: "Acho que teve alguma coisa a ver com o amor".

No dia 3 de abril, o único suspeito de Kinderman, Freeman Temple, sofreu um derrame que incapacitou suas atividades cerebrais e ele agora era um paciente da unidade aberta.

Durante as três semanas que se seguiram ao assassinato de Keating, a segurança e as precauções policiais tinham sido mantidas com força total no Hospital de Georgetown, depois foram sendo afrouxadas aos poucos. Nenhum outro assassinato foi cometido no Distrito de Columbia envolvendo o *modus operandi* do Geminiano, e, no dia 11 de junho, os assassinatos que aparentavam estar relacionados com o Geminiano foram colocados nos arquivos inativos da Homicídios, apesar de terem sido classificados como abertos e ainda não solucionados.

"Eu estou sonhando", disse Kinderman. "O que você está fazendo?" Ele olhava estarrecido para Atkins, que estava parado diante dele vestindo um terno risca de giz e uma gravata. "Isso é alguma brincadeira?"

Atkins o fitou com uma expressão inescrutável.

"Bem, sou um homem casado agora", disse. Ele voltara da lua de mel no dia anterior.

Kinderman continuava com uma expressão chocada.

"Não posso aguentar isso, Atkins", disse. "É estranho. É anormal. Tenha misericórdia. Tire a gravata."

"Eu posso ser visto", disse Atkins, inexpressivo, sem piscar, enquanto olhava Kinderman nos olhos.

Kinderman fez uma careta de descrença.

"Você pode ser *visto*?", repetiu. "Por quem?"

"Pessoas."

Kinderman o encarou em silêncio por alguns instantes, então disse: "Desisto. Sou seu prisioneiro, Atkins. Diga à minha família que passo bem e que estou sendo bem tratado. Vou escrever para eles assim que minhas mãos pararem de tremer. Meu palpite é que isso aconteça em dois meses". Abaixou um pouco o olhar. "Quem escolheu a gravata?", perguntou com uma voz sem emoção. Tinha uma estampa florida havaiana.

"Eu mesmo."

"Foi o que pensei."

"Eu poderia falar do seu chapéu."

"Não faça isso." Kinderman se inclinou para a frente, os olhos esquadrinhando. "Tive um amigo da escola que virou trapista", contou. "Ele foi monge durante onze anos. Tudo que fazia era produzir queijo e, de vez em quando, colher uvas, embora na maior parte do tempo ele rezasse para pessoas de terno. Então abandonou o mosteiro e sabe o que comprou? A primeira coisa? Um par de sapatos que valia duzentos dólares. Mocassins com pequenas borlas em cima e, no peito do pé, moedinhas novas, todas brilhantes e resplandecentes. Estou deixando você enjoado? Espere. Não acabei ainda. Os sapatos eram roxos, Atkins. De camurça. Consigo me fazer entender ou como sempre estou falando com uma parede?"

"Você está se fazendo entender", respondeu Atkins, embora o tom de voz não demonstrasse nada.

"É melhor ficar na Marinha."

"Nós vamos perder o começo do filme."

"Sim, nós podemos ser vistos", disse Kinderman de maneira sombria.

Eles entraram no cinema e escolheram os assentos. O filme era *Gunga Din*, a ser seguido por outro, *O Terceiro Homem*. No fim de *Gunga Din*, quando Din está no topo do templo de ouro soprando notas vacilantes de alerta em seu cornetim depois que as balas dos thugs o tinham atingido, uma mulher sentada na fileira de trás começou a dar risadinhas e Kinderman se virou para fitá-la. O olhar venenoso não surtiu efeito, e quando Kinderman se virou para dizer a Atkins que deveriam mudar de lugar, ele viu que o sargento estava chorando. O detetive ruborizou de afeto. Ficou no lugar, contente com o mundo, e chorou quando a música "Auld Lang Syne" foi tocada durante o enterro de Din.

"Que filme", sussurrou. "Um *schmaltz* e tanto. Adorei."

Quando a sessão dupla chegou ao fim, eles saíram para a rua movimentada e abafada diante do cinema.

"Agora vamos fazer um lanche", disse Kinderman, ansioso. Nenhum deles estava em serviço naquele dia. "Quero saber como foi a lua de mel, Atkins, e ouvir sobre seu guarda-roupa. Estou sentindo que vou precisar me preparar para o futuro. Aonde vamos? The Tombs? Não, não, espere. Tive uma ideia." Ele estava pensando em Dyer. Passou o braço pelo do sargento e o guiou. "Vamos. Conheço um lugar perfeito."

Em pouco tempo, estavam no interior do White Tower, sentindo o cheiro de gordura de hambúrguer e falando sobre os filmes que tinham visto. Eles eram os únicos clientes. O balconista estava trabalhando na grelha, de costas para eles. Era alto, de constituição forte, e seu rosto tinha linhas ossudas e rudes. Seu uniforme e boné brancos estavam manchados de gordura.

"Sabe, nós falamos sobre o mal neste mundo e de onde ele vem", disse Kinderman. "Mas como podemos explicar todo o bem? Se não fôssemos nada além de moléculas, estaríamos sempre pensando em nós mesmos. Então, por que sempre temos Gunga Dins, pessoas que sacrificam suas vidas pelas outras? E temos ainda Harry Lime", disse ele, animado, "até Harry Lime, que é o oposto, um homem mau, prova algo naquela cena na roda-gigante." Ele estava falando sobre *O Terceiro Homem*. "Naquela parte em que ele fala sobre os suíços e como depois de tantos séculos de paz, o maior produto que nos deram até então foi o relógio cuco. Isso é verdade, Atkins. Sim. Ele tem razão. Pode ser que o mundo não possa progredir sem medo e angústia. A propósito, estou trabalhando em um caso de invasão seguido de homicídio na rua P. Aconteceu semana passada. Temos que nos dedicar a isso amanhã."

O balconista se virou e lhe lançou um olhar silencioso e hostil, depois voltou-se para os hambúrgueres, começando a empilhar uma dúzia exata na metade inferior dos pãezinhos quadrados. Kinderman o observou colocar fatias de picles em cima de cada hambúrguer, uma expressão distante de anseio melancólico nos olhos.

"Você poderia colocar uma fatia extra de picles em cada um, por favor?"

"Picles demais vai estragar os lanches", rosnou o balconista. Ele tinha a voz de um sargento do Exército, baixa e rouca. Estava colocando a metade superior dos pãezinhos em cima dos hambúrgueres. "Se quiser cozinha continental, vá ao Beau Rivage. Eles têm toda essa porcaria insolente por lá."

Kinderman cerrou um pouco as pálpebras. "Eu pago a mais."

O balconista se virou e colocou seis hambúrgueres em um prato de papel diante de cada um. Rosto e olhos duros feito pedra.

"Vão beber o quê?", perguntou.

"Um pouco de cicuta, por favor", respondeu Kinderman.

"Está em falta", disse o balconista, inexpressivo. "Não venha com essa merda pra cima de mim, camarada. Minhas costas estão doendo. Diga, o que vão querer beber?"

"Um espresso", respondeu Atkins.

O balconista focou o olhar no sargento.

"O que disse, professor?"

"Duas Pepsis", disse Kinderman depressa, colocando uma das mãos no antebraço de Atkins.

A respiração do balconista soprou um pelo em sua narina. Com uma careta zangada, ele se virou para pegar as bebidas.

"Todo espertinho da rua M vem aqui", resmungou.

Um grupo grande de estudantes da Georgetown entrou e em pouco tempo o lugar estava animado com o som de risadas e conversas. Kinderman pagou pelos hambúrgueres e bebidas, e disse: "Estou cansado de ficar sentado". Ele se levantou e Atkins o imitou. Levaram a comida até um balcão sem bancos na parede oposta. Kinderman mordeu um hambúrguer e mastigou. "Harry Lime estava certo", comentou. "Depois da tempestade vem um poema — este hambúrguer."

Atkins assentiu, mastigando contente.

"Tudo faz parte da minha teoria", disse Kinderman.

"Tenente?" Atkins ergueu o dedo indicador, parando para mastigar e depois engolir um bocado. Ele tirou um guardanapo do porta-guardanapos, limpou a boca e então inclinou o rosto para mais perto do de Kinderman; o burburinho das conversas na sala tinha ficado animado. "Você me faria um favor, tenente?"

"Estou aqui para servir, sr. Chips. Estou comendo, portanto me encontro expansivo. Deixe-me ver sua petição. Ela está selada apropriadamente?"

"Você poderia explicar sua teoria?"

"Impossível, Atkins. Você vai me colocar em prisão domiciliar."

"Não pode me contar?"

"Absolutamente não." Kinderman deu outra mordida no hambúrguer, que um gole de Pepsi ajudou a descer, e então se voltou para o sargento. "Mas já que insiste. Você está insistindo?"

"Sim."

"Foi o que pensei. Primeiro tire a gravata."

Atkins sorriu. Desfez o nó da gravata e a tirou.

"Ótimo", disse Kinderman. "Não posso contar isso a um estranho completo. É uma coisa tão grande. É tão incrível." Seus olhos estavam cintilando. "Você conhece *Os Irmãos Karamázov*?", perguntou.

"Não, não conheço", mentiu Atkins. Ele queria manter o estado de espírito expansivo do detetive.

"Três irmãos", contou Kinderman. "Dmitri, Ivan e Aliócha. Dmitri é o corpo do homem, Ivan representa a mente e Aliócha é o coração. No fim — bem no finzinho —, Aliócha leva alguns rapazinhos bem jovens para um cemitério, até a sepultura do colega de classe deles, Ilusha. Certa vez, eles trataram esse Ilusha muito mal porque... bem, ele era estranho, não havia dúvidas quanto a isso. Mas então, mais tarde, quando morreu, entenderam por que ele agia do jeito que agia e como era corajoso e afetuoso de verdade. Agora Aliócha — ele é um monge, a propósito — faz um discurso para os garotos diante da sepultura e lhes diz principalmente que, quando crescerem e enfrentarem os males do mundo, deverão sempre olhar para trás e se lembrar daquele dia, lembrar da bondade da infância, Atkins; essa bondade, que é tão fundamental em todos eles; essa bondade que não foi maculada. Apenas uma lembrança boa em seus corações, diz Aliócha, pode salvar a fé deles na bondade do mundo. Qual é a fala?" Os olhos do detetive rolaram para cima e as pontas de seus dedos tocaram os lábios, que já estavam sorrindo antecipadamente. Ele olhou para Atkins. "Sim, lembrei! 'Talvez essa única lembrança possa nos manter longe do mal, e nós iremos refletir e dizer: Sim, eu era corajoso, bom e honesto naqueles tempos'. Então Aliócha lhes diz algo de uma importância vital. 'Primeiro, e acima de tudo, sejam bondosos', diz ele. E os garotos — todos o adoram —, eles gritam: 'Viva, Karamázov!'." Kinderman sentiu que ia engasgar com as lágrimas. "Sempre choro quando penso nisso", disse. "É tão bonito, Atkins. Tão comovente."

Os estudantes estavam recolhendo seus sacos de hambúrguer e Kinderman os observou conforme iam embora.

"Deve ser isso que Cristo quis dizer", refletiu, "sobre a necessidade de nos tornar criancinhas antes de entrar no reino do céu. Não sei. Pode ser." Ele observou o balconista colocar um pouco de carne de hambúrguer na grelha em preparação para outra possível leva de clientes, depois se sentar em uma cadeira e começar a ler o jornal. Kinderman voltou a atenção para Atkins. "Não sei como dizer isso", falou. "Estou me referindo à parte louca e incrível. No entanto, mais nada faz sentido, mais nada pode explicar as coisas,

Atkins. Nada. Estou convencido de que essa seja a verdade. Mas voltando aos Karamázov um pouco. O ponto principal é quando Aliócha diz: 'Sejam bondosos'. A não ser que façamos isso, a evolução não dará certo; nós não chegaremos lá", afirmou Kinderman.

"Chegar aonde?", perguntou Atkins.

O White Tower estava quieto agora; havia apenas o chiado da grelha e o som das páginas do jornal sendo viradas de quando em quando. O olhar de Kinderman estava firme e fixo.

"Todos os físicos agora têm certeza", disse, "que todos os processos conhecidos na natureza outrora fizeram parte de uma força singular e unificada." Kinderman fez uma pausa e depois falou mais baixo. "Acredito que essa força foi uma pessoa que há muito tempo se rasgou em pedacinhos devido ao seu desejo de moldar seu próprio ser. Isso foi a Queda", disse, "o 'Big Bang': o começo do tempo e do universo material quando o um se tornou muitos — legião. E é por isso que Deus não pode interferir: a evolução é essa pessoa voltando a ser ela mesma."

O rosto do sargento estava contraído em confusão.

"Quem é essa pessoa?", perguntou ao detetive.

"Não consegue adivinhar?" Os olhos de Kinderman estavam intensos e sorridentes. "Eu já dei a maioria das pistas há muito tempo."

Atkins balançou a cabeça e esperou a resposta.

"Somos nós! Nós somos o Portador da Luz! O Anjo Caído!"

Kinderman e Atkins encararam-se, mas então o sino em cima da porta soou e eles olharam para a entrada quando um mendigo magricela e emaciado cambaleou desajeitadamente para dentro do restaurante para fugir do frio. Com seu casaco esfarrapado do Exército coberto de sujeira, ele se arrastou na direção do balconista, as pontas de metal dos cadarços desamarrados dos tênis sujos, rasgados e que costumavam ser brancos, tinindo baixinho no chão de linóleo, até que ele finalmente parou, calado, diante do balcão, com olhos humildes e cintilantes, em uma súplica silenciosa. O balconista o encarou com um olhar zangado por cima do jornal, suspirou, colocou o jornal de lado, se levantou, preparou meia dúzia de hambúrgueres, colocou tudo em um saco e entregou para o mendigo, que o pegou com um aceno de cabeça silencioso e um olhar voltado para baixo, e então se arrastou para fora do restaurante, e de volta para o mundo que lhe era mais familiar. Kinderman focou o olhar no balconista, que tinha voltado para a cadeira e para seu jornal, depois olhou para a caneca de café que segurava com ambas as mãos e murmurou:

"'Viva, Karamázov!'"

AGRADECIMENTOS

Meus agradecimentos ao meu bom amigo Jack Vizzard por ter sugerido pela primeira vez a teoria do Anjo; e à adorável Julie Jourdan, cujo encorajamento e apoio fizeram com que este romance fosse escrito.

WILLIAM PETER BLATTY (1928–2017) escreveu diversos romances e roteiros e é conhecido pelo mega best-seller *O Exorcista*, publicado em 1971. Foi o roteirista e produtor de sua adaptação para o cinema em 1973 e com ele ganhou três Globos de Ouro e o Oscar de melhor roteiro. *Legião*, publicado originalmente em 1983, foi adaptado para o cinema em 1990 com o título *O Exorcista III* e dirigido pelo próprio autor.

"Será que não pensaste que ele (o Homem) acabaria
questionando e renegando até tua imagem e tua verdade se
o oprimisse com um fardo tão terrível como o livre-arbítrio?"

— FIÓDOR DOSTOIÉVSKI —

POR UMA LEGIÃO DE LEITORES 2017

DARKSIDEBOOKS.COM